U0773140

纸老虎

我有南海四千里

刘醒龙

北方联合出版传媒(集团)股份有限公司

 万卷出版公司

目　录

我有南海四千里　　　001

第四才子书　　　008

汨罗无雨　　　013

浔阳一杯无　　　016

仁可安国　　　021

赤壁风骨　　　025

又上岳阳楼　　　028

水边的钢铁　　　032

怀念一九九八　　　037

亲爱的三峡　　　041

真理三峡　　　045

人性的山水　　　048

九寨重重　　　051

重　来　　　056

天　香　　　060

天　姿　　　064

天　心　　　067

问　心　　　070

在记忆中生长的茶　　　075

白如胜利　　　080

灿烂天堂　　　084

高山仰止　　　087

大巧若石   090

和解生香   093

唐诗的花与果 097

铁的白   101

因为杨   107

剃小平头的城市 110

在母亲心里流浪 114

这温情是紧要 118

滋 润   122

蒿草青未央 126

楚汉思想散 131

武汉的桃花劫 145

一只松鼠的城市 150

大路朝天   154

与欲望无关 160

城市的故乡 166

城市的温柔 169

城市的潇洒 173

城市的浪漫 176

城市的忧郁 181

城市的心事 184

走向胡杨   189

大 功   197

会歌唱的高原 204

军人军事又十年 211

你是长江几号 218

让钢铁拐个弯　　　221

你是一蔸好白菜　　227

独步天下　　　　　232

去南海栽一棵树　　239

有一种伟大叫巴金　249

上海的默契　　　　255

批评是诗意的北坡　261

自由来自哪里　　　266

我的翻译傅玉霜　　270

老哥刘益善　　　　273

在经典的目光下　　278

点点回想　　　　　281

戴毡帽的书房　　　285

纪念周介人先生　　289

春秋无痕　　　　　292

天民兄走了　　　　296

布拉迪斯拉发歌剧　299

特尔纳瓦教堂随想　303

赫瓦尔酒吧的和声　307

晓得中原雅音　　　311

青铜大道与大盗　　315

青铜是把老骨头　　319

我有南海四千里

天章南海，人文三沙！

在南海，为三沙纪念馆题写这八个字时，内心非常诧异！

迄今为止，母语中的海字，写过无数次，真正面对这与人类相生相伴的关键景物时，却没有写一个字。与自己相关的这个秘密，曾长久埋藏在心底，不仅不想对别人说，甚至都不想对自己说。我理解山，即使是青藏之地那神一样的雪山冰峰，第一眼看过去，便晓得那是用胸膛行走的高原！我见过海，在北戴河，在吴淞口，在鼓浪屿，在花莲，在高雄，在泉州，在香港，在澳门，在青岛，在三亚，在葫芦岛，在海参崴，在仁川、在芭堤雅，在赫瓦尔岛，在大突尼斯，在纽约和洛杉矶，面对海的形形色色以及形形色色的海，心中出现的总是欲说还休难以言表的空白！

这个夏天，到南海的永兴岛、石岛、鸭公岛、晋卿岛、甘泉岛、赵述岛，再到满天星斗的琛航岛，漫步在长长的防浪堤上，一种从未有过的东西，随着既流不尽，也淌不干的周身大汗弥漫开来。分明是在退潮的海水，丝毫没有失去固有的雄性，那种晚风与海涛合力发出的声响，固然惊心动魄，那些绵绵不绝，生生不息，任何时候都不会喘一口气的巨浪，才是对天下万物的勇猛！包括谁也摸不着的天空！包括谁也看不清的心性！包括大海以及巨浪本身！天底下的海，叫南海！心灵深处的海，叫南海！防浪堤是一把伸向海天的钥匙，终于开启了一个热爱大海的成年男人关于大海的全部情愫！

拥抱大海或让大海拥抱，这是梦想，更是胸怀。

七月四日正午，从只有零点零一平方公里的鸭公岛上，纵身跃入南海的那一刻，一朵开在海浪上的牡丹花，冷不防蹿入腹中。哪有海水能畅饮？只是咽下这牡丹花的那一刻，心情很爽快。这世上最清澈的海，这海里最美丽的蓝鱼儿，这鱼儿中最柔情蜜意的彩色亲近，这亲近中最不可言说的沉醉！因为高兴，就必须承认，这是自己喝过的最可口的海水！

可口的南海，总面积三百五十万平方公里，属于中国领海的有二百一十万平方公里。四千里长的中国南海，每一朵海浪都怀有千钧之力，每一股潮水的秉性都是万夫不当之勇。偏偏还有一处独一无二的任谁都会觉得可口的泉水井。橘红色的冲锋舟将一行人送上甘泉岛滩头，走几步就能从沙砾中踢出西沙血战时击爆过的机枪弹壳，看几眼就有老祖宗生命印记的陶瓷残片映入眼帘。待到从老水井里打起一桶水，呼呼啦啦喝个痛快时，那种渴望宛如想痛痛快快地饮下万顷南海。我是喝过了，喝过了还难解心中焦渴，便抱起那只桶，将整桶水浇在头上，那一刻真个是水往身上，心往天上。偌大的南海，上苍竟然只有这丁点的赐予，再多一点的淡水也不肯给。

曾经写过好水如天命，这一刻又明了，天命亦可成为好水。

多年前，偶然读过一段文字，说是在解放军兵种系列中，除了陆海空和二炮之外，还有"第五兵种"。身处南海才晓得，这兵种的最高统帅是一名下士，所率领的士兵只有屈指可数的四名。下士和他的队伍被称为雨水兵，其唯一使命就是在别人盼望风和日丽时，蓄意反其道而行之，盼望老天爷天天来一场暴风骤雨。风刮得越猛，雨下得越大，他们越是高兴。这些全世界独一无二的雨水兵自成立之日起，十五年间，用尽各种办法，在永兴岛上收集上苍赐予的雨水一百二十万吨。依照水库容积规定，装下这么些水，需要一座中型水库。在中国人的眼里，南海再大再深，每一滴海水都不是多余的。在南海的雨水兵心里，更是抒写成南海天空上的每一滴雨都不是多余的。

面对这样的甘泉，一个人的情感会因丰富到极致而将其当作天敌，怀恨的理由当然是抱怨其太少。南海的天敌是什么？那个风高浪急的暗夜，我们在前往永兴岛的"三沙一号"上熟睡时，有贼头贼脑的舰船正在我船航线附近游弋。对此恶行当可同等鄙视吗？

在赵述岛却有一种明目张胆的天敌。向南的岸线上，礁盘像是有半个海面大，下水才走两步，就捡到一只疑为天物的彩条球体贝壳。事实上那是海星钙化后极薄的外壳。赤着脚小心翼翼地蹚过海水中密密麻麻的海星，在天敌横行的海底，仍旧生长着一丛美丽如琥珀的珊瑚，偏西的太阳照着海水，被阳光透露的海水浸润着珊瑚，仿佛神话的珊瑚反过来用一身的灿烂，还南海以漫无边际的霞彩。

珊瑚灿烂，珊瑚的天敌海星也灿烂，同样从海水中捧出来的海星的天敌大法螺也一样的灿烂。美是丑映衬出来的，爱是恨打造出来的，南海所有的灿烂无比，命中注定要由天敌激荡出非凡的审美格局。就像琛航岛上十八烈士大理石浮雕的壮丽，是与天敌的西沙之战所匹配。

此刻，南海星斗遥远。太过遥远的南海，反而不似任何时候都是遥不可及的别处。只需站在海边，哪怕是最不起眼的一颗星，都会是世上最深情的人正在家门口深情伫望远方。身处星星散落一样的小岛甚至是小小的小岛上，用这个世上最清纯海水洗过的目光，与同样用这海水洗过的星星相互凝视，譬如美济礁居委会的八十二岁老人与美济礁的相望，谁也不觉得对方渺茫，谁也不觉得对方垂老。用能看清三十米深海的目光，看什么东西都是美妙，看任何人事都是天职，看每一朵浪花都是神圣。所以，在最黑的夜，只要有一丝云缝，南海的星斗们也绝不会错过，即便那云缝只够容纳一颗星，那就用这颗星来闪耀整座南海。

真的不想再提那些热门的太平洋岛屿了！南海的海滩洁白如塞外瑞雪，又像故乡丰收的白棉花。这样的海滩只能是白云堆积起来的。即便是用脚踏了上去，再用胸膛扑了上去，也不愿相信，这是海水与海沙随心所欲的造物。除了天堂，无法想象还有哪里比得了，这一片连一片，每一片都令人不忍涉足。一湾接一湾，每一湾都有比另一湾美不胜收的海滩。哪怕是只有零点零一平方公里的鸭公岛，只要开始行走，就会沉醉于扑面而来的万般美妙，丝毫感觉不出自己的双腿正在围着只够隐藏一对，最多两对情侣隐私的小岛绕行。或许天堂建筑师的灵感，正出自对南海诸岛的复制。或许干脆放弃什么天堂，对于人的想象来说，还有什么东西能够超越南海的恩典呢？对人的情怀来说，还有什么比南海更能使人心性皈依呢？

还有那海水，这世界所有现成的话语，都不足以用来表现她的气韵与品质，唯有那渔民平平淡淡地说，做一条鱼，不用奢求做一条青花鱼，也不用奢望做一条红花鱼，能在这海水里做一条奇丑无比的石头鱼便是前世修行的福报。毫无疑问，南海就是一门宗教，唯有使自身回归普通与平凡，尽一切可能不出狂言，不打妄语，不起邪念，不生贪欲，才能保证自己不会在那海天之下羞愧得抬不起头来。没有如此宗教，哪怕变成一只丑陋的沙虫，也会无颜面钻进沙土之中。

神圣之于天下的意义，不必彻底理解，但不可以没有敬畏在心头飘扬。

一顶竹编帽就能倍感荫凉的恩情。

一棵椰子树就能消解生存的绝望。

礁石再小撑起的总是对大陆的理想。

水雾再轻实在是甘霖对酷旱的普降。

用不着太多，只要看见一只玳瑁在南海中翩跹的样子，就会明白幸福是为何物。只要看见一只手从南海中悠然伸起来，将一件物什放进水面漂着的容器里，就会懂得如何得幸收获。一道雷电与一只海鸥在南海上的意义是不同的，雷电是肆意暴虐，海鸥在抒发自由。一只小小舢板与一艘航空母舰在南海的地位是相同的。航空母舰再庞大，也由不得其耀武扬威。舢板虽小，尊严无上。

一九九二年发表的中篇小说《凤凰琴》，以及随后的长篇小说《天行者》，写了深山小学校，用笛子与二胡演奏国歌升起国旗。一直以来，此景象都是乡村教育的经典写照。曾是赵述岛上仅有的那对夫妻居民，对着大海一边唱着国歌，一边升起国旗。这样的画面没有成为南海的经典，夫妻俩作为升旗手，将自己锻造成一根钢制旗杆，十六点八级的超强台风"蝴蝶"也不能吹倒，这才是神圣中的神圣。三沙的人，真个是出海如同出征，安家就是卫国。在中国的南海，被越南人非法关押一年的这位丈夫说，做渔民的，有时候就像一条鱼，海才是我们讨生计最好的去处。他说的其实是一种诗情：我在天涯我就是天涯！我在三沙我就是三沙！我在南海，我就是中国的南海！

用一把渔网向着最宽阔的海面，哪怕它是唯一一把渔网，南海的渔民也会美滋滋地撒下去，即便那海面视渔网为无物，也要用这渔网来打捞南海的历史与现实。

用一根钓线钓起最深的海沟，只要有一根钓钱，南海的鱼钩就会坠入其中，即便那水深不可测，那鱼重达千斤，也要用这一头连着大海，一头连着人心的丝线传达南海的灵魂。

在最猛烈的海浪下，只要有一丝踏实，南海的海沙们就会勇敢落地，即便那地方只能安放一粒细沙，那就用这粒细沙来界定茫茫海天。

一个人来到南海，不只是做每一粒海沙和每一朵海浪的主人，也不只是做一座海岛和一片海洋的主人，而是为了与每一粒海沙，每一朵海浪，每一座海岛，每一片海洋，成为兄弟。如此才有赵述岛上那座兄弟庙，其传说与道德的主旨是：船上没有父与子、海上不分叔与侄，上了船，出了海，所有人都是患难兄弟。海有海的哲学与审美，海有海的叙事与传奇。不进入大海，就无法理解一滴水。理解了南海的一滴水，才有可能胸怀祖宗留下的南海。

流火的七月，歹毒的台风即将袭来，却暂借船头一片平静。南海之事，一天也耽搁不起。南海之美，每一样都刻骨铭心。如是写下这诗句：

> 长城长到天姿几？
> 永暑永兴永乐知。
> 我有三沙四千里，
> 不负南海汉唐旗。

二〇一六年七月五日初稿于琛航岛
二〇一六年七月十一日定稿于东湖梨园

第四才子书

在陌生的山水间行走，突如其来地遇见先贤，是一种极为特殊的事件。那感觉与滋味不是兴奋，也不是震撼，完完全全是一种在今生遇见自己的前世，在前世遇见自己的今生般的错愕。汨罗江上游的平江离武汉不算远，有几位朋友老家正在那里，平日相聚，从未听他们说过。而我去到岳阳的次数在各历史名城中也是最多的，每次到岳阳无论是见到文坛朋友，还是其他什么人，包括那些家在平江的人，都不曾提及杜甫于公元七七〇年去世后，就安葬在一山之隔的平江。这一次来汨罗江下游访端午祭屈原，在岳阳住下后，忽然听人说起，就像被某种东西触动神经，仿佛之中不敢相信，又不能不相信，有那么一阵子，不知说什么好，然后还要反问，这是真的吗？

中华文化中更有一种备受尊崇的传说，凡是天造地设由东向西的河流，命中注定不会平凡。譬如湖北枣阳的滚河，在曾随国号谜一样气氛下，随手从擂鼓墩大墓发掘出来的曾侯乙尊盘、曾侯乙编钟等一系列的国宝器物，就惊世骇俗了。

汨罗江也是一条由东往西流淌的大河，仅仅屈原怀沙投江就足以流连于历史，再加上死于斯葬于斯的诗圣杜甫，不要说汨罗江将居何等地位，这天空的雀鸟，地上的禽兽，水里的鱼虾，都会平添许多文气。

五月初五，刚刚顺汨罗江流祭屈原。

五月初六，又溯汨罗江源参拜杜甫。

只在那墓前稍一伫立，心头疑问，世上疑云，忽然尽数散去。墓前三五尺见方的一池洗笔泉水，像慧眼一样将千古文章、百代人世映照得一清二楚。虽然这也是历史，又与历史大不相同。对望之下，横一道小小水纹，正是感时花溅泪；竖一条微微风波，实为恨别鸟惊心。长草荒荒，小路弯弯，田舍重重，苔藓满满。不是秋风茅屋，也非寒士草堂，一心一意尽是与苍生相关的苍茫。

天地精灵，既不能言说，也无法为文，所能做的也就是将其精粹托付给配得上天地信任之人。所以，天下文章但凡出类拔萃的，必定是贯通天地，气质自然。杜甫灵寝处，冷清得有些过分，正好印证除了杜甫只有天地的那种地位。四周是那种专属于原野的清净，看不见俗不可耐的故意展览，也没有发现无意遗落的诗词文章。目光所能读到的唯有"唐左拾遗工部员外郎杜文贞公"等文字。虽是初夏时节，四周充满暑气，脚下青砖的缝隙里，仍在冒着直达骨子的阴凉，宛如杜甫一生的阴郁。

公元七六七年，杜甫从瞿塘峡乘船而下时，还能抒写：无边落木萧萧下，不尽长江滚滚来。宋时有人曾说此两句十四字，写出了八层意思：他乡作客一可悲，万里作客二可悲，经常作客三可悲，正值秋天四可悲，身怀疾病五可悲，晚年衰病六可悲，更兼多病七可悲，重阳节孤独登台八可悲。身为少陵后来者，当知杜甫身后事，这样的追溯与对照，多少有些牵强，多少也有些道理。及至公元七六八年到七七〇年，那情怀中的豪迈，就被命运的悲怆彻底逆袭。短短两年湖湘经历，就只能与李白天人相隔地写着，凉风起天末，君子意如何。分明那方世界是无法活着抵达的，还是要问个清楚，鸿雁几时到，江湖秋水多。文章憎命达的境况，魑魅喜人过的现实，放在现今时日也是如此，天下哪有真写文章的人是官运亨通财源滚滚的？地上哪有暗箭不伤人的？这样的文字就是想做别的诠释也做不了。最是那句，应共冤魂语，投诗赠汨罗，简直是一语成谶！世间通常习惯暗示他人，像杜甫这样，除了自己将自己当成诗文赠予大江大河，那些记得诗，并热爱诗的人，哪敢有此念头？若是谁有，无疑会触犯天条。

　　十年之后，若有怀想，还可以当作惋惜。百年之后，任何一种怀想，都是不道德的！千年诗圣，只落得举家投亲靠友，更有苦雨相逼，人在船上，船却一连十日无法靠岸，最后还要对他人的施舍千恩万谢。早前远在皖南秋浦河上的李白，何尝不如此，吃喝人家几天，临走时还要歌唱，那酒肉款待之情，比桃花潭水还要深！李白有情唯有杜甫能解。李白既然先杜甫而去，杜甫之心就只有凭空托寄给凉风鸿雁江湖秋水了。

　　识时务者为俊杰，不认时务者为圣贤。那个叫李林甫的，因识时务，了解皇帝秉性擅长投其所好，用一个野无遗贤的说辞，将好大喜功的唐玄宗奉承得晕乎乎。不必去怀想这些人若知道，被他们屏蔽在金榜背后的杜甫，日后成了圣贤，会做何感想。看着这楚天云水伤心处，这满山荒草泪横流的小田村，用春天的一株兰，夏天的一滴露，秋天的一群雁，冬天的一坡雪，连续起汨罗远水，就会明白，一个屈原怀沙投入一条向西流淌的江，尚不能避免屈原与楚国的悲剧在杜甫与大唐身上重演，那就需要用杜甫与屈原的灵魂叠加，以强化汨罗江，强化天地留给后人的道德、文章、节义的警示。否则这向西流淌的河流，就失去如此存在的理由。

　　明末清初的金圣叹，被尊为中国文学第一评论家，他从经史典籍、诗词歌赋、戏曲小说中选出六部书，认为是千古绝唱。这六部书是：一庄（《庄子》）、二骚（《离骚》）、三史（《史记》）、四杜（杜甫之诗）、五水浒、六西厢。金圣叹称它们为"才子书"，也叫"天下必读才子书"。年少时，对诗仙李白与诗圣杜甫之不同甚至很不以为然，后来才察觉出其中来分野。将自己的每一个文字都用作世人疾苦的一部分，自然要比春花秋月来得重大。曾经有人这样说，杜甫的诗，后来被人各得其所，学成六种模样，孟郊得其气焰，张籍得其简丽，姚合得其清雅，贾岛得其奇僻，杜牧、薛能得其豪健，陆龟蒙得其赡博。果真如此，从幕阜山发源的汨罗江，就是杜甫从活着到永生的清楚无误的象征。

　　记得苏轼有诗，大江东去，浪淘尽千古风流。

眼前天地分明，汨水西流，屈杜遗志何时休？

永生的杜甫墓有些荒凉，到访的人很少。太忧国的人譬如屈原，国家会给予纪念。太忧民的杜甫，本当由民众来纪念，可是民众都去哪里了呢？饥借家家米，愁征处处杯的杜甫，亲朋无一字，老病有孤舟的杜甫，饿着肚子走遍半个中国的杜甫，难道还有更为不堪的圣贤吗？从屈原到杜甫，相隔有一千零四十八年，难道这汨罗江还要再过一千年，再有圣贤流落同千古，才会明白人世最重要的是什么吗？

二〇一六年六月十二日于黄州

汨罗无雨

时值雨季，气象台预报有雨，肯定会有雨，气象台预报无雨也有可能下雨。偏偏这一天，气象预报说有雨，却没有下一滴雨。

端午的天很蓝，端午的太阳很灿烂。

汨罗江上，丝毫没有云愁水浊迹象。

甚至相反，江面上旗很红艳，江两岸人很快乐，水清得能将三十几条胜过云霞的龙船变成六十几条。

雨在昨天就下过了，从离秭归、离九畹溪、离乐平里最近的宜昌出发时，大雨便不离不弃一路跟随，直到听懂了我们要来汨罗江。大雨变成小雨，小雨变成大雨，有雨变成无雨，无雨又变成有雨。我们的意志不曾动摇，那雨却开始摇摆不定了，大的时候，惊心动魄，小的时候，润物无声。沿荆江，过洞庭，眼看就要抵达岳阳楼，那雨终于不再如影相随，前前后后的模样太像饮食男女的犹豫不决。雨的样子像是说，故乡已为屈原流干了能够流出的泪水，再无泪水可流。此去汨罗，没有了雨和泪水，该如何表示对故人的痛惜之情？

没有雨，没有雾，没有雷声，只有一声声喇叭在叫，再排演一遍，还有排演时单调沉闷无力的鼓点。此时此刻，还是有雨来临为好，冒着雨，努着力，就没有机会想着娱乐，而枉费精神。那些说是为了祭祀三闾大夫的龙船，如果有雨，也就看不见桨手的表情，也就将漫山遍野的雨丝当成从鼓手到舵手整条龙舟的表情，更不可能额外地选择一朵愁云作为我们的心情。

没有苦雨当哭，没有沉雷长啸。

阳光灿烂，暑气飞腾，舞台上有人独唱《离骚》，也有人在领诵《招魂》。

还没有放假，端午小长假要从明天才开始，大小道路上已变得如过年一般车水马龙。汨罗本地，早将端午节当成与春节、清明同等的必定回乡的重要节日。清明是要返乡祭祖，春节必定回家团圆。汨罗江两岸村村都有龙舟，每逢端午，青壮男人都会从千里之外赶回来，吃几颗清水粽子，洗一场艾叶汤澡，即便是没有想起屈原，心口之中也没有吟诵诗章，也会纷纷操起木桨，一队队结伙去到江上划起龙舟。汨罗江上"宁荒一年田，不输一轮船"的节日精神，想必相同于"慢转莺喉，轻敲象板，胜读离骚章句"。"荷香暗度，渐引入陶陶，醉乡深处。卧听江头，画船喧叠鼓"，宋时人们尚且如此，又如何要求今日今时！

这是第一次来汨罗祭拜屈原，我有理由让自己显得肃穆，相同的原因，我无法让自己尽是娱乐之心。如果能读得屈子祠墙上的碑刻，就会发现托寄三闾大夫灵魂的屈子祠，也有被淫僧沾染的时候。这或许正是屈原的宿命，精于政治而被政治所毁，因为忧国忧民而死于忧国忧民。那漫漫之路哪里是求索，分明是君子舍身。同样的端午，本是因祭祀而成节日，又因为节日被拖累为满天满地的喜庆。

　　天不下雨也罢，只要心里湿润也行。谁会将两千三百年前的悲伤，用一滴泪水流到如今？连天地都不过如此，否则这时节，就该是雷鸣电闪暴雨倾盆。龙舟再多也载不起屈塘中的悲壮，粽子连天仍不及屈塔耸立的意蕴。从唐玄宗开始，八大帝王不断追封屈原为忠烈侯、忠洁清烈公，直至被清康熙尊为水仙尊王，身后获得如此厚待，竟与孔子平齐。与华而不实好大喜功的皇帝相比，以个人之品格到屈子祠前三叩六拜九揖，聊表襟怀已是了得，如若真要当真，还不如转过身来，用心雨之笔写下心语：八帝追封，纵然与孔圣齐名，不如离骚总天问；千载竞渡，只为个忠魂沉冤，从此汨罗永怀沙。

　　　　　　　　　　二〇一六年六月七日于岳阳南湖

浔阳一杯无

一座浔阳楼是由大江大湖大山大水堆积起来历史的遗憾！

除去遗憾，浔阳楼名声就会更小。九江来过多次，浔阳楼旁边那座锁江楼与文峰塔，都曾上去走了走，近在咫尺的浔阳楼却似无缘一样，一只脚伸到旁边了，也不肯将另一只脚迈过去。在长江边出生，对长江边的一切都有兴趣，偏偏这浔阳楼，总不能留在心里。没有别的原因，全是太不喜欢《水浒》中的那个黑矮胖子。

第一次读《水浒》，黑矮胖子这词就令人心生不快。《水浒》这书本不值得多读，那些人物故事，一遍下来就有七八分印象，再读一遍不仅不会达到九分十分，反而会走向反面，让人越读越糊涂。譬如，为什么要让真好汉晁盖轻而易举死去？这黑矮胖子分明是个吃着碗里，盯着锅里，凡是好处都不想放手的贱骨头，所有本事无外乎玩弄权谋，算计来算计去，反而将自己算计成强盗头，虽然勉强却还是大权在握地做了一百零八名好汉的主子。晁盖是湖口与长江四围博大的原野，当强盗就当强盗，有志愿也只是想当绿林英豪。这黑矮胖子充其量是湖口与长江中间那座在急流之上左右逢源，洪水来了吃洪水，清水来了吃清水的小小江洲。

这一次终于上了浔阳楼，凭栏四望，感觉造化弄人，这么好的景致，在九江做过官的白居易为何非要等回洛阳时才写呢？当初在九江时为何不将写给本地朋友刘十九的那首绝句，绿蚁新醅酒，红泥小火炉等等，写在这浔阳楼上呢？更别说那首感天动地的《琵琶行》，如果浔阳楼上的白居易不是题了一首相对平庸的《题浔阳楼》，而是有了这绝妙的《问刘十九》，或者索性用惊天地泣鬼神的《琵琶行》，后来的黑矮胖子，就会心知肚明，自己一没有在这楼上题诗的资格，二没有在这楼上撒野的胆子。

当年黑矮胖子被官府发配来此，看见一座酒楼牌额上有苏东坡大书"浔阳楼"三字。黑矮胖子上楼凭阑举目，端的好座酒楼，雕檐映日，画栋飞云。碧阑干低接轩窗，翠帘幕高悬户牖。消磨醉眼，倚青天万叠云山，勾惹吟魂，翻瑞雪一江烟水。白苹渡口，时闻渔父鸣榔；红蓼滩头，每见钓翁击楫。楼畔绿槐啼野鸟，门前翠柳系花骢。黑矮胖子看罢喝彩的一派江景，如今只是水面窄小了些，雕檐画栋换成了满城霓虹，渔父钓翁野鸟花骢等等也各有替代之物。就连黑矮胖子后来凭着酒兴题写反诗的例子，也能从楼后的庐山上找到新的翻版。

那黑矮胖子一杯两盏，倚栏畅饮，不觉沉醉，思想自己三十大几了，名又不成，利又不就，倒被文了双颊，发配到此，如何与家中老父兄弟相见！不觉潸然泪下，临风触目，感恨伤怀。见白粉壁上多有先人题咏，不禁也动了舞文弄墨念头。黑矮胖子喝酒之前的想法，哪有丝毫想造反的意思，所有变故也就是男人的面子问题。为了一点虚荣，最后闹得血雨腥风的事，诸如此类，古往今来数不胜数。

浔阳楼在长江南岸，北岸的龙感湖，古称雷池，那句不敢越雷池一步，说的就是这地方。在黄鹤楼那里，面对崔颢题诗李白尚且知道眼前有景道不得。浔阳楼上，若白居易所题写了能饮一杯无，那黑矮胖子只怕连喝酒的兴趣都无了。再加上相逢何必曾相识，那黑矮胖子也许会醍醐灌顶，邀上花和尚和黑旋风，上五台山做了真的出家人。那样的浔阳楼就会成为黑矮胖子人生的雷池。

因为这些都不存在，黑矮胖子才敢寻思，磨得墨浓，蘸得笔饱，在上面写些文字说，倘若他日身荣，再来重睹一番，以记岁月，想今日之苦。对黑矮胖子的不喜欢，最是他在那白粉壁上写的头两句：自幼曾攻经史，长成亦有权谋。恰如猛虎卧荒丘，潜伏爪牙忍受。这酒后吐出来的真言，直教人脊背发凉，胸口冒着冷汗。想想自个身边，若是藏着如这黑矮胖子一般的家伙，不定什么时候就会用那权谋加爪牙，将别个的人生弄得一塌糊涂，在家就会家不安宁，在团队就会团队不安宁，在哪里就会哪里不安宁。最是黑矮胖子力不胜酒时，还记得与酒保计算清楚该付的银子，还将多出的碎银赏给酒保。醉到如此程度，还丁点心计不少，像古人说的久假成性，这黑矮胖子着实太可怕了。

在浔阳楼上，想这叫宋江的黑矮胖子所题反诗之过程，总觉得其人品人格，都远不及庐山上那个写下万言书的大将军。即便黑矮胖子后来觉得不过瘾，又攀上"冲天香阵透长安，满城尽带黄金甲"的天下第一反诗，加以"他时若遂凌云志，敢笑黄巢不丈夫"的俗句子，怎比得了大将军的"谷撒地，薯叶枯。青壮炼铁去，收禾童与姑。来年日子怎么过？请为人民鼓咙胡"！黑矮胖子再怎么说，也不过是为着个人私利，如果管着他的那些人也能抛开个人私利，稍多一点宽容，笑一笑，挖苦几句，讥讽一场，由着他发牢骚去，酸溜溜的话说得再多，也掀不起大风大浪。

事实上，遇上一点事就想着反了的看上去十分痛快，归根结底于人于己都是一种破坏。成就宏大事业的最好方式是改正变好而非打碎破坏。改变会让世界越来越宽厚，越来越宽容，不会损毁既往与当下社会资源的积累。总是反了反了的，一旦真的反了，必定不分好歹地抢先破坏妨碍反了的一切，而不管历史之下还有休戚与共的芸芸众生。

小人最爱与小人过不去，因为小人与好人过不去时，好人往往会忍受再忍让，让小人闹腾不下去。小人与小人过不去时，小人之间互不相让，各自将最不堪的手段亮出来，一点屁事也会闹到九霄云外。黑矮胖子与对手正是互为小人，才将彼此逼成水火不相容。这样人格低下的反了，其实质与狗咬狗差不多。古往今来，太多反了反了反了，没有哪一个反了是百姓获利的。相反，一旦反了，百姓的日子就会陷入水深火热之中。彭大将军洋洋万言，区区六句，没有一个字是为了自己，一笔一画全是舍身为民。这样强烈要求改变才是民族进步的大仁大义。

白居易之所以没有在浔阳楼上写下自己最想写的诗文，一定是预感到身后将要发生之事，早早断绝后来者将自己与那不屑之人牵扯到一起的念头，不使自己名节有惨遭污损的可能。只可惜了苏东坡，无论当初是否真的题写过浔阳楼匾，反正已被人与那黑矮胖子捆绑到一起了，这偏偏苏东坡是最不屑的。想那天涯何处无芳草是何等境界，怎么会欣赏因为功名利禄而杀人越货的江湖浪人？

相逢何必曾相识，同是天涯沦落人！没有这般人生际遇，天下有名楼只不过是一种强说。

晚来天欲雪，能饮一杯无？缺了这境界，"世间无此酒"的招牌是亮不起来的。任凭从前的店小二，现在老板娘如何叫卖，不如且行且珍惜地来一杯啤酒！

二〇一六年六月十四日于九江

仁可安国

　　小时候生活在山里，总听爷爷说长江的事，爷爷说的那些长江事，重复得最多的是黄州青云塔。爷爷这样说话，是希望他的长孙不要忘记自己的家乡在哪里。那时候我是见过青云塔的，只是没有记住，没有记住是因为根本记不住。我最早见到青云塔时是在零到一岁之间，这样的年纪，哪怕母乳的味道也是记不住的。爷爷说，万里长江在黄州城外绕了一个急弯，这青云塔的修建，是要用高望之物来平复长江拐弯得太急带给黄州城的种种风水不利。这个夏天，沿长江一路走来，只要是大拐弯的地方，总会有人将自己的意志强加于斯，可见爷爷的话是有来头的。

　　始建于明万历二年（公元一五七四年）的青云塔，一直在黄州城。二十岁时，自离开黄州城第一次回来，留在记忆中的青云塔是在城外，三十岁时再次见到青云塔，已经是在城内了。这么长的时间里，却一直没有到这塔的跟前去，直到六十岁了，才走上这青云直上的全楚文峰之塔。年轻的安国寺住持陪着，也不知崇迪和尚是从哪里统计的，竟然脱口说出，青云塔建立之前的明朝，黄冈一带只考中进士四十五人，建塔之后，明朝时考中进士二百七十六人，到清朝时共考中的进士达三百三十五人。

仰望这塔，我做了一个加法，将明朝前后的进士加起来，与清朝的进士数相比，二者并无明显差异。为什么还要如此表述，这中间肯定存在另一种东西。

黄州城内还有一座石塔，爷爷在世时，从未对我说过它。是我重回黄州之后，自己发现的。石塔建在东坡赤壁内，立在世所闻名的二赋堂南墙外。从发现这座石塔起，在公开场合总听人一说石塔与苏轼相关，二说与安国寺相关。与苏轼相关是因为苏轼的到来，旧黄州的陈腐就被新黄州的文采取代。因此黄州人爱苏轼，爱苏轼的诗词书法，并进一步爱上街头飘荡的每一张废纸。而安国寺的僧人又是此中杰出代表，为了爱苏轼，为了爱苏轼的诗词书法，安国寺的僧人每天早上都会上街，将各个角落的各种有字迹的废纸，收集到一起，送到东坡赤壁二赋堂南墙外的石塔里焚烧。所以，这石塔实在是一座古老的焚纸炉。

这样的故事讨人喜欢。但是，有一天，我找到了这个故事的真相。说是真相，其实就是没有真相。没有真相的真相是，这个故事在现实中从未存在过。故事的出现全因为那位叫丁永淮的苏轼研究者的杜撰。丁先生之所以要杜撰，也是由于这石塔的真相过于不堪。作为研究者，丁永淮先生从方志史料中找到这石塔的出处，清朝时，黄州城内出了一个放荡的寡妇，因其声名败坏，家族深感耻辱，不得不祭出家法族规将其处死仍不解恨，就修了这石塔镇着压着永世不许超生。在黄州与丁永淮先生相处时，听他多次说起这事。丁先生爱苏轼心切，而这石塔不仅建在东坡赤壁之内，更立在二赋堂旁，又不能拆除，这才另起炉灶重新创作一个关于石塔的故事。

在历史与现实之间，长江流水之上，这样的事有许多。譬如三峡中那美妙绝伦的桃花鱼，传说是昭君出塞时流下的鼻涕变成的。当地一位朋友觉得鼻涕太丑太难看，有损天下第二美女的形象，便改为是昭君的眼泪滴入水中变化的。这样的改变，合情合理，令人敬佩。也有让人恶心的。譬如三国时期赤壁大战那事，后人总也免不了追问，在冷兵器时代，曹操的千军万马南下本欲夺取江南吴国都城武昌也即现今的鄂州，却要绕到上游数百里的荒野处渡江，而江那边是更荒的荒野，三国过后多少年才有了地名的赤壁，这一点也不符合冷兵器时代，最经济的战争策略是两军直接面对，兵对兵，将对将、刀对刀、矛对矛地分出胜负。想不到近几年竟有人借着创意经济弄了一个创意，说是当年曹军在此发现一条翻过幕阜山，直插时名柴桑再叫九江的小道，所以曹操才决定在此渡江。这样的创意也太肆无忌惮，连起码的常识也不要了。放着武昌不攻打，却要翻越拎着打狗棍都难以通过的崇山峻岭去攻打上不巴天，下不巴地，且远在千里之外的柴桑，这也太不把别人脑子当人脑子了。

青云塔边，那座因为苏轼而在文学史上留下盛名的安国寺正在有序复建，虽不会回到当年骑马关山门，鸣锣开斋饭规模，也不会再在寺内设四里凉亭和五里凉亭，苏轼的文学精神却是要恢复其中。苏轼有名句：飞流溅沫知多少，不与徐凝洗恶诗！恶诗虽然没有恶人那样遭人愤恨，却比恶人更坏，因为这样的坏是披着诗的光彩，最能妖言惑众，损坏人世间的文化伦理底线。在苏轼的黄州，重要的是传承一个仁字。无论传说与否，青云塔修建的用意与结果都是为了一方百姓，且不会对任何其他有所妨碍。哪怕将明清两朝数百名进士的出现归功于石塔，也是借石塔之名，彰显文情、文采与文化。二赋堂边石塔故事的修改，也是因为一个仁字。一个寡妇哪怕再多几段私情，也是人性使然，断不可为了他人名声而要了她的性命。相反，用石塔来说说黄州城对诗和诗人的喜爱都到了如此地步，才是这座古城和古城所有人的荣耀。不要小看了仁字，也不要不在乎仁字，更不要有意无意地糟蹋了这个仁字。

须知仁可安家，仁可安城，仁可安国。

二〇一六年六月十一日于黄州

赤壁风骨

拜谒东坡赤壁，最早是在一九八四年春天。

其时还住在山里，因为陪同外省两位文学前辈，而搭乘长途客车前来古城黄州。那一次，我们沿着一条清静的道路缓缓前行。清静的路悄然通向一扇朴素小门，门后石壁苍红，正在偏西的太阳，诗意地将人带到二赋堂前。景象分明很陌生，心里却有一种仿佛是与生俱来的熟悉。几年后，有机会来到这路旁某文化单位工作，父母来小住，才晓得，自己就是在这路旁一所普通房舍里出生的。

从这以后，不记得来过多少次。在黄州的几年间，因为相隔几百米，不用挪步，站在窗后，就能将越来越沧桑的东坡赤壁揽入情怀。再往后，我这过客一样的黄州之子，又一次离别去远。偶尔有机会回来小住，不只是深情牵挂，重要的是为文之人，面对古来宗师，在品格操守上再行受戒。

要进二赋堂，须得迈过那道高洁门槛。

这样说，非是怀想此地可曾光彩照人。坡仙显圣处，早就是用简易素洁来辉照霓裳万方。虽然听不绝大江东去风流浩叹，清凉赤壁与清凉东坡，才是地理人文的天作之合。正是有此天下无双的一段合璧，汤汤鄂东五水，才没有写成一部从头到尾的天灾人祸血腥乱世史。一段落寞寂寥，百代宏阔高远。心灵品格关乎历史品质。称为古老也不够形容筑城久远之黄州，岁月城池被新王朝猛将毁了又毁，又被旧皇族顽军烧了又烧！闻风而起的暴众与运筹帷幄的官兵，更将鄂东之地涂炭多少，败坏江山何止千年？东坡之前，一江两岸散落的莫不是社稷碎片。东坡往后，五水其间破碎依旧，所散落的更有家国的灵肉诗情。

天造地设，从九天降一滴甘露到某片树叶，谁敢事先料定归宿！

当年孤鹤横江，惊涛卷雪，哪会相信小小乡谚：河东三十，河西三十！水天往南，沧桑向北。涓涓细流的宿命，同样是茫茫大江之茫茫真理！亘古长河，流尽性情之水。烟云过隙，激浪无痕。一声吹断横笛，吹断的还有江涛，空凭许多乱石流沙，枯苇残荷，铺陈在诗词清流与天才赤壁之间。滩涂浅水，虾蟹横行，龟鳖招摇，终不过是风尘之数，成不了风流！

果然是东去大江了！不比将帅之争以胜败结论，王者旗下万骨横陈。诗文哲理以心灵为天下，以真理为至尊。前者极欲统治生命，后者唯愿生命力不断推陈出新。美学是无须雨露的滋润，风雅是掩映文哲的经典。赤壁之水源流五水之上，赤壁之楼风范古城四围。黄州以远各自拥有如苏子东坡的奇迹：黄侃、熊十力、闻一多、胡风、秦兆阳等，风骨挺拔几乎构成中华晚近以来的精神圣界。思哲其深，才情其远，分明风骨相传。本是山水的壁垒，能傲然立世，不只是鄂东学子后续之造化，亦在于诗情弟子不以先师风雅而附庸，才有东坡赤壁真如圣迹，无以落下坡仙之外半笔污墨。一江流远，唯楚有才，鄂东为最。其言所指，当然是在风华与才情之上，沿袭楚狂屈原的孤鹤与长虹般气节。

鄂东之地，物产中能傲视古今的是人之风骨。

有风骨的大地，拒绝生长邪恶奸佞。

生于赤壁，生长于赤壁，生生不息于赤壁，都是大道与大德的天赐。有此人文质量，一江五水终将获得清洁与丰饶。

（本文系《东坡赤壁文化丛书》序）

二〇一〇年七月十日于东湖梨园

又上岳阳楼

　　这是第三次上岳阳楼了。想来却奇怪，每遇楼上道道飞檐、盔顶和楹柱，总会生出初临之感。也许正应了"云江北、梦江南"这句民谚，两湖比邻，文化同属古楚，来湖南，就如同寻根访祖了。

　　远眺洞庭碧水长天，空怀沧溟辽阔无际。

　　其实，天下各处名楼，都隐匿有各自沧桑的源起，如同人，都对应着不同的命运。岁月倥偬，时光如尘，多数来历亦真亦幻，却归于了一统，或位列神话仙班，或藏于人云亦云。岳阳楼也无法僭越这种宿命。建造年代已无可考究，建楼者更是无从谈起。不过，后世重修者大多为当朝历代精英，早已彪炳典册，有迹可循。至于那建构一梁一栋的工匠，啸聚于精英们的盛名之下，只能成为历史无尽的猜度、疑问，等同虚无。就像身边的洞庭，人只注目湖水的浩渺博大，谁还在意那一点一滴呢？历史的不公正，于此可窥全貌。此为题外话，说修楼人。

　　溯至三国，史载首修岳阳楼者，是东吴大将鲁肃。鲁肃为人豪侠，谋勇于当时乱世中卓尔不群。早在诸葛亮初出茅庐前七年，就曾预言天下必将三分。历史的残酷，于诸葛身上又得以鉴证。煌煌一部章回体小说《三国演义》，把"三分天下"的天才眼光，就这样硬生生移植在孔明头顶，造就了中国文化的智性传统。文化的强大，连历史往往也只能自叹弗如。

鲁肃在当时叫巴丘的岳阳地界上大兴土木，修缮当时未曾得名岳阳楼的城楼，并不出自文化考虑，只因战事所需，用以检阅和训练水军。于是，岳阳楼的前身，不图享乐以博美人眷顾而奢靡，也不为王权折腰而浮华。这楼，其沉郁之气，因与战争如孪生兄弟般同时降世，就如此钦定下来了。

时过五百年左右，至公元七一六年，岳阳楼等来真正懂它的人，没落权贵、被贬中书令张说。比之鲁肃，张说对中国文化的影响要小很多，但在唐开元年间武则天主政期，张说却是公认的文坛领袖。从现今留存下来的《全唐诗·四月一日过江赴荆州》里两句："比肩羊叔子，千载岂无才"，就可管窥张说并非浪得虚名。张说被贬，祸起仗义执言，不做伪证，敢于当朝顶撞武氏内宠。好在历史总在阴差阳错间，会留下些许幸事。"伪证案"没给张说引来灭族杀身的横灾，却给岳阳楼带来了重生。

谪守岳阳的张说，开始了扩改鲁肃阅军楼的宏大工程。先名旧楼为"南楼"，后正式定名为岳阳楼，整日里与一群文人雅士们在楼上饮酒作诗，赏湖观景。实在无法想象，一个被贬谪的朝廷命官，一个失败的男人，在洞庭湖上，面对被雨打风吹近五个世纪的一座残楼，面对被惊涛骇浪濯洗拍打了快五百年的一座老楼，修葺整改岳阳楼如凤凰涅槃重生之时，不以沉郁为底色和檩木加入打磨、构架，难道会为那道道飞檐、盔顶和廊柱，抹上层层浮光？

"昔闻洞庭水，今上岳阳楼。"湖与楼的相得益彰，如老友故旧，端坐于云谲波诡的中国历史长河中经年交谈，以心换心。浩荡的气势与悠久的内涵，使岳阳楼成为唐以后诗人墨客的心灵栖息地，孟浩然、李白、杜甫、白居易、刘禹锡……或贬谪、或流亡、或失意、或落魄，心怀沉郁之气，饱尝家国悲愤，于此登楼，于此吟诗，于此作赋。至盛唐中业，岳阳楼已然成了传统文化里的特殊符号、意蕴和象征，借以抒发忧国济世的感念、理想。

如此说来，我们的文化、历史、包括传统，似乎是因贬官们的创造才得以继承。其实也不难理解，贬官失宠，跌宕，孤苦、孤单，以至孤独，恰巧掰开了文化、历史和传统的内核；贬官在外，鹤野云闲，亲近自然，寄情山水。于是，文写了，词赋了，且性情感喟大多真挚。人因文立，文因人诵。历史有了，文化有了，传统也就立起来了。北宋庆历四年春，同是贬官的滕子京，在岳阳楼也是走此老路。贬谪到洞庭湖边的第二年，便集资重修，并"刻唐贤今人诗赋其上"。大约滕氏觉得自己被贬得不够远，也不够狠，或许自知才华有限，便想起另一位贬友，远千里外的邓州地方官范仲淹。

终生未登岳阳楼的范知州，仅凭滕氏遥寄书画一幅，想象，还是想象，就借楼写湖，凭湖抒怀，当然，也只如此经历过从极乐到极忧的贬官，才有了比从未上位的平民和从未下位的权贵更加深刻的忧乐体味，而留下了千古流传的楼记："先天下之忧而忧，后天下之乐而乐！"从此，世间就有了从未有过洞庭水映岳阳楼的胜景。中国文化的吊诡和奇妙，于《岳阳楼记》里展示得淋漓尽致。

水边的钢铁

"汉冶萍"这概念在个人历史上出现的时间不算长。

如此重要的近代中国文明史没有及时出现一代人的成长过程中，实在遗憾。好在这样的遗憾还有弥补的可能。

在我的那些描写鄂东的小说中，常常不经意地提及长江边的小镇巴河，以及另一个更小的小镇兰溪。鄂东那一片大山里的物产，经由两条大河，到达这两个小镇后，下一步就会横渡长江，进入到黄石的市场中。"汉冶萍"也在黄石，这地方，曾经是比远处一切大地方更真实的地方。先说袁仓煤矿，小妹的保姆家的儿子，参加三线建设后，从兰溪过江到黄石，被安排到那里当工人后，头几次回老家，提亲做媒的都要挤破门。再说黄石最有名的大冶钢厂，有同学姓张，父亲在那里也是当工人，同学的脚长大后，父亲送他一双白色帆布劳保靴子，一起打篮球时，场上其余九个人都怕被那靴子踢着，只要他起了三步上篮，所有人都躲到一边，让开大路由他直取篮筐。还要说说黄石锻压机床厂，上高中一年级那年，县城里有一大群十五六岁的高中生被那家工厂招了工，之后时常成群结队地回来，穿着那家工厂的蓝色工作服，蹬着劳保皮靴，一个个神气得就像现今的明星。

对黄石的深刻印象，还在于现在很少有孩子喜欢的港饼。那时，每逢过年，家里的孩子就会分到一只港饼，外面是芝麻，里面有馅夹着冰糖颗粒，嚼起来咔嚓作响，要多惬意有多惬意。

长江流向东方，黄石是其重要的节点。这一段江面宽阔，水流舒缓，而且深度还足够，但凡能在长江上行走的船只，都有机会靠港。

那时候，还有一种怪念头，为什么黄石在江南，而不像黄安、黄冈、黄梅那样全在江北？黄石真实的模样，直到一九七七年受工厂派遣，到袁仓煤矿调查一件事情，既赶上天晴，也赶上下雨，那从天到地的黑乎乎，让我有些不敢相信自己的眼睛。那时候，我已知道，这地名中的黄字，皆因那地方有黄色的表层土壤或者石头。那一次我对同行的长辈说，黄石不应该叫黄石，而应当叫黑石。

在民族历史的惨痛上，黄石真的可以叫作黑石。

历史中的黄石，最著名的还是"汉冶萍"。由近代中国工业文明之父张之洞亲自创立的汉冶萍公司的兴起与没落，就像是黄石曾经遍地的矿石与矿渣，集民族荣耀与民族耻辱、资源富足与资源枯竭于一身。足以代表近代中国的兴衰与荣辱的"汉冶萍"是用钢铁铸成的，也是用血汗凝成的。这些年说"汉冶萍"荣耀的人很多，"汉冶萍"那噩梦一样的耻辱却少有人提及。一九一一年至一九二五年期间，受到不平等条约的制约，日本钢铁垄断资本以比国际市场低得多的价格从汉冶萍弄走生铁八十九万余吨，铁矿石近千万吨。其间正逢第一次世界大战，国际钢铁价格暴涨，日本却以极低的合同价掠取生铁二十余万吨、矿石一百五十余万吨，日本八幡制铁所依靠所获暴利实现了第三次扩充计划，钢产量实现成倍增长。在国民政府管治时期，汉冶萍公司完全被日本所把持，一九二八年四月，日本当局制定了"关于汉冶萍公司今后措施方案"，决定"公司之事业，今后仅限于矿石之采掘与出售，终止生铁生产"，将中国第一家钢铁联合企业变成专为日本提供钢铁原料的企业。一九三八年十月大冶沦陷后，大冶铁矿彻底沦为日本重工业原料基地，一九三八年至一九四五年先后运往日本的铁矿石达四百二十七万点七六万吨，成为支撑日本发动侵略战争的重要军需物资。

也是因为惨痛，毛泽东才说起一句名言：就是骑着毛驴也要去大冶钢厂看看。

与相关人员闲聊，说起钢铁概念股票，他们自豪地为我们遗憾，在"汉冶萍"旧址上兴起的大冶钢厂的股票，在本行业中一枝独秀，并遗憾我们错买了别的钢铁概念股票。如今大冶钢厂所生产的特殊钢，是国内顶尖行业必需的，又是国际上任何一家钢铁企业对中国实行实际上的贸易禁运的。还有其他诸多方面，作为承接"汉冶萍"历史的钢铁企业，应该是一个民族从没落走向兴盛的见证。

"汉冶萍"旧址上还留有一座水塔，人说是日本人修建的。从八十年前一直使用到不久前，因为换上国产的阀门才不能再用了。说者无心，听者有意，这平常的话，让人觉得很不舒服。走近水塔，站在两只所谓国产的阀门前。换了别的东西，还不敢说什么，因为在阀门厂当了十年车工，因为当车工时所加工的阀门正是这种普通的单闸板与双闸板样式的，两只阀门是两百毫米口径的，这也是当年自己工厂的当家产品。可以负责任地说，这个世界没有使用八十年而不磨损变坏的阀门，也不可能有八十年中不曾拆换的阀门。要么不用，要么使用。就像汽车轮胎，不使用的阀门也会氧化与变形，只要使用，作为密封的两个金属面就会磨损，一旦磨损了就会漏水漏气，就得及时更换。人说修建这水塔的红砖也是从日本运过来的，自己这里的红砖建不了这水塔，还说日本人建的输送冶炼原料的栈桥用炸药也炸不垮等等。这些说法的流行，比资源掠夺更可怕，天下哪有这等事！不用去远，就在汉口老街上那些用先辈双手制造成的红砖建成的房子，哪一所不是百年以上历史？那没有炸掉的栈桥分明是有意留下作为文物的！对人来说，可怕的不是财富被掠夺，而是文化意志的屈从，这才是莫大的耻辱。

侵略者最为得意的肯定是文化的奴役，文化的奴役则表现在文化的自卑。

小时候，乡村中人对黄石这类大地方同样存有文化的自卑。在同一民族之内，这样的自卑比较容易得到化解。在侵略与被侵略者之间，在侮辱与被侮辱者之间，那种表现为自卑的言行，于人性深处是情怀与思想的麻木。

对一个国家来说，钢铁企业的荣辱就是每个国民的荣辱。

对一个人来说，所面对的日子才初显安逸，便对往日的血泪史信口开河胡说八道，有可能是另一场灾难的前奏。

二〇一六年六月十二日于黄石

怀念一九九八

　　一个人行走的足迹，往往就是历史的足迹。

　　这是一九九八年八月下旬在簰洲垸写下的一句话。站在荆江大堤上，想起这句话，身后就是世间闻名的观音矶，说是世间闻名，是因为它的险。这险在枯水季节是奇葩的意思，在风平浪静的日子代表美到出其不意。一旦洪水猛兽来了，这险就连艰险都不是，而是险恶，或者是阴险。天上下着大雨，我想光着头冒着风雨走一走，每次才走上几步，就会有同行者抢着将雨具放在我的头上。我是将荆州的雨当成老朋友，是那种在一九九八年夏天不打不相识的老朋友。

　　长江的荆江段在观音矶面前绕了一个巨大的急弯。水文站的资料说，今年雨季以来从长江武汉段开始的下游水位涨得很快，荆江这儿与平常年份差不多。水文专业上的差不多，可以理解为既不是枯水也不是洪水的相对正常的水情。在雨幕的打扮下，站在观音矶，眼前相对正常的水情也分明暗藏着滚滚杀机。

　　一晃就是十八年，正好是一段青春和长成。记忆中的生龙活虎依旧是当年模样，装满记忆的脑子上面却被霜雪覆盖。一九九八年夏天的长江，活脱脱是一个恶魔，那么多的军队，那么多的人民，用了那么多的方法才最终将其制服。因为付出太多，人人都有一种死里逃生的感觉。荆州当地的一位女子说，那一年她才五岁，半夜时分，跟着大人站在街边，送别参加抗洪抢险的子弟兵时，见到大人们都是热泪盈眶，她虽然什么也不懂，也跟着大声地哭喊，像大人们一样，舍不得子弟兵们离去。

　　在那时的文章里我曾经写道：如果没有一九九八年夏天的经历，很难让人相信，一场雨竟会让一个拥有十二亿人口的泱泱大国面临空前的危险，以至于不得不让这支士兵数量几十年来一直雄居世界首位的军队，不得不进行自淮海战役以来最大规模的战斗调动，而他们的搏杀对手，竟是自己国土上被称为母亲河的长江。在去嘉鱼的公路右侧，江水泛滥成了一片汪洋，让人情不自禁地想起亘古神话中的大洪荒。从北京来的一位资深记者告诉我，有关部门已将《告全国人民书》起草好了，如果洪水失控便马上宣告。这位记者心情沉重得说不下去，同行的人好久都在沉默不语。当我们又是车又是船地来到簰洲垸大堤上，面对六百三十米宽的大溃口，不堪负荷的心让人顿时喘不过气来。那轻而易举就将曾以为固若金汤，四十多年不曾失守的大堤一举摧毁的江水，在黄昏的辉照下显出一派肃杀之气。这时，长江第六次洪峰正涌起一道醒目的浪头缓缓通过。正是这道溃口，让小小的嘉鱼县，突然成了全世界瞩目的焦点。正是这一点让济南军区某师的几千名官兵在 21 小时之内奔行千里，来到这江南小县，执行着比天大还要天大的使命。

嘉鱼与观音矶隔荆江而相对，那里的江堤也叫荆江大堤。那里的江堤一点也不比观音矶这端安稳，因从清末以来的多次溃口，情况紧急时，就近取材，用一层芦苇一层沙土进行堵口，而后又没有清理，在这样的基础上对江堤进行加固。一九九八年夏天连续两个月的高水位将江堤内部，因为这些芦苇腐烂后形成的筛子一样的空洞打通了，形成一个接一个致命的管涌。在簰洲垸时，军报的朋友送我一套迷彩服，上面挂着中尉军衔，在全部由军事记者组成的队伍中，我按军衔走在队伍的最后，直到任务结束时，领队的大校才发现这个秘密，当然，他们都说我太像年轻的中尉了。年轻总是让人开心，让人能够想象自己还有能力没有被发现，就像一九九八年荆江两岸的士兵们最流行的有两句话：用汗水洗去身上的污垢，当一个受人尊敬的好兵；多吃点苦，将来做人有资本！

那一年的八月二十一日上午九点整，我正在这一支部队采访，突然来了紧急命令，才五分钟时间，五百名官兵便驱车直赴发生险情的新街镇王家垸村。面对他们的又是一个罕见的管涌，它在离江堤一千五百米的水田中，直径达零点七五米，流量为每秒零点二立方米。发现它时，它已喷出一千多立方米泥沙。水田里的水有齐腰深，管涌处，离最近的岸也有几百米，而离可以转运沙石料的地方有上千米。那一带是血吸虫感染区，五百名官兵没有一个犹豫全部在第一时间里跳进水中。我有幸与淹没在水中的稻穗一起，目睹官兵们用肉的身躯铺成了两条传送带，泡在水中，将两百多吨堵管涌的沙石料全部运到现场，直到下午两点才上岸喝水吃饭。接下来又奋战到第二天凌晨六点二十分，才将险情彻底排除。也是第二天，所有报纸无一例外地都只让人从那句"两千多名解放军战士参加了抢险"的语言中，才能感受到曾经存在过一种超越常人的英勇。

今年的雨很大，几个小时前，水文专家从江流中取出的那罐水已变得很清了，罐底沉淀的泥沙清晰可见，说是只有正常年份泥沙含量的十分之一。这样的情境很容易让人忘记一九九八，以及历史上与一九九八相同的许许多多的一九九八。长江会不会忘记？长江当然不会回答，但长江一定会在某个特定的时刻用特定的方式，考验着过去的考验。所以，观音矶前那貌似平静与平安，是不可能无条件信任的。哪怕这江水还会进一步变清，还会进一步乔装打扮成小桥流水人家。长江就是长江，大有大的难处，大有大的变化，大有大的魅力。我崇拜这样的长江，哪怕她会在不经意间给世界带来巨大的麻烦。

二〇一六年六月八日于岳阳

亲爱的三峡

再次来到三峡。这是第几次来到这里，很难记得清楚了，唯一清楚的是每一次与三峡相逢，都是一次情怀与思潮的碰撞。

长江一万里，大岭九千重，能奔涌的自然奔涌而来，会伫立的当然相守相望。还有一万一万又一万，像我这样的人，毫不吝惜从青丝到皓首的光阴，一次又一次乘风而来，看不够满江的桃花汛。一回又一回顺水漂泊，拥抱起漫天红叶而归。

来到三峡的方式越来越快捷，拥抱三峡的方式越来越舒适，从最熟悉的武汉为另一个点，将三峡连接起来的时间，即便是从汽车时代算起，也有了从漫长的两天两夜，到如今的只需三四个小时的巨大变化。在这种改变的过程中，从三峡工程截断亘古江流至今的时间算起来也一点不长，很奇怪曾经冷冰冰的山一样、海一样的钢筋混凝土建筑物，竟然悄无声息地从我这里获得了某种感情。

对三峡的迷恋无外乎那举世无双的山水，以及想看透与这得天独厚的山水密切相关的现代化工程的计划与实施。因为来得太多，因为来得太多生发的深情，因为深情而对天赐山水肯定会消失的惆怅，因为惆怅太多，必须排遣而又无法排遣，所以只能使用得幸天赐的抱怨为出路。可以想象的原因还有一些。这一切原因都还看得见摸得着，哪怕有少数原因变得淡忘了，也还在记忆的边缘小心翼翼地游走。

我的小猫小狗一样的童年，我的海枯石烂不可改变的日常起居吃喝口感，我的审美趣味，我的思哲基点，我的视野偏好，我的话语体系，我的一切构成生命的非物质元素，早就决定着我会将个人立场建立在纯粹自然一边。比如我是那样讴歌，只生长于老青滩岸边的香也香得醉人，甜也甜得醉人的桃叶橙，本是普通的几株果苗，偏偏遭到雷击，枯了半边，活了半边，然后就变异出世无所有的果中极品。比如我是那样抒情，只生长于老归州外鸭子潭中的桃花鱼，本是昭君出塞前洒在香溪中的一滴泪，年年江水涨起，淹得无踪无影，再大的江水只要退去，那婀娜多姿的桃花之鱼依旧从雷霆袭过，龙蛇滚过，恶浪翻过，洪峰漫过的江底飘然而至。比如我是那样惊叹，年年桃花汛期，那些要去金沙江产卵的鱼群，冲不过江中的急流，便聪明地沿着江边礁石阻击后的细水缓流向上游进，更聪明的三峡儿女，排着队站在细水缓流旁，轮番上前用手里的渔网舀起许多健硕的鱼儿，再用这些鱼儿晒满两岸的江滩。比如我是那样敬畏，江边那被炭火熏得漆黑的老石屋，比老石屋还黑的老船工，至死不肯去儿子在县城的家，只要说起现在的江，现在的船，老船工就会生气地大声嚷嚷，这叫什么江，这叫什么船，一个女人，一边打着毛线，一边飞着媚眼都能开过去，这不是江，也不是船。老船工的船是必须手拿竹竿站在船头的船，老船工的江是船工手中竹竿在礁石上撑错半尺就会船毁人亡的江。比如我是那样赞美，一排排船工逆水拉着纤绳，拖着柏木船不进则退，退则死无葬身之地时，那些被称为滩姐的女子，一边唤起船工的名字，一边迎上前去，挽着某位船工的臂膀，助上一臂之力，等到柏木船终于驶过险滩，那些滩姐又会挽起船工的臂膀，款款地回到自己的家。这些旷世的奇美，早已被钢筋混凝土夺走了，砌在十万吨现代建筑材料的最深处，见过的人还能有些记忆，没见过的人纵使听得倾诉一百遍，也是枉然。

站在我站过多次的神话般世界最大的船闸旁，站在我站过多次的高高的坛子岭上，站在我站过多次的巨大得令人震撼的大坝坝顶上，站在我站过多次的亿万年沉潜江底的岩石旁，我真的太惊讶了，大江流水，高山流云，一切都在蓝天朗日之下，我居然对用三千亿人民币打造的三峡有了一份由衷的感情。

好像只是回眸之间，亲爱的三峡，也许是经历了太多的流言，才使人想为她抱一点不平。循着长江大桥、长江二桥、二七长江大桥、白沙洲长江大桥和天兴洲长江大桥下从未有过的清得可以的江水，再一次来到三峡，是九天来水驯化了钢筋混凝土的庞然大物，或者是钢筋混凝土的庞然大物习惯了九天来水，年年一二月份，这仿佛天作之合的大坝与水，就会千里奔驰到上海，去挤压从东海涌入的咸潮。三四月份，这温情之水又会加大流量去温暖万里长江的每一朵浪花与旋涡，让每一条怀春的鱼儿早些做那繁衍后代的准备。进入雨季，要做的事谁都知道。防完洪水，就该满负荷发电了。接下来的冬季，当美丽的洞庭湖太过干涸，当鄱阳湖露出湖底石桥，便是最多流言攻讦的时候，殊不知往年这种季节长江过水流量不过两千几百，亲爱的三峡为了保证通航，已补充水量到五千几百。这比自然还温馨的几种，真个配得上人称亲爱的情感。还要为左岸电站那八台进口的七十万千瓦水力发电机而感动，不只后来的右岸电站的十八台同等量级的发电机完全由中国工厂自己制造，还以此为基础制造出世界上还没有谁能造出来的更大的发电机。我对三峡的亲爱的感情，还源于自己十八岁时，受县水利局委派主持修建一座名叫岩河岭水库的小水库所学到的专业知识，当全世界的自媒体都在疯传三峡面对战争可怕后果的威胁时，我知道那是不可能，哪怕是百万吨级的氢弹直接命中，三峡之水也不可能像自来水那样直接冲击到武汉与上海，亲爱的三峡更准确地告诉我，最坏的结果是，那些水会在枝江以上形成新水库，然后，那水就会沿着长江河道，习惯地流向下游。

　　我曾经发现三峡的可爱，如今再次发现三峡的可爱。

　　人总是如此，一旦发现，就会改变。不是改变山，也不是改变水，而是改变如山水的情怀，还有对山水的新的发现。

二〇一六年六月六日于宜昌

真理三峡

对三峡的神往总是每个男子汉的梦想。在许多年里，我和许多人一样，饮着或没有饮着长江水，都要想象上游奇妙的所在。曾经无法意识男人与三峡的相逢，实在是生命中不可回避的毕生缠绕与碰撞，只以为那是一处美丽，一处风景；而不知那是人生中一次至关重要的约会，一次生命的相邀。也曾经许多次错过对三峡的拜访，那是因为自己总在想以后还会有机会的。那些邀我的人都为这种错过一次次地惋惜。我也浑然不觉这一切都是冥冥之中的定数与安排，一如浅薄地对他人说，长白山天池，神农架草甸，青岛海滨可以作为弥补。待到时光终于将我推到三峡面前，我才大悟恍然，明白自己先前的错过是多么幸运，而别人的惋惜马上显出那对命运的无知。感谢上苍！三峡对我现在是一种朝拜，一种洗礼。在往后的人生中，此番朝觐当会受用无穷。

还不到深秋，红叶只是星星点点。半坡枯草，半江冷水，半山风阵，映衬着偶尔跳跃而出来的娇艳，愈发让人沉醉难释。

　　置身船的水上，车的地上和脚的山上，无论是凝固的还是流淌的三峡，都在我可望而不可即的高处。每一次凝眸对视，最终都让人羞愧地低下了头。我似乎才知道，三峡是无人能懂的。人说是刀削斧砍的连绵绝壁，何如对它的轻蔑；人说是牛肝马肺的峡谷怪石，何如对它的糟践；人说是神女的大岭雄峰，何如对它的猥亵。我只读懂了人们的不懂，余下的也是一派迷茫。我猜测过，那林立如织的绝壁会不会是谁家男人摊开了的意志坚强？我也曾揣摩，那银光泛泛的浪滩碧影幽幽深潭会不会是哪个女孩长久蕴含着的情愫绵绵？这些念头一旦萌生，我就发觉自己的无可救药。能及时地对三峡说声对不起，行吗？然后仍要继续往下怀想：三峡是永恒生命的一处波澜，三峡是灵魂流浪的一次垒砌，三峡是用每一个人的血与肉做成的，它不相信思想与智慧，唯一仰仗的是情爱、仁慈与激越。不如此，又怎能千万亿万地年年不老，岁岁春华。

　　从没感受到山与水如此地交融一体，而不显半点勉强。依恋是依恋，牵挂是牵挂，映衬就是映衬，碰撞就是碰撞。山让人呼喊坦然，呼喊雄奇。水让人吟咏沉静，吟咏纯美。我不好形容这是天作之合。

　　三峡或许根本就不在意这些，它一直冷冷地看着我和我们，仿佛在心里说，这就是那些总在张扬着一得之愚的人吗？三峡就是这么随意地说出一个个世间的真理来，它面对的只是一个个生命，一篇篇爱情。它不面对功名或功业，哪怕它们也能指向千秋。功名也好，功业也好，都是它身上的秋叶，有的红了，有的黄了，有的落了，而经年的已化作泥土了。人世的忙忙碌碌确实很俗气，甚至想到要将一些人的才华镂刻在三峡上。三峡不在意，它不痛苦也不欢喜，就像一只小虫忽然在身上歇了一下脚。倒是后来人一场场地感到汗颜，如同自己在做着玷污。用那万劫不灭的岩之躯，三峡对每个人做着生命沧桑的见证。再用那空谷流云的思之鬐，复对我们诉说热爱其实是一座看不见但感觉得到的高山，对她的攀登可能更难更难，因为她没有路，无论什么形式的途径都没有，唯有用心情步步垫起自身。

在险峰与断崖之畔，三峡向我们陈列着昔日山与岭的碎骨遗骸。挺立着的是生命，烟飞烟散陨灭了的弃物也曾是生命，正是因为各种各样的毁灭，才诞生了不得不作为风景的雄伟。不经意的三峡真理，藏在岩缝里。岩猴将它抓起来，塞进嘴里，填起鼓囊囊的腮帮。别处的真理，特别是思想家的真理能够这样吃吗！大山大岭，大江大水，大风大气，浩荡而来的三峡本该是天赐的精神。山有山言，水有水语，问题是我们如何体验、如何学习对它的参悟。

作为人，我们真小气！面对三峡，这是唯一正确的认识。

一九九六年十一月三十日于宜昌

人性的山水

夏天带给一个人的最大变化是性情。有冷雨也好，没有冷雨也好，只要是夏天，谁敢说自己的情绪仍旧一如秋天的浪漫、春天的激荡？只有山水如是！在山水面前，人的夏季，如同穿过空谷的清风，用不着躁动的喧嚣，也用不着迷惘的委顿。峰峦上厚厚的绿，是一种难得的沉思，流响中潺潺的清，则是一番久违的行动。正是因为这样的夏季，让我由衷地想到，假如没有那个独立于人类许多遗憾行为之外而延续自然意义的九畹溪，人性的范畴，或许就要缺少一些季节。

已经发生的记忆里，长江三峡是不会不存在的。几年前，由于长篇小说《一棵树的爱情史》的写作经历，我曾多次出入于此。这样的写作，总会让我理解许多文字以外的存在与不存在。譬如那座只存在于历史与记忆中的三峡，除了多多少少的传说还能让我们闭目徜徉，扪心想往，所有正在使人亲眼目睹、亲临其境的风景，早已成了人与自然共同拥有的一份无奈。在历史中读三峡，是何等伟大，何等雄奇！曾经的水是无羁的，曾经的江是魔幻的，曾经的峭壁敢于蔽日问天，曾经的男女惯于驾风戏浪。真正的三峡是有生命的。只有当我们察觉到这一点时，这种自然风采中的俊杰，才会通过一个个心灵通向永恒。只可惜，昔日一次次咬断船桅的活生生的浪头，在现代化的高坝面前无可救药地变得平淡无奇。只可惜，昔日一场场考验男性胆略女性意志的水道，在迈向平庸的舒适里心甘情愿地消沉了自我。空荡的水天上，只有去那遥远得早已看不见摸不着的境界，才能聆听浩浩荡荡的桡夫子们的歌唱。繁茂的世界里，任我们如何深情搂抱那如神迹的纤夫石，也无法感受到所有滩姐都曾留下过的怀抱的温暖。

宽厚的过去文化，孕育了幼小的现在文明。渴望成长食欲过盛的现在文明，反过来鲸吞作为母体的过去文化。历史的老人，为什么总是以这样的方式来教导青春年少的时代？

一直以来，我用我的写作表达着对失去过去文化的三峡的深深痛惜。并试图提醒人们，眼际里风平浪静波澜不惊的三峡，在人性的标准中，是深受怀疑的。不管有没有人附和，我都要坚持。这是一种人文操守，也是不可或缺的人文责任，哪怕它何等的不合时宜！我的多年的情绪，直到那条出入西陵峡，名叫九畹溪的河流的被发现，才得以平缓。平心而论，紧挨着西陵峡的这条河流，能够完好如初地保留至今就是奇迹。这样的奇迹出现在时时刻刻都有人文的和非人文的景观灭绝的今天，本身就能获得不可磨灭的意义。三十六里长的有情之水，用那三十二滩急速的飞泄，张扬着仿佛已在山水间绝迹的豪迈。还有三十二潭满满的温柔。很显然，如此盈盈荡荡，早已不是一条溪流与生俱来的，那所有的承载更多是从不远处大壑大水中移情而来。

　　人文情深，天地当会浓缩。若思三峡，当来九畹。乘一瀑清泉，飞流直下，耳畔里时时飘来古韵民歌，还在哪里找寻得到？这样的时刻，沉浸其中的人性，才是最有幸的。直接地，赤裸地，狂放地，在自然界最有魅力的一侧面前，作为人，除此还能做什么哩！虽然有些小巧，虽然有些玲珑，对于早已习惯今日生活的人，怀着对三峡的情思，享受着九畹的仅有，除了感官的满足，还应该不能忘记：这一切全是我们的幸运！

　　　　　　　　　二〇〇二年六月十四日于东湖梨园

九寨重重

　　有些地方，离开自己的生活无论有多远，从这里到那里又是何等的水复山重不惊也险，一切十分清晰明了的艰难仿佛都是某种虚拟，只要机遇来了，手头上再重要的事情也会暂时丢在一边不顾不管，任它三七二十一地要了一张机票便扑过去。重回九寨沟便是这样。那天从成都上了飞往九寨沟的飞机后，突然发现左舷窗外就是雪山，一时间忍不住扭头告诉靠右边坐着的同行者，想不到他们也在右边舷窗外看到了高高的雪山，原来我们搭乘的飞机正在一条长长的雪山峡谷中飞行。结束此次行程返回的那天，在那座建在深山峡谷中的机场里等待时，来接我们的波音客机，只要再飞行十分钟就可以着陆了，大约就在这座山谷里遇上大风，而被生生地吹回成都双流机场。有太多冰雪堆积得比这条航线还高，有太多原始森林生长在这条航线之上，有太多无法攀缘的旷岭绝壁将这条航线挤压得如此容不得半点闪失。也只有在明白这些以壮观面目出现，其实是万般险恶的东西之后，才会有那种叹为观止的长长一吁。

几年前，曾经有过对九寨山地一天一夜的短暂接触。那一次，从江油古城出发，长途汽车从山尖微亮一直跑到路上漆黑才到达目的地。本以为五月花虽然在成都平原上开得正艳，遥远得都快成为天堂的九寨之上充其量不过是早春。到了之后才发现，在平原与丘陵上开谢了的满山杜鹃，到了深山也是只留下一些残余，没肝没肺地混迹在千百年前的原始森林和次生林中。我看见五月六月的九寨山地里，更为别致的一种花名为裙袂飘飘。我相信七月八月的九寨山地，最为耀眼的一种草会被名曰为衣冠楚楚。而到了九月十月，九寨山地中长得最为茂密的一定会是男男女女逶迤而成的人的密林。

我明白，这些怪不得谁，就像我也要来一样。天造地设的这一段情景，简直就是对有限生命的一种抚慰。无论是谁，无论用何种方式来使自身显得貌似强大，甚至是伟大，可死亡总是铁面无私地贫贱如一，从不肯使用哪怕仅仅是半点因人而异的小动作。所以，一旦听信了宛如仙境的传闻，谁个不会在心中生出用有生之年莅临此地的念头？每一个人对九寨沟生出的每一个渴望，莫不是其对真真切切仙境的退而求其次。谁能证明他人心中的不是呢？这是一个自问问天仍然无法求证的难题。千万里风尘仆仆，用尽满身的惊恐劳累疲惫不堪，只是换来几眼风光，领略几番风情，显然不是这个时代的普遍价值观，以及各种价值之间的换算习惯。以仙境而闻名的九寨山地，有太多难以言说的美妙。九寨山地之所以成为仙境，是因为有着与其实实在在的美妙，数量相同质量相等的理想之虚和渴望之幻。

九寨沟最大的与众不同，是在你还没有离开它，心里就会生出一种牵挂。这种名为牵挂的感觉，甚至明显比最初希望直抵仙境秘密深处的念头强烈许多。从我行将起程开始，到再次踏上这片曾经让人难以言说的山地，我就在想，有那么多的好去处在等待着自己初探，却要在这么短的时间里重上九寨山地，似这样需要改变自己性情和习惯行为，仅仅因为牵挂是不够的。人生一世，几乎全靠着各种各样的牵挂来维系。其中最为惊心动魄的当数人们最不想见到，又最想见到的命运。明明晓得它有一定之规，总也把握不住。正如明明晓得在命运运行过程中，绝对真实地存在炼狱，却要学那对九寨山地的想象，一定要做到步步生花寸寸祥云滴滴甘露才合乎心意。

牵挂是一种普遍的命运，命运是一项重要的牵挂。与命运这类牵挂相比，牵挂这片山地的理由在哪里？直到由浅至深从淡到浓，用亲手制作的酥油搽一辈子，才能让脸上生出那份金属颜色的酡红，与玉一样的冰雪同辉时，于心里才有了关于这块山地的与美丽最为接近的概念。

再来时已是冬季。严冬将人们亲近仙境的念头冰封起来，而使九寨沟以最大限度的造化，让一向只在心中了然的仙境接近真实。冬季的九寨沟，让人心生一种并非错觉的感觉：一切的美妙，都已达到离极致只有半步之遥的程度。极目望去，找不见的山地奇花异草，透过尘世最纯洁的冰雪开满心扉。穷尽心机，享不了的空谷天籁灵性，穿越如凝脂的彩池通遍脉络。此时此地与彼时此地，相差之大足以使人瞠目。从前见过的山地风景，一下子变渺小了，小小的，丁点儿，不必双手，有两个指头就够了，欠一欠身子从凝固的山崖上摘下一支长长的冰吊儿，再借来一缕雪地阳光，便足以装入早先所见到的全部灿烂。

人生在世所做的一切，后果是什么，会因其过程不同而变化万千，唯有其出发点从来都是由自身来做准备，并且是一心只想留给自己细细享受的。正是捧着这很小很小，却灿烂得极大极大的一只冰，我才恍然悟出原来天地万物，坚不可摧的一座大山也好，以无形作有形的性情之水也好，也是要听风听雨问寒问暖的。从春到夏再到秋，一片山地无论何等著名，全都与己无关。山地也有山地的命运，只是人所不知罢了。前一次，所见所闻是九寨沟的青春浮华。不管有多少人潮在欢呼涌动，也不管这样的欢呼涌动，会激起多少以数学方式或者几何方式增长的新的人潮。在这里，山地仍然按照既有的轨迹，譬如说，要用冬季的严厉与冷酷，打造与梦幻中的仙境，只有一滴水不同、只有一棵草不同、只有一片羽毛不同的人迹可至的真实仙境。

人与绝美的远离，是因为人类在其进化过程中越来越亲近平庸。能不能这样想，那些所谓最好的季节，其实就是平庸日子的另一种说法。不见洪流滚滚激荡山川的气概，就将可以嬉戏的涓涓细流当成时尚生活的惊喜。不见冰瀑横空万山空绝的气质，便把使人滋润的习习野风当成茶余饭后的欣然。当然，这些不全是选择之误。天地之分，本来就是太多太多的偶然造成的。正如有人觅得机会，进到了众人以为不宜进去的山地，这才从生命的冬季正是生命最美时刻这一道理中，深深地领悟到，山有绝美，水有绝美，树有绝美，风有绝美，在山地的九寨沟，拥有这种种极致的时刻已经属于了冬季。

二○○七年三月十八日于东湖梨园

重　来

　　最苍茫那句：知音去我先，愁绝伯牙弦！那一年，夜宿这湖边，秋月初凉，清露微香，偶然得获此诗此意。并非月移花影的约定，前几天，重来旧时湖畔，天光似雪，水色如霜，心情被雁翼掉下不太久的寒风吹得瑟瑟时，忽然想起曾经的咏叹，沧桑之心免不了平添一种忧郁。

　　一段小小时光，配得上任何程度的纪念。

　　高山上，流水下，知己忘我，琴断情长。在此之前，记得与不记得、知道或不知道，都与别处物种人事相差不多。因为过来，因为看见，风情小俗，风流大雅，便镂刻在凝固后的分分秒秒之间。能去地狱拯救生命的，一定要知其何以成为天使。敢于嘲笑记忆衰减、相思贲张的，并不清楚往事如何羁押在尘封的典籍中泣不成声。弱枝古树，前十年红尘际会；旧石新流，后十年灵肉相对。整整二十载过去，草木秋枯，留下的唯有松柏傲骨。

　　一种离去的东西被长久怀念，定是有灵魂在流传。

　　临水小楼依旧以水清为邻，流星湖岸还在用星光烛照。

此时此刻，听得见当初水边浅窗内纸笔厮磨沙沙声慢。

斯情斯意，孤独倚涛人可曾心动于咫尺天涯切切弦疾？

兰亭竹掩，梅子霓裳。珊瑚红静，紫霞汪洋。泛舸荷野，邀醉雁霜。有曲琴断，无上嵩阳。廊桥情义，渔舟思想。细雨诗篇，大水文章。

那些用白发蘸着老血抒写的文字，注定是这个人的苦命相知。马鸣时马来回应，牛哞时牛来回应，如若幻想马鸣而牛应，抑或牛哞而马应，只能解释为丰草不秀瘠土，蛟龙不生小水。鲍鱼兰芷，不篋而藏。君子小人，怎能共处？譬如，黄昏灯暗，《挑担茶叶上北京》的字与字中，有心鸣冤，无处擂鼓，让相知变成面向良知的一种渴盼。譬如，黎明初上，《分享艰难》的行与行里，两瞽相扶，不陷井阱，则成了相知的另一番凄美景象。天下心心相印也好，惺惺相惜也罢，莫不是如此。

凄美不是催化知音的妙方，而是莫非凄美无以验证。那些自扫门前雪的饮食男女，不管他人瓦上霜的市井贵胄，只求一己活得舒坦，还要知音典范作甚！如此想来子期伯牙定非伶官，那年头善琴者必是君子！世事重来何止琴瑟共鸣，那些天将与之、必先苦之之人，是将命运做了知音。世态百相中天将毁之，必先累之，任他不可一世，终不及草芥一枚，这才符合万般知音中的人伦天理。所谓国色何须粉饰，天音不必强弹，是将人世做了人格的知音。所谓播种有不收者，而稼穑不可废，是将品行做了世道的知音。

沉湖纵深处，芦荻飞天，为铭记鬼火能焚云梦。

江汉横流时，洪荒亘古，以警觉贼蚁可决长堤。

天知地知你知我知本质是阴险虚伪，知天知地知你知我倾诉的才是心声。

愿做情痴自然会相遇红颜知己，深陷情魔少不了聚合狐朋狗友。大包大揽大彻大悟无所不知无所不晓的相知者肯定从未有过，否则颂为知音始祖的伯牙怎么无法预测子期命之将绝？俞公摔琴，流芳百世，如心血之作遭人谬读便愤然焚书，肯定会成为现实笑料。钟君早去，遗恨无边，若身心受到诋毁就厌世变态，会错失自证自清的良机。沧海混沌，不必计较些许污垢，更不可以此否定其深广无涯。世人都在叹息钟俞二君，殊不知二位一直在为刚愎矫情的后来者扼腕。历史总在寻觅相知，却不在意相知或许正是能开花则花、不能开花便青翠得老老实实的那棵草。

一丝一弦，山为气节独立攀高。

一滚一沸，水因秉性自由流远。

依随千古绝唱旧迹，续上肝肠寸断心弦。知音之魂，在山知山，在水知水，在家须知白石似玉，在国当知奸佞似贤。

留恋才思泉涌的二十年前，尊崇老成练达的二十年后，用十个冷暖人间，加上十个炎凉世态作相隔，前离不得，后弃不得。如果忘掉夹在中间这个叫我的人，被二十个春夏秋冬隔断的此端与彼端，正如湖心冷月相遇霜天红枫，深的大水与薄的冰花，肯定无法阻挡两情相悦两心相知。人孤零零来到这个世界时，从未签约保证朋友多多，处处春暖，处处花开，也从未有过公开告示其孤苦伶仃似落叶秋风。天长地久的一座湖，也作不出才子佳人锦绣文章承诺。而我，在与这湖最亲密的时候，日后且看且回眸的念头也曾难得一见。人之所在，唯有时光是随处可见又无所追逐的终极知音。只可惜指缝太宽，时光也好，知音也罢，全都瘦得厉害，到头来免不了漏成一段地老天荒。这时候，静是唯一的相知，偌大一座湖，偌大一面琴，鸳鸯来弹，织女来弹，柳絮鹅绒来弹，鸿鹄来听，婵娟来听，雨雪雷电来听，还有那些思念、那些重来！

（附记：1995 年国庆节后在南湖边武汉职工疗养院小住半月，于 10 月 9 日完成中篇小说《分享艰难》写作，紧接着于 10 月 16 日完成《挑担茶叶上北京》写作，前者成为学界多年以来重要研究课题，后者则获第一届鲁迅文学奖。）

二〇一四年十二月十二日于东湖梨园

天　香

一座山从云缝里落下来，是否因为在天边浪荡太久，像那总是忘了家的男人，突然怀念藏在肋骨间的温柔？

一条河从山那边窜过来，抑或缘于野地风情太多，像那时常想往旷世姻缘的女子，终于明白一块石头的浪漫？

山与水的汇合，没有不是天设地造的。

在怡情的二郎小城，山野雄壮，水纯长远，黑夜里天空星月对照，大白天地上花露互映。每一草，每一木，或落叶飘然，或嫩芽初上，来得自然，去得自然，欲走还留的前后顾盼同样自然。

小雨打湿青瓦人家，晨曦润透石径小街。都十二月了，北方冰雪的气息，早已悬在高高的后山上，只需心里轻轻一个哆嗦，就会崩塌而下。小街用一棵树来表达自身的散漫和不经意，毫不理睬南边的前山，挡住了在更南边驻足不前的温情。

一棵树的情怀，不必说春时夏日秋季，即便是瑟瑟隆冬，也能尽量长久地留下这身后岁月的清清扬扬，袅袅婷婷。细小的岩燕，贴着树梢飘然而过，也要惊心一动，被那翅膀下的玲珑风，摇摇晃晃好一阵。当一匹驮马或者一头耕牛重重地走近，树叶树枝和裸露在地表外的树根，全都怔住了！深感惊诧的反而是鼻息轰隆的壮牛，以及将尾巴上下左右摇摆不定的马儿。

山水有情处，天地对饮时。一棵树为什么要将那尊沧桑青石独拥怀中？若非美人暗自饮了半盏，趁那男人半立之际，碎步上前，将云水般的腰肢与胸脯，悄然粘贴身后，临街诉说心中苦情，有谁敢如放肆？乾坤颠倒，阴阳转折，将万种柔情之躯暂且化为一段金刚木，做了亿万年才练就强硬之石的依靠！一如江湖汉子走失了雄心，望灯火而迷茫，将离家最近的青石街，当成天涯不归之路，饮尽了腰间酒囊，与数年沉重一起凝结街头，在渴求中得幸久违之柔情，再铸琴心剑胆。

树已微醺，石也微醺。

微醺的还有那泉，那水，那云，那雾……

所谓赤水，正是那种醉到骨头，还将一份红颜招摇于市。只是做了一条河，便一步三摇，撞上高入云端的绝壁，再三弯九绕，好不容易找到大岭雄峰的某个断裂之缝，抱头闭眼撞进将去，倾情一泻。有轰鸣，但无浑浊，很清静，却不寂寥。狂放过后是沉潜，激越之下有灵动。在天性的挥霍之下，桃花源一样的平淡无奇，忽然有了古盐道，以及古盐道上车马舟楫载来的醉生梦死，箫箫酢歌。

所谓郎泉，无外乎将人生陶醉，暂借给潜藏在亿万年的岩层中，那些无从打扰的比普通水还要普通之水。这样的泉水，看得见红茅草和白茅草的根须，年复一年，竭尽所能地向最深处，送去一颗颗针鼻大小的水滴。只是不知这些年，又有了多少草根的汗珠！相同道理，这泉水少不了清瘦黄花，冷艳梅花在爱恋与伤情中，反复落下的泪珠。任谁都会记得其中多少，只是无人愿意再忆伤情抑或残梦重温。在有诗性的白垩纪窖藏过，再苦的东西，也会香醇动人。

流眉懒画，吟眸半醒。

临水泛觞，与天同醉。

似轻薄低浅的云，竟然千万年不离不弃！

分明貌合神离的雾，却这般千万年有情有义！

云在最高的山顶苔藓上挂着，雾在最低的河谷沙粒上歇着。一缕轻烟，上拉着云，下牵着雾，一时间淡淡地掩蔽所有山水草木，仿佛是那把盏交杯之性情羞涩。还是一缕轻烟，上挥舞着云，下鞭挞着雾，顷刻间酽酽然翻滚全部悬崖深壑，宛若那鸿门舞剑之酒肉虎狼。淡淡的是淡淡的醇香，酽酽的是酽酽醇香。淡淡之时，一朵梅花张开两片花瓣，如同云的翅膀，酽酽之时，两朵梅花张开一片花瓣，仿佛雾的羽翼。偶尔，还能听到一块石头尖叫着，从梅的花蕾花瓣堆成山，也高攀不上的地方跳出来，夸张了一通，然后半梦半醒地躺在野地里。让人实难相信，世上真有不胜酒力的石头？

是往日珊瑚石，还是今日珊瑚花？映着幽幽意，从山那边古典地穿越过来，又穿越到山那边的二郎小城。

是一只岩燕，还是一群岩燕？带着剪剪风，从云缝里丝绸般落下来，又落在云缝里的二郎小城中。

山水酿青郎，云雾藏红花。山和水的殊途同归，云与雾的天作之合，注定要成就一场人间美妙。舒展如云，神秘像雾，醇厚比山，绵长似水。谁能解得这使人心醉的万种风情，一样天香？

二〇一二年元旦于东湖梨园

天　姿

深情莫过深秋，红颜哪堪红叶。

沿着巴河水线边雪一样洁白的细沙，一程程逆流向上。将城市尘嚣丢在汽车的尾气里，再从纷乱如麻的通途中，选择一条用忧郁藏起残春的平常道路，远望大别山，伫对大别水，抢在偌大的北风到来之前，寻一寻温柔过往。直到那些像细沙一样多的传说，变成天堂寨下坚冰般纯情的巨石。

那些名叫九资河的田畈，那些名叫圣人堂的山冲，那些名叫千基坪的林场，凡此种种细微的地理，春风拂拂时，大小如同一朵花苞；此刻，因为秋已深，因为霜已近，才变得如同一片向着天空瑟瑟的红叶。

清风缕缕掠过，丝丝情意分不清是微寒或者稍暖，悄然颤抖只在心中，谁让她变成参天大树的摇晃，留下落叶漫天飘散，更使落叶幻化群山。青山座座扑来，重重喟叹想必是为着前世与来生，环顾求索才上眉梢，恍然间流泉飞溅白云横渡，只见得薄雾浓霞搂去了丰腴山坳，高挑峰峦。

五角枫红了，刺毛栗红了，鸡爪槭红了，茅草葛藤灌木林，一丛丛一片片地红了，最红最红的却是山间道道田埂上，处处土岸边，用一棵棵孤独聚集而成的乌桕林海。奔着秋色而来，可是为了追究人生某个元素？是少年用竹笆将太多太多的乌桕落叶收拢来，铺在自家门前晒成过日子的薪火？是青春将太艳太艳的乌桕落叶铺陈开来，陶醉成对所有岁月的倾情浪漫？那样的红叶，是任何一棵树都会拥有的火热之心。那样的红叶，是任何一个人都能点燃的蜡烛青灯。那样的红叶是藏得太久的心在轮回，那样的红叶是迸发太多的情在凝眸。

　　是昨日晚霞的宿醉，还是今朝晨露的浓妆？或者是二者合谋将天堂迷倒，摔落银河里的许多星斗，暂且栖身乌桕树梢。风不来时，绵绵红叶可忘情。雨不落时，磅礴红叶胜雨声。片片只只，层层叠叠，团团簇簇。终于能够不必相信灿烂等于匆匆，匆匆过后还有足以撼动心魄的重逢。终于明白夏天偶尔可忆春花，冬日永远记得秋色。

　　无所谓欢乐，欢乐再多，红叶也不会为了某种心情而特殊热烈。也不必矜持，含蓄再美，红叶也不会为了某种性格而改变明艳。平平常常踏踏实实就行，用挤满水稻醅香的沃土铺路，款款地走向用红叶燃烧的山野。轻轻松松明明白白亦可，受丛生花草芳菲的季节拥戴，悠悠然迈向用红叶拥抱的胸怀。没有忍耐，也不需要急躁。没有伤感，也不需要快乐。唯独不能缺席的是记忆中的怀念，或者是怀念中的记忆。红叶是情怀中的一颗心，红叶是一颗心中的情怀。记住了红叶，就不会有对赤诚的遗忘。

　　不用盼望，明年，明年的明年，还会在这里，不用纪念，去年，去年的去年，总会在这里。红叶让春花的来世提前，又让其前缘重现。百年乌桕将一切愁苦尽数冬眠在斑驳的树干上，又将红叶高擎于天，就像人世间总是需要的信心与信念。

　　秋叶一树，正如那座天堂大山的掌心红痣！

　　　　　　　　　　二〇一三年十一月九日于东湖梨园

天　心

　　小时候，曾怀揣过一方别样的小石头。听大人说，这种石头还会生长。于是又将石头放回山上。多年后，在东海，见到像牡丹绽放玫瑰飘香一样的水晶，才发现那无根无叶无眼泪的僵硬之物之所以还会生长，是这些宛如千仞壁立的石头性情更比如水流年。

　　世事千千万，都有一样的说法，譬如好与不好。天地万万千，也有一样的标准，譬如美或不美。日常中的山，总是以五岳为宗，后来多出一种赞叹，称为黄山归来不看岳。再往后肯定还有逍遥游历兴致飞扬的由衷大话。沧桑里的水，免不了用黄河开篇，随之就派生两全其美，硬把西湖比西子，过些时少不了又会有怡然性格率真脾气的金口玉言。但凡需要彰显个人所好时，人人都会穷尽褒扬。也是因为张口就来的语言可以不计成本，一句顶一万句的不见得必须珠光宝气，一万句顶一句的也不会破帽遮颜。即便万水千山，山高水远，人间趣味仍是见山啸风，临水扬帆。难得有山水合璧，一抱就能抱成团，一眼就能望得穿，一想收藏就能安放紫檀座上，红木丛中!

似这样山与水的咫尺天涯，出于对一种名叫水晶的器物的等待。

在原野中互相追逐是乡村童年的天赐。在不记得的某次追逐中，某个孩子因故突然站住不动了。有时候是遇上一丛狼牙刺，有时候是碰到一只马蜂窝，有时候根本没有原因，只不过是累了不想玩了。有时候是发现一枚生锈的子弹壳、半个残缺的老铜钱和不知何故独自待在小树林中的女子，还有一块六角形状的半透明的小石头。读过的书在提醒我们，这石头应当是水晶。读过的书又提醒我们，水晶是何等的宝物，这小石头实在太简陋了！

在真的水晶出现后，多年以前的犹豫变成一个道理，哪怕当一辈子石头，也要过上几天水晶日子。

几乎每一次，当年的孩子多么希望这雨水冲刷出来的石头正是神话中的宝贝。只可惜见多识广的长辈，感兴趣的是老铜钱、子弹壳和小树林中的孤独女子。被我们小心翼翼捧在掌心，他们从未看过两眼。事实上，当男孩刚刚想到这六角石头是否可以作为信物送给心爱的女孩时，我们就长大了，长得同身边的成年人一样，除非是不经意，也开始不用正眼看一看这种山野间偶尔得见的略有新意的石头。

若不是二〇一五年秋天偶然到了苏北的东海，这辈子极有可能错过与诗意等同的水晶，错过与水晶般通透的童年重逢。那天是休息日，特意开放的水晶博物馆，少了熙熙攘攘的人群，腾出承接光彩的足够空间，那些最不起眼的角落，都变得美不胜收。山重重，水重重，水晶一块到龙宫。进到如此龙宫了，才有机会叹服东海水晶如何美上巅峰，妙到毫纤。睹物思之，遥想十万里滔滔海洋深藏地下，十万代炎凉日月翻覆轮回，唯有天地如此合谋，凝聚一滴璀璨的冷清，挤压一方寒凛的温馨，才有可能接近人间的无限晶莹。

这世界的人为着这世界创造了太多溢美之词，在太多体现极致之美的语言中，水晶二字无疑是极致中的极致。古人曾用冻玉表达赞美，相比水晶原意，无非多一个雅号，还不能算是出色。我这里因应旧事新闻，想到那些清雅纯粹，那些淡意浓情，高山浅水合为一物，秀岭老潭并成一体。小小水晶，就包罗了山的大千气象，水的无边天色。一如人人，除了我心，有什么可以怀天下！

山繁水复，不过是一方水晶的洞察。

人心可鉴，天心犹在！

东海水晶，正如天心吗？

至少这水晶已无限接近你我童心。

二〇一五年十一月十六日于东湖梨园

问　心

　　喜欢虽九死犹未悔之人。无论是历尽坎坷或者是阅尽春色，都矢志不渝，不朝三暮四，不朝秦暮楚，不得陇望蜀，将一点理想初恋般怀抱在心不离不弃，这样的人当是极品。

　　喜欢虽九死犹未悔的人生。不管有多么沉重抑或是旷世艰险，仍探索前行，宁愿为玉碎，不肯坠青云，更无折腰时，将一片草叶珍珠般善待在日子里，哪怕饥寒交迫也不屑嗟来之食，如此人生可以颂为经典。

　　天下山水，端坐着看像人，站起来再看就成了人生。

　　天下草木，阳光下看像人，月亮升上来后再看就成了人生。

　　那些用山水草木千万年堆积起来的地方，各有各的雄奇，各有各的妩媚，唯独被峨眉山挡在身后，被青衣江揽在胸膛的那个去处，令人意外地拥有自己的叫法。

　　置于山巅的地方，哪怕与云彩相近总是很小。在水一方的偏安，虽然有柳暗花明可咏叹，到底难成气象。

　　偏偏这世上山与山不一样，水与水难得相同。比如八十一泉眼、七十二飞瀑、二十四溶洞而令陆游曾心怡成诗"山横瓦屋破云出，水自样牁裂地来"的瓦屋山。比如让苏轼感怀"江南春尽水如天，肠断西湖春水船。想见青衣江畔路，白鱼紫笋不论钱"的青衣江。有此恩宠，此山此水也就叫了洪雅。

　　想一想，用山水砌成的小地方，逢水就有供旅行者与过路人往来的义渡，逢山便有接济采药人和狩猎者充饥御寒的义舍。这洪雅二字实是最好的梦想与写实。

　　刁窗、飞天、打神、戏仪、杀奢、扫松、拦马、夺棍、归舟、秋江、思凡、情探、访友、追鱼、画皮、药王。这些雅词是流传在洪雅山水田园之间民间戏曲名目。谁能料到，在被山水遮蔽得严严实实的一处小镇上，那户姓曾的人家，为着这些民间妙曲，居然在自家宅中建了三座戏楼，即便是富甲京城的大观园中也不曾有过这样的讲究。进大门第一座戏楼上的演出是给外人和用人看的，戏楼上有对联：别只唱风花雪月，最好演孝子忠臣。而内宅戏楼专供主人的那位名叫红樱桃的爱妻看戏，所以戏楼上的对联变为：没辜负花好月圆歌金镂，且闲将红牙檀板唱太平。虽然内外有别，而且诗联品相与《红楼梦》中最偏院落中的词话相比都有差距，终归属于山野中别样风雅。

　　做了洪雅之地，最苦之药黄连也有了别致的称谓。《本草纲目》记载：黄连今吴蜀皆有，惟雅州、眉州为最良，以黄肥坚者更佳。而后来新编的《新编药物学》更是记述：黄连产四川、陕西、云南、广西、湖北等地，以四川洪雅所产为最著名，特称川连或雅连。

万物之苦，莫过黄连。到了洪雅却要另说，万药之雅，莫过黄连。这些被敬称为雅连的黄连生长在悬崖峭壁之上，生长期长达七年至十年，依仗自身能力抗病抗寒，弱者枯灭，强者生长。正如尘世中人，唯有修炼出特优品质，才能最负盛名。

在地方，雅是一种风尚。

对于人，雅是一种气节。

盛唐时代的高僧、五百罗汉中排第一一七位的悟达国师，五岁时曾在洪雅家中随口吟出咏花诗：花开满树红，花落万枝空。唯余一朵在，明日定随风。对于日后注定要出家随佛的少年，天生佛性使其能够随遇而安。对于日常中人，不要随风飘逝才是气节根本。

古训有言：文死谏，武死战。换成当下的话，后一句是说，身为武将要敢于战死沙场。前一句则是表示知识分子要坚持独立的批评与批判立场。宋代文学的开拓者和奠基人之一田锡，在政治上以敢言直谏著称，在二十五年的政治生涯中，历太宗和真宗二帝。病逝后范仲淹亲撰墓志铭称其为"天下正人"，苏东坡在《田表圣奏议序》中，称其为"古之遗直"！

与田锡同乡的另一位洪雅乡贤后来写道，三教之中儒称为首，四民之内士列于先；当尊古圣之书，宜重先贤之字。抽断牍而拭桌，拾残纸以挥毫；戏语嘲人假借圣贤之句，淫词败俗偏多赓唱之篇。以废书易物乃为散弃之由；旧册糊窗，却是飘零之始。颂政刊诗传粘满壁，辄为风雨摧残；招医卖药遍贴沿街，旋补污泥涂抹。百般轻亵，实由文士开先；一意尊崇，还自儒生表率。

拙作《蟠虺》第二十九章有这样一段文字："公元前七〇六年，楚伐随，结盟而返；公元前七〇四年，楚伐随，开濮地而还；公元前七〇一年楚伐随，夺其盟国而还；公元前六九〇年，楚伐随，旧盟新结而返；公元前六四〇年，楚伐随，随请和而还；公元前五〇六年，吴三万兵伐楚，楚军六十万仍国破，昭王逃随。吴兵临城下，以'汉阳之田，君实有之'为条件，挟随交出昭王，昭王兄子期着王弟衣冠，自请随交给吴，岂知随对吴说：以随之辟小，而密迩于楚，楚实存之。世有盟誓，至于今未改。若难而弃之，何以事君？执事之患不唯一人，若鸠楚境，敢不听命？吴词穷理亏，只得引兵而退。随没有计较二百年间屡屡遭楚杀伐，再次歃血为盟。才有了后来楚惠王五十六年作大国之重器以赠随王曾侯乙。"

青铜重器只与君子相伴，青山碧水同样只属于君子之风。随最终被楚所灭是在公元前三二〇前后。仅仅过了九十七年，公元前二二三年，楚亦被秦吞灭。就像没有君子相伴，小人得志也走不了太远。没有君子，就没有气节，没有气节，就没有灵魂。诚如民歌所唱：大河涨水小河浑，鲢鱼跳进鲤鱼坑。莫学黄鳝打弯洞，莫学螺蛳起歪心。

楚亡后，楚怀王熊槐之孙熊心曾隐匿民间为人牧羊。在受到反秦将士的拥立称为楚义帝之后，眼看大军就要攻克长安，气节全无的熊心，使了个二桃杀三士的小伎俩，定出"先入关中者为王"的"怀王之约"，企图挑起刘邦与项羽两大强豪的内讧。刘邦先入关中，熊心不但没有占到龙虎内斗的便宜，还因为项羽的怨恨，被其弑于长江中。

这时候的熊心所缺的已不是面对吴兵围城的随王那样的气节了，他所缺少的气节是民谣里唱的，明白自己错把树桩当成人，懂得是男人就要会使千斤犁头万斤耙，还有我与情妹山中会，夜来不怕火烧山的博爱情怀。

如果真似洪雅地方史志所记载的那样，最后的楚王室后裔严王，千里放逐来到万水千山的最深处，将往昔荣誉托付于小小的复兴村，倒是于万般无奈之中找对方向了。从复兴到洪雅，不再是为了权贵权力。从复兴到洪雅，不再是为了皇亲国戚。从复兴到洪雅，不再是为了九鼎八簋的春秋礼制。无论如何，为政第一要务是用经济富裕一方，为文最紧要的是将文化表达成从小雅到大雅，为万物则是视白日青天花繁水绿为无价宝藏。

二〇一四年九月二十四日于东湖梨园

在记忆中生长的茶

　　人的内心并非总是难以琢磨，越是那种平常琐碎的场合，越是那些胡乱忙碌的行为，越是能将其藏匿得不见踪影的底蕴暴露无遗。譬如喝茶，像我这样的固执地喜欢，很容易就会被发现其中已不是习惯，而是某种指向十分明显的习性。

　　在我少年生活过的那片山区，向来就以种茶和在种茶中产生的采茶歌谣而闻名。上学的那些时光里，一到夏季，不管是做了某些正经事，还是百事没做，只是在野外淘气，譬如下河捉小鱼，上树掏鸟窝，只要看到路边摆着供种田人解渴消暑的大茶壶，便会不管三七二十一，捧起来就往嘴里倒，然后在大人们的吆喝声中扬长而去。往后多少年，只要这样的记忆在心里翻动，立刻就会满嘴生津。年年清明刚过，谷雨还没来，心里就想着新茶。那几个固定送我茶的朋友，如果因故来迟了，我便会打电话过去，半真半假地说一通难听的话。到底是朋友，新茶送来了不说，还故意多给一些，说是存放期间的利息。

　　因为只喝从小喝惯了的茶，又因为有这样一些朋友，使得我从来不用逛茶市。外地的茶，从书上读到一些，有亲身体会的，最早是在武夷山，之后在泉州，然后是杭州西湖和洞庭湖边的君山等地，那些鼎鼎大名的茶从来没有使我生出格外的兴趣，只要产茶的季节来了，唯一的怀念，仍旧是一直在记忆中生长的那些茶树所结出来的茶香。

九月底，《青年文学》编辑部拉上一帮人到滇西北的深山老林中采风。带着两裤腿的泥泞，好不容易回到昆明，当地的两位作家朋友闻讯赶来，接风洗尘等等客套话一个字也没说，开口就要带我们去喝普洱茶。汽车穿越大半昆明城，停在一处毫不起眼的大院里。时间已是晚十点，春城的这一部分，像是早早入了梦乡，看上去如同仓库的一扇扇大门闭得紧紧的。朋友显然是常来，深深的黑暗一点也挡不住，三弯两拐就带着我们爬上那唯一还亮着"六大茶山"霓虹灯光的二层楼上。

与别处不一样，坐下来好一阵了，还没有嗅到一丝茶香。女主人亲自把盏，边沏茶边说，她这里是不对外营业的，来喝茶的都是朋友，万一有人意外跑来，她也一样当朋友待。女主人将几样茶具颠来倒去，听得见细流声声，也看得见眼前所摆放的那些据称价值连城的茶砖，熟悉的茶香却迟迟不来。这一趟天天十个小时以上的车程，又都是那别处早就消失了的乡村公路，确实太累了，小到不够一口的茶杯，不知不觉中已被我们连饮了十数杯。女主人很少说话，倒是我们话多，都是一些与普洱茶无关的事。女主人不时地浅浅一笑，那也是因为当地朋友对她的介绍所致。不知什么时候，心里一愣，脱口就是一句：这普洱茶真好！话音未落，寻而不得的茶香就从心里冒了出来。

到这时女主人才露些真容，细声细气地说，不喝生茶，就不知道熟茶有多好。又说，刚才喝的是当年制成的生茶，而正在泡的是放了二十三年的熟茶。不紧不慢之间，一杯熟茶泡好了，端起来从唇舌间初一流过，真如惊艳，仿佛心中有股瑞气升腾。这感觉在思前想后中在反复萦绕，不知不觉地就有一种悲天悯人的温馨念头生出来，在当时我就认定，普洱茶就像成就它的乡土云南的女主人，是冷艳，是沉香，是冰蓝，是暖雪。女主人继续温软地说，天下之茶，只有普洱可以存放，时间越长越珍贵。昆明地处高原，水的沸点低，在低海拔地区，水烧得开一些，泡出来的普洱茶味道会更好。听说由于温差所致，普洱茶在酷热的南方存放一年，相当于在昆明存放五年。我便开玩笑，将她的茶买些回去，五年后，不按五五二十五年算，只当作十五年的普洱茶，由她回购。一阵大笑过后，普洱茶的滋味更加诱人。

满室依然只有高原清风滋味，那些在别处总是绕梁三日熏透窗棂的茶香，一丝不漏地尽入心脾。从舌尖开始，快意地弥漫到全身的清甜，竟在那一刻里升华出我的母亲。有很多年，母亲一直在乡村供销社里当售货员。一到夏天，她就会频繁地操着一杆大秤，将许许多多的老茶叶片子收购了，装进巨大的竹篓里，还为它们编上"黄大茶一级"或者"黄大茶二级"等名称。每当竹篓层层叠叠地码上供销社的屋顶时，就有卡车前来拖走它们。那些巨型竹篓上的调运牌，所标示老茶叶片子的最终目的地，就曾包括过云南。只是那时的我们实在难以相信，这种连牛都不愿啃一口的东西，也会被人泡茶喝。一杯普洱，让我明白只要怀着深情善待，那些被烈日活活晒干的老茶叶片子也能登峰造极。

为茶的一旦叫了普洱，便重现其出自乡村的那份深奥。对比茶中贡芽，称普洱为老迈都没资格；对比茶中龙井，称普洱太粗鲁都是夸耀；对比茶中白毫，普洱看上去比离离荒原还要沧桑；对比茶中玉绿，普洱分明是那岁岁枯荣中的泥泞残雪。所有的所有，一切的一切，种种宛如真理的大错铸成，都是没有经历那醍醐灌顶般深深一饮。乡村无意，普洱无心，怪不得它们将性情放置在云遮雾掩之后！世代更替，江山位移，以普洱为名之茶，正如以乡村为名之人间，是那情感化石，道德化石，人文化石。还可以是仍在世上行走之人的灵魂见证：为人一生，终极价值不是拥有多少美玉，而应该是是否发现过像普洱茶一样的璞玉。

看看夜深了，有人撑不住先撤了。留下来的几位，号称是茶中半仙，都说一定要喝到女主人所说，普洱茶要泡到五十泡才是最好的境界。作为过客的我们，终于没坚持到底，在四十几泡时，大家一致地表示了告辞，将那也许是梦幻一般的最高境界留给了真的梦幻。

因为有送我茶的朋友，这辈子我极少花钱买茶。那天晚上一边把着茶盏，一边就想买些普洱茶，只是有些额外担心，怕人家误以为是在暗示什么，才没有开口。离开昆明之前，我终于忍不住在机场商店里选了一堆普洱茶。虽然最终是同行的李师东抢着付了款，仍然可以看作是我这辈子头一次买了自己所喜爱的茶叶。

请我们去喝茶的朋友们再三说，在云南当干部，如果不懂普洱茶，大家就会觉得其没有文化。即便是省里最高级别的领导人在一起开会，最先的程序也是拿出各自珍藏的普洱茶，十几个人，十几样茶，都尝一尝，当场评论出谁高谁低。不比升职或贬谪，评得低了的，下一次重新再来就是。普洱茶好就好在普天之下从没有两块滋味相同的。一如人一生中经历过的情爱，看上去都是男女倾心，个中滋味的千差万别，大如沧海桑田，小似一棵树上的两片叶子。

用不着追忆太久，稍早几年普洱茶还是平常人家的平常饮品。也用不着抽丝剥茧寻找乡土之根，那些远在天边近在眼前的所在本来就普洱茶的命定。更用不着去梦想命定中的乡土，能像它所哺育的这一种，忽如一夜春风，便能洗尽了其间尘埃。那天晚上，我和李师东相约都不刷牙，好让普洱茶的津香穿越梦乡，一缕缕地到达第二天的黎明。我因故早就不喝酒了，却偏偏要将普洱茶饮成一场久违的乡村宿醉。

二〇〇五年九月五日于东湖梨园

白如胜利

　　一直以为大别山腹地那座属于罗田县的胜利小镇只会是心中的一个忧郁而多思的结。

　　经常的，因为艺术的缘故，一个人面对浮华的城市发呆时，胜利镇的小模小样就不知不觉地从心底升腾起来。要说这么多年来，自己在大别山区里待过的山区小镇少说也有十来座。不管是已做了自己故乡的英山，还是因为一段文学奇遇，而让我念念难忘山那边安徽省的霍山，我的经历一直与各色小镇连在一起。之所以胜利会在这些小镇中脱颖而出，全在于它给了我一些特别的记忆。前不久，一群城里的朋友说是要去我的老家看看，而我竟毫不犹豫地带领他们去了这样一个在心里做了结的地方。

　　多年前的一个秋天，我只身一人背着一包空白稿纸，乘上破烂不堪的长途客车，沿着羊肠一样蜿蜒的公路第一次走向这座小镇，飞扬的尘土决不是好旅伴，可它硬是挤在一大车陌生的当地人当中，与我做了足足半天的伴。好不容易到达目的地，还没放下行李，天就黑下来。在久等也没有电来的黑暗中，住处的一位刚从县城高中毕业出来的男孩，用一双闪闪发亮的眼睛盯着我问，这一来要住多久。我将牛仔包中的稿纸全拿出来，在桌子的左边堆成半尺高，告诉他：等到这些稿纸被我一个个方格地写满字，一页页地全挪到桌子的右边，我才会离开胜利。男孩用手抚摸着那叠得高高的稿纸，嘴里发出一串啧啧声。

那一次，我在胜利一口气待了四十天。小镇给我最深的印象是它那无与伦比的洁白。

这样的洁白，绝不是因为最初那如墨如炭的黑夜，在心情中的反衬。也不是手边那些任由自己挥洒的纸张，对其写意。它是天生的或者说是天赐的。在紧挨着小镇身后的那条百米宽大河上，静静地铺陈着不可能有杂物的细沙。在山里，这样的细沙滩已经是很宽广了。它能让人的心情像面对大海那样雄壮起来。年年的山水细心地将细沙们一粒粒地洗过，均匀地躺在那座青翠的大山脚下。那色泽，宛若城里来的，在镇上待过一两个月后的少女肤色。又像镇上的少妇，歇了一个冬天，重又嫩起来的身影。一到黄昏，细沙就会闪烁起天然的灵性，极温和地照着依山傍水的古旧房舍，俨然像极光一样，将小镇映成了白夜。四十个日子的黄昏，我在这细沙滩上小心翼翼地走过了四十趟。每一次当需要用自己的双脚踏上那片细沙滩，心里就会有种不忍的感觉。就像没有进城前所经历的一些冬季早上，开门出来，面对出其不意地铺在家门口的大雪一样。胜利镇外河滩上的细沙有七分像雪，当它只为我一个人留下脚印时，它的动人之处就不只是抒情了。在后来时常会有的沉思中，那行细沙为我的行为所铸成的行走之痕，总是那样明白，不仅不可磨灭，甚至还在时光流逝中，显得日渐突出。有这样的沙滩在，哪怕是有电的夜晚，胜利的灯火也无法明亮。

直到现在我还在想着自己关于胜利的最大愿望：找一个属于夏天的日子，再去那里，在那细沙滩中安然睡上一夜，将自己的身心完全交付最近的清水，狠狠地享受这无欲的纯洁。

胜利镇有一条自清朝就存在起来的古巷。作为往日的兵家必争之地，最新的幽静，完全替代了再也见不着的由过往仕女乡绅用欢笑编织成的繁华。古巷的一头就是细沙滩。在胜利的时候，我总是在下游的某个地方，顺着细沙滩一路走来，然后踏着河岸上古老的青石板一头钻进古巷。一个人在沙滩上走的时间长了，内心免不了会苍茫惆怅。特别是在黄昏之际，古巷里初上的灯火，仿佛就是那久违的人间温暖。无人的古巷里，脚印落在青石上啪啪作响。听上去，分明就是年轻的父母，用自己的空心巴掌，疼爱地抚摸一样击打着自家婴儿光洁的屁股。这时候，古巷两旁那些镂刻着百年光阴的杉木铺门，已经一块挨一块地合在屋檐下，只留着一道五寸的缝隙。每天里，我的脚步声总要惊动一两道这样的门缝。随着那一阵不太响却也显得急促的吱呀声，扩大的门缝后面，就会出现一张充满盼望的少妇的脸。还没到歇冬的时候，少妇们的肌肤里浸透了阳光里所有阴冷的成分。看着陌生的我，她们免不了要在失望之后很快就补上一个微笑。很早就听说，罗田女子善感多情。弥漫在胜利镇古巷中的这些微笑让我不得不相信。一个孤单的男人，永远也无法拒绝这样的微笑。我转过身去，听着近处的木门轻轻地关严了。再回头时，除了心中一片洁白，别的已经全部消散。

再去胜利镇时，汽车一溜烟就到了。小镇的模样大改，曾经住过的小楼，不再是银行，已改做了邮政局。住在小楼里的那个从前的高中毕业生也不知去了哪儿。镇委书记老董带着我们绕着小镇转了半圈。古巷还在，先前的少妇也还在。大家一样地在自己的面孔上多了几个岁月。几个新做的少妇，不时忙碌地出现在我们前头。偶尔她们也会无缘无故地冲着一群从昧谋面的外来人笑上一笑，还没等到黄昏日落心思归宿，那笑里就含着几分温柔几分缱绻。在离细沙滩最近的地方，一个刚嫁来的女子冲着老董说，你也来看河呀！老董说，这河又不是专给城里人看的，为什么我就不能看。女子说，我是怕你看花了心。一旁的人插嘴说，老董真要花心，也只会花在胜利。因为是正午，看上去河滩白得如同冬季里铺天盖地的大雪。我又起了从前的念头，如此无瑕的沙滩，正好能使人的身心轻松地与天地一次交融。

上一次离开胜利镇时，我带走了自己的长篇处女作《威风凛凛》。

这一次离开时，我能带走什么哩？洁的胜利！白的胜利！

二〇〇三年十月于东湖梨园

灿烂天堂

罗田是很小的地方，在那里，听到最多的话，却是与天堂有关。

特别是刚到的客人，很快就会有人上前来客气地问：去天堂吗？

当你还在犹豫时，又会有人插进来，认真地说，若不去一趟天堂，就是白来了。

换了外地人，谁不会在心里嘀咕：天堂虽好，哪能这样来去自由，随随便便。

不管别人怎么想，罗田人反正是说惯了。他们不在乎别人会想，天堂再好，也不如人间实在。他们还要问，是不是刚从天堂回，天堂好不好玩，天堂好看不好看？其实，罗田的天堂不在天上，罗田的天堂只在山上。他们说出来的是天堂般的概念，实际所指的不过是一座山。朋友在胜利镇外看到一幅横挂在公路上空的标语：胜利通向天堂，后来与我谈起时，心里还打着寒噤，他的意思是，这种话不能细想。天堂虽是一种传说，慢慢地就真的成了一种境界。按照传说里

的规律，要去那九霄云外的天堂，只有一条路可走，可这条
路是正常人和健康人绝对不愿见到的。罗田人所说的天堂，
并不需要人用九死来换这特别的一生，也不需要人用心去造
七级浮屠。罗田人自己常去，并且极力蛊惑别人去的天堂，
其实就是大别山主峰天堂寨。它是两省三县的分界处，也是
长江与淮河的分水岭。

　　围绕这座山生活的人有很多很多。出于风俗，别处人都
严格地不将天堂寨叫作天堂。只有罗田这里的人敢这么叫。
比较一山之隔的两省三县，罗田的发展最快，日子也过得最
好。也许就是因为这一点，所有他们对天堂一类美好事物，
比别人感受得快一些、深一些。一字之差，透露出来的是两
样心境。

　　天堂应该是好地方。天堂也的确是好地方。

　　到了天堂才晓得，世上的天堂各不相同。那是因为每个
人心里，都有专属的天堂。

　　通向天堂的路，喜欢沿着大大小小的沙河漂流而行，听
任山水流泉洗尽心头尘垢。一群在我的童年中叫作花翅的小
鱼，还像我童年见过的那样，在清亮得不忍用手去掬的水汪
里，彩云一样飘来飘去。河里的水与天堂那山上的水一脉相
连，河里的风与天堂那山上的风一气呵成。还没到天堂，就
能闻到天堂气息。小鱼花翅简直就是天堂那山脉上绽开的季
节之花，无须去看盘旋在群山之上的苍鹰，也不用去计较奔
突在车前车后的小兽，适时的春光早就铺满了盘山而上的
二十里草径。大别山里，让人印象最深的是那种只有斯时斯

地才会叫它燕子红的花儿。燕子红不开则罢，一开起来整座山就像火一样燃烧起来。在天堂那山上，燕子红燃烧的样子太火了，就连满处沧桑的虬曲古藤，也跟着一片片兴奋地摇曳不止。

清水赏心，花红悦目。安卧在千山万壑中的天堂自然无法脱俗。它将一座名叫薄刀峰的山铺在自己脚下，不肯让人轻而易举地达到心中目的。四周的悬赏绝壁像是在共谋，同着远处的天堂一道，合力将一条小路随手扔在绵延数里的山峰上。曾经见过卖艺者的双脚游戏在街头的刀刃上，明知那刀不会太锋利，也还要为其发几声惊叹。薄刀峰是一把横亘在天堂面前真的利刃，没有经历过它，任何关于它的传闻，都是苍白的。如此高山大岭，是谁将它锻造为天地之间的利器？小心翼翼地将双脚搁上去后，就不敢相信，自己的肌肤是否完整。步步走来，唯有清空在左右相扶。一滴汗由额头跌落，在白垩纪的青石上摔成两半，无论滚向哪边山坡，感觉上都能一泻千里。

度人去往天堂的薄刀峰，无心设下十八道关。每每在刃口上走一段，面前就会横生妙趣，凸显哲思。

山水自古有情，能读懂它则是一个人的造化与缘分。

我们相信这就是天堂，我们也认为自己来到了天堂。

天堂本来就是心中熟悉的美丽与灿烂，加上必不可少的传奇。

二〇〇三年十月于东湖梨园

高山仰止

　　人不能在都市里居住太久。太久了就会被满街满巷里窜动的浮华气焰、迷糊灵性堵塞胸怀，错把一些人按另一些人的意愿堆砌的塔楼大厦，当作了伟大与崇高。

　　还有一个简单的理由：走出都市，人的心情会好起来的。

　　当我沿着久违了的西河，走向那座高山时，夏日的清风就开始浸润着那干渴的灵魂。风是从那座高山上落下来的，沿着林隙与沟壑，穿过瀑布与流泉，然后顺着河谷一点点地将砂岩吹成卵石，又将卵石抚成细纱，接着便在那个叫石头嘴的小镇旁边轻轻地呼唤着我们。我们要去的那座山，在这里已非常清晰了。它是大别山的主峰，叫天堂寨，如今又叫吴家山森林公园。望见它的那一瞬间，我们突然沉默下来，连随行的几个孩子也停止了嬉闹，所有的脸庞迎着奔来胸怀的西河，齐齐地将目光转向左侧。落暮时分，那片山太大太高了，高高大大的雄姿这时给予人的是更多的神秘。对这样的神情我很熟悉，五岁时我曾在镇外的河滩上对不远处的大山做过许多次仰望，那种光屁股满地跑着不知羞的时候，我能想什么，无非是那里有老虎、豹子、灵猫、香獐和娃娃鱼等。我相信那时自己一定有过要爬上那托地擎天的大山的念头，就像我现在想的一样。

我们沉默得越来越深，大山的神秘也就越来越深。车灯亮着两只热情的眼睛，一进森林公园大门，就替我们发现一只站在路中央的乖得像小孩一样的果子狸。接下来当然是大人小孩的一片欢呼，那声音从山谷里返回后，便多了几分雄浑。如果没有夜色，这就同第二天在路边一条条山溪里发现许多的小娃娃鱼的情形一样。高山的灵魂是不会改变的，无论何时何地。就像给我们带路的那个年轻的林工，在上山和下山的途中，大方地推开一扇扇虚掩着的家门，从容地找出茶水给我们喝了，又依样将那些门掩好，还说用不着道谢。山里的一切都是一样，谢与不谢都不影响它的品格。

还不到半夜，住处就被绵绵不尽的林涛淹没了。涛声忽远忽近、忽强忽弱，禁不住心潮起伏，隐隐约约地真有些漂泊浮荡的感觉。黑漆漆的山野有时也会出现短暂的空寂，就像停了电的城市。没有电的城市夜晚，率先消失的是许许多多的奢侈，紧接着就会是那些本来就不靠谱的矫情。站在住处的阳台上，不管有无林涛掠过，分明什么也看不见的视野里，一切都实实在在地浮现在眼前，是林涛让高山在暗淡无光的夜晚凝聚成亘古不变的形象。遥不可及的山的轮廓线上，一处瞭望塔微缩成钻石般的亮点，在这样心情下，它几乎是整座大山，整座森林公园的全部所在。

沉默还在弥漫着，原以为天亮了，阳光普照下森林和山会有它的别样沸腾。哪怕是七月流火、八月流金，依然搅不动化不开稠墨泼就有意无言的山水画卷。或许山也在印证心静自然凉的古训，沉默之中，习习凉风不时送来些许躲在远处的秋意。

仰望高山我才明白，沉默也是一笔无与伦比的财富。

一步一步地，大家都在向上走，向山上走。锦被铺成的天堂云雾，天池一般的九座井泉，以及神奇神妙的石鼓，这些都是跋涉者的得意之处。那挂天瀑、登天梯、啸天狮、观日台，还有龙门峡、鹰嘴岩等等，却是峻险难越。有人问，待爬上山顶会是什么样的心情。这话一直无人回答。不是无话可说，而是大家心里都明白，即使是站上眼前的大别山峰巅，也还会觉得近处或远处尚有更高的山峰。这是我们在别处攀登主峰的体验，天堂寨也不例外，踏上那海拔一千七百二十九米的高度，明知是制高点，可对面的那道山峰似乎比脚下的更高。

一九九六年九月一日于汉口花桥

大巧若石

　　时下，只要踏上旅途，便不难看到道路两旁，哪怕是胡乱堆放，也还是有意安排的地方出产。英德当地出产一种名为英石的观赏石，在男男女女所说的活灵活灵外，还有着古老的佐证。苏东坡当年两过此地，只为会一会那块名为九华的美石，头一回因为在贬谪途中，虽然见得了，有心无力带不走。后一回倒是拨云见日，曾经沐浴过的浩荡皇恩终于重现了，却更遗憾心仪的美石九华遍寻不得，纵然有雄文华章相伴，也免不了丢魂落魄，竟然于旅途中撒手仙去。再有当年的米芾，而宁肯得罪朝廷宠臣，也决不放弃一块现存于美国大都会博物馆的英石。说起这些当然是一种扬眉吐气。可英德人还是很委屈，在他们的民间历史中，由于一部《水浒》而变得赫赫有名的"生辰纲"中，英石占了相当部分。因为山高水长险阻重重，一有变故，偌大的石头在民夫亡命逃避时，肯定会成为抛弃物品的首选。如今苏州、无锡等地的奇石，真的就是这传说中的由英德逐水北去，最后散落在太湖边上的"生辰纲"吗？英德人在乎的不是自己的石头被人拿去了，无论是皇亲国戚达官贵人，还是浪荡学子布衣平民，石头不分大小，人众不辨贵贱，只要是拿走石头的，都会受到他们的欢迎。让他们觉得抱屈的是，好好的英石，大大的英石，只是因为身在苏杭，便被活生生地改了名分，成了本与太湖一点也不相干的所谓太湖石。好似往日的良家女子，只因流落在秦淮河上，便改头换面，用那些芳芳香香翠翠柳柳的意思作为艺名。

好山好水的英德，正是将人世间的稀奇应在天造地设的石头上。所以他们才为从来都是身外之物的称谓，毫不含糊地较真！踏上英德地界，眼皮一眨，就能见一块雄奇俊异的巨石，立在街头，是为国色；立在庭院，则成家景；立在旷野，便变成了风光。那些立在路旁的石头，如果是形单影只的，还可以一眼望去，喜欢了就多看几下，审美疲劳了，也不必往心里去，熟视无睹就行。就像沙漠戈壁上的沙暴，那小小的，亦可以当成大漠孤烟直。让人惊心动魄的是沙暴骤然疯狂起来，赶上无处躲藏，只能待在如蜗牛般前行的汽车时，唯有任它们呼啸在车窗外。那天在英德，就是这样。汽车三弯两绕后，猛然间发现公路两旁雄立着望不到边的森林一样的奇石铺天盖地而来，心中诧异也就可想而知了。

那重重叠叠前的美轮美奂，那鬼斧神工下的酣畅精妙，那无以复加后的旷世奇葩，形象的尽可以在其中形象，要抽象的尽可以于其中抽象。现实主义也好，现代主义也罢，艺术的林林总总，全都可以在自然天成的此地寻觅到。坦率地说，就算是那些名声显赫的著名雕塑作品，如果搬来此地，对照之下，也会相形见绌。这许许多多的奇石，仿佛是昨日撒下种子，趁着淅淅沥沥的春雨破土而出，一夜之间就能长大成形的。前人曾经有过定义，好的英石应该具备瘦皱漏透，四大特征缺一不可。如今的审美者不再受此局限，山野滴露，顽石穿心，细流涓涓，熔岩洗石。英石的漏与透想改也改不了，唯一的瘦，其二的皱，如今的选择就可以不同了。新发现的种种柔软舒曼，新崛起的种种婀娜风姿，新流行的种种绚丽妩媚，正如英德不再因三江总汇而继续以舟楫代步，新建的京珠高速公路和也快成为传统的京广铁路，天天都在沿线播撒新气象，古老的英石哪能不因之心动！

　　但凡山好水好的地方，一定要出一些稀奇事情。光有山不行，光有水也不行，非得两样上天宠物聚齐了，位于岭南的英德就是如此。英石之奇旷古以来都是为了给人看和玩。在英德的那天，我忽发奇想，以英石的四大特征来评判，当年苏东坡可以泛舟穿行的碧落洞，不就是一块巨大到不能再大的奇石么！如此，对英石的观赏就会多一个角度。那种只从外部相看的用不着说了，当我们舍身投入到各式各样如碧落洞一样的岩体之中，一边仰人鼻息，一边仰天长啸，体会那些被浊流放大的大岭之漏与峭壁之透，何尝不是一种从内部获得的洞察。至于那两座庞大的现代水泥工厂，仍然是事关英德之石的一种展望，那是用梦想来观赏，它所看到的只能是三江之上每一条细流的未来，以及细流之畔一方水土的未来。

二〇〇六年五月二十五日于东湖梨园

和解生香

　　我是带着一种很不好的心情到达英德的。这种不好缘于途经广州的那个短暂时刻，本与此地无关。世事正像那个关于蚊子的谜语：为你打我，为我打你，打破你的身子，出我的血。在广州积下的一腔郁闷，又如何能在抵达英德的两小时不到之车程中烟消云散哩！从餐前的黄昏，到餐后的夜晚，当地新认识的几位，动不动就将话题转到"英红九号"上，说是大约是清王朝紧闭的边关被洋人的坚船利炮撞开之前，英德红茶就被运到欧洲大陆，成为上流社会不可或缺的奢侈品。明明前面已经说得很清楚了，后开口说话的人，还是要继续重复，当年英国首相撒切尔夫人初访中国时，通过外交照会，明确指定"英德九号"为唯一茶饮。对故土风情的痴迷，肯定是每个人终身化解不了的心结。只是，它们来得似乎不是时候，让我产生一种与发生在广州某酒店中连环套骗局类似的感觉。那样的时刻，我甚至担心自身的固执将会辜负朋友们的一番好意，将分明与英德无关的不愉快，强加在此。

　　迷茫地过了一夜，早上起来，不知不觉中下过的小雨，让天气异常凉爽，其舒适竟然胜过往北千里的长江之滨。昨日的不快正在成为这辈子的刻骨铭心，当新来的几位相关科局主官，再次轮番上阵累数他们的"英红九号"，在心里，我却充满和解之意地轻轻地笑了，并脱口嘟哝一句：老九不能走。

出了酒店，一路上俨如专门访茶。特别是那位来自广州的女记者，每到一地，都要站在一种名为荔枝红的茶叶面前，急切地想买一些，又怕途中拖累，犹犹豫豫的样子，被那真如荔枝一样红透的茶叶所反衬，仿佛有了一些其实并不存在的羞羞答答，就像那说得很多却一直没见着，只晓得为欧洲贵族所追捧的茶中名品。

车行半日，粤北山区的景致已经有所见识。因早晨的凉爽而换上的长衣，被我们纷纷换成了短衫。说到底，岭南还是以热闻名，随身带着的矿泉水虽然也能解渴，与茶比起来就逊色多了。所以，当听说下一站去一个地方喝茶时，那个让耳朵都听出老茧来的"英红九号"，立即使人凭空生出一丝清凉来。

"英红九号"说来就来。在次序上，它是那样的直截了当，女孩子右手拎着一只大茶壶，左手拿着一只茶杯，当着面将那茶壶一倾，红艳艳的一线茶水，就将茶杯注满了。既不见"凤凰三点头"，也没有"关公巡城""韩信点兵"，女孩子就抽身去到别处，将荔枝一样鲜艳的茶水落落大方地给了每个想要的客人。这种尽量省去那些带不来效益的细节的特征，倒也神似广东人普遍的性格。

小小一杯，只消两口就干净了。再要一杯，再喝干净了，我才问：这就是"英红九号"？屋子里客人太多，主人太少，我没有得到回答。忙着待客的女孩更是顾不上搭理，将手上的茶杯换成大号的，剩了一种别样的东西，拨过来，问我要不要捶茶粥。不容我反问，一位当地人就在旁边连连叫好，还说他奶奶都九十多岁了，这一生就没有断过一天捶茶粥，偶尔进了城，因为吃不上这东西，便匆匆忙忙往家里赶。从会做捶茶粥时起，他奶奶就一直延续那一成不变的方法，将制好的茶叶放进石磨中，加些清水细细地磨成汁，又将炒过的花生或者芝麻捣碎了，连同白米一起放入砂锅中，煮一煮就成了。同道边说我边吃，碗里空了后，还不好意思地又要了一碗，这才腾出嘴来说了一串好！做主人的这时才又提及"英红九号"，说是吃了捶茶粥，再喝茶，那才是真神仙滋味。如其所言，一口茶饮过，我忍不住脱口说道，难怪，你们喝茶前非要吃点捶茶粥，原来这东西是中药里面的药引子，没有药引子，这茶的味道就调不出来。本是随口说的一句话，多一些想象后，此地茶品就很明白了：不像别处，必须先清净唇舌，才可以入口细品细尝。英德茶天生是一种和解之物，空空地则见识不到其滋味，必须是苦辣酸甜腻滑滞纳之后，以和解之心进入，才可以获得那种天赐美感。

如果要挖掘关于这茶留在体内的到底是什么，我敢肯定它不香，也敢肯定它没有甘甜，在排除掉其他茶叶都会有的特征之后，剩下来与众不同的特殊，就在于它能给人以长久不退的滋润与和解。英德当地山不高，却因三江总汇而多水，所以不缺产好茶所必不可少的云雾。那些坐落于喀斯特地貌中央的大小盆地，天生黏性土壤，同样是茶树能结好茶所必需的。一年当中，有霜的日子，平均起来，也就区区几天，在好茶人眼里，这已经是仙境了。也是后来，我还想到，因为此地太多陌生植物的缘故，那些不断出现的茶树和茶园，犹如纸上印刷的方块汉字，哪怕走到海角天涯也会使人如遇他乡故知。因为春茶已采过，夏茶采摘还没开始，寂静的茶林，就像一组无人咏叹情怀化解愁思舒缓郁积的诗歌。无论是一棵茶，还是一杯茶，无论有没有人称赞和传诵，那种境界都是存在的。

那一天，冒着大雨回到千里之外的家中，与深圳一位朋友在互联网上聊到自己刚从英德回来，她马上就在另一端敲出一行字问我，有没有喝到英德茶。她没有很专业地提及英德茶的名字，我也相信，当年的英国首相也未必晓得，英德红茶还会分成一二三四五六七八九号等等的不同。那种人所共知的相同点，一定就是英德红茶那独具特色的和解品性。

二〇〇五年八月于东湖梨园

唐诗的花与果

　　一个人怎么会在心灵中如此迷恋一件乡村之物?

　　这种感觉的来源并非是人在乡村时,相反,心生天问的那一刻,恰恰是在身披时尚外装,趴在现代轮子上的广州城际。那天,独自在天河机场候机时,有极短的一刻,被我用来等待面前那杯滚烫的咖啡稍变凉一些,几天来的劳碌趁机化为倦意,当我从仿佛失去知觉的时间片段中惊醒,隔着热气腾腾的咖啡,所看到的仍旧是挂在对面小商店最显眼处那串鲜艳的荔枝。正是这一刻里,我想到了那个人,并且以近乎无事生非的心态,用各种角度,从深邃中思索,往广阔处寻觅。

　　那个人叫石达开。这一次到南方来,从增城当地人那里得知,习惯上将这位太平天国的著名将领说成是广西贵县人,其实是在当地土生土长,只是后来家庭变故,才于十二岁时过继给别人。十二岁的男孩,已经是半个男人了,走得再远,也还记得自己的历史之根。传说中的石达开,在掌控南部中国的那一阵,悄然派一位心腹携了大量金银财宝藏于故乡。

兵匪之乱了结后，石姓家族没有被斩草除根，只是改了姓氏，当地官府甚至还容许他们修建了至今仍然显得宏大奇特的祖祠武威堂，大约是这些钱财在暗中发挥作用。身为叱咤风云的太平天国名将，对于故乡，石达开想到和做到的，恰恰是乡村中平常所见的人生境界。

岁月不留人，英雄豪杰也难例外。增城后来再次有了声名，则是别的缘故。因为有了高速交通工具，这座叫增城的小城，借着每年不过出产一两百颗名为挂绿的名贵荔枝之美誉忽然声名远播。那天，在小城的中心，穿过高高的栅栏，深深的壕沟，站到宠物一样圈养起来的几株树下，灵性中的惆怅如同近在咫尺的绿荫，一阵阵浓烈起来。

不管我们自身能否意识到，乡村都是人人不可缺少的故乡与故土。在如此范畴之中，乡村的任何一种出产，无不包含人对自己身世的追忆与感怀。正如每个人心里，总有一些这辈子不可能找到的替代品，而自认为是世上最珍贵的小小物什。乡村的日子过得太平常了，只要有一点点特异，就会被情感所轻易放大。乡村物产千差万别，本是为了因应人性的善变，有人喜欢醇甘，也有人专宠微酸，一树荔枝的贵贱便是这样得来的。因为成了贡品，只能是往日帝王、斯时大户所专享，非要用黄金白银包裹的指尖摆着姿态来剥食。那些在风雨飘摇中成熟起来的粗粝模样就成了只能藏于心尖的珍爱之物，当地人甚至连看一眼都不容易，长此以往当然会导致心境失衡。

从残存下来的历史碎片中猜测，十二岁之前的石达开，断然不会有机会亲口尝到那树挂绿的甜头，如能一试滋味，后来的事情也许会截然不同。乡村少年总会是纯粹的，吃到辣的会喂着嘴发出嗞嗞声，吃到甜的会抿着嘴弄出啧啧响，率性的乡村，没有爆发什么动静时，连大人都会不时地来点小猫小狗一样的淘气样，何况他们的孩子。石达开甚至根本就不喜欢荔枝，在这荔枝盛产之地，如果他尝过所谓挂绿，只要有机会，便极有可能用其调换一只来自遥远北方的红苹果。事情的关键正是他缺少亲身体验。绝色绝美的荔枝，或许根本就是地方官吏与前朝帝王合谋之下的一种极度夸张。小小的石达开想不到这一层，而以为那棵只能在梦想中摇曳的荔枝树，那些只能在天堂里飘香的挂绿果，真的就是益寿延年长生不老之品。

是种子总会在乡村发芽。难道就因为位尊权重，便可以堂而皇之地掠走乡村的心中上品？后来的石达开，一定因为这样想得多了，才拼死相搏，以求得到那些梦幻事物。后来的石达开，得势之时还记得这片乡村，难道没有对少年时望尘莫及的荔枝挂绿的回想？

据说是用石达开捎回来的财宝修建的宗祠的屋檐上，至今还能见到"当官容易读书难"的诗名。当年不清楚的事情，留待如今更只有猜度了。正是由于如此之难，更可以让人认为石达开当然吟诵过杜甫的名句。那些开在唐诗里的乡村之花，一旦与历史狂放地结合，所得到的果实，就不是只为妃子一笑的一骑红尘，而是一心想着取当朝而代之的金戈铁马万千大军。

没有记忆，过去就死了，不得再生。没有记忆，历史就是一派胡言，毫厘不值。没有石达开了，没有挂绿，荔枝总不至于不是荔枝了吧？将唐诗当作花来盛开，最终还得还以唐诗滋味。这样的荔枝才是最好的。

二〇〇八年十二月于东湖梨园

铁的白

　　不管走到哪里，我都不愿改变在离开故土之前就已经刻骨铭心的那些称谓。每年的五月，纸质的、电子的、视图的、文字的传媒都在那里说，杜鹃花开了，而在口口相传的交谈中，大家还会说映山红开了。而我，不管走到哪里，不管有没有此类一路从南方开到北方的花，一旦必须表达这些意思时，我都会坚决地使用一个在多数人听来极为陌生的名词：燕子红。

　　我的燕子红盛极而衰时，涪江边的杜鹃花也开过了。

　　平原的川北，丘陵的川北，高山大壑的川北，地理上的变化万千，映衬着一种奇诡的沉寂与安逸。插秧女子的指尖搅浑了所有的江河，数不清的茶楼茶馆茶社茶摊，天造地设一般沿着左岸席卷而去，又顺着右岸铺陈回来，将沉沦于大水中的清澈清纯清洁清香，<u>丝丝缕缕点点滴滴地品上心头</u>。相比牵在手中的黄牛与水牛，驾犁的男人更愿意默不作声，毫不在意衔泥的燕子一口接一口地抢走耕耘中的沃土，这种季节性失语，其关键元素并非全由时令所决定。多少年前，那个来自北方的大将军邓艾，以三千残兵马偷袭江油城，守将要降，守将之妻却主战，留传至今，已不止是一方沧桑碑文。后来的蜀国只活在诸葛亮的传说中，而不属于那个扶不起来的刘阿斗。后来的江油同样不属于那个献城降敌的守将，让人铭记在心的是那嫁了一个渺小男人的高尚女子。男人犁过的田，长出许多杂草的样子，并不鲜见。女子插秧，将生着白色叶茎的稗草，一根根挑出来远远地扔上田埂，是良是莠分得一清二楚。

在川北，我总觉得温情脉脉的女子在性别区分中更为精明强干。

一个男人说：花好月圆。

一个女人答：李白桃红。

男人又说：水冷酒一点两点三点。

女人又答：丁香花百头千头万头。

转回来轮到女人说：三层塔。

不假思索的男人说：七步梯。

这个女人却说：别急，我还没有说完——三层塔数数一层二层三层！

恃才傲物的男人目瞪口呆半天才说：七步梯走走两步一步半步！

惹得旁观的人一齐哄笑起来。

男人叫李白，后来曾让唐朝皇帝的宠臣高力士亲手为脱靴。

女人是他的妹妹李月圆，后来无声无息，只留下一抔山中荒冢，一片白如细雪的粉竹。

　　流传在江油一带的故事说，为了安抚时年尚幼的李白，父亲出了一副对联："盘江涪江长江江流平野阔。"兄妹俩分别对上："匡山圌山岷山山数戴天高。""初月半月满月月是故乡明。"后人都知道，李白将自己的毕生交付了诗，又将诗中精髓交付了月亮。此时此刻，作为民间最喜欢用来彰显智慧与才华的对联，男人李白又一次输给了女人李月圆。

　　到达成都的那天上午，赫赫有名的四川盆地被五月份少有的大雾笼罩着。出了火车站，等候多时的一辆桑塔纳载着我迅速驶上通往绵阳的高速公路，那一年，也曾走过这条路，去探望在川北崇山峻岭中的某个军事单位里当兵的弟弟。行走在那时候的艰辛完全见不到了，于疲劳中打了个盹，一个梦还没有开头，便在属于江油市的青莲镇上结了尾。"李白就出生在这里！"将一辆桑塔纳开得像波音七三七一样快的师傅伸出右手指了指出现在眼前的小镇青莲。那一瞬间，犹豫的我几乎问了一个愚不可及的问题："哪个李白？"我在心里三番五次地打听。司机与李白的妻子同籍，都是湖北安陆人，所说的每一个字都在乡土与乡情的热潮中浸泡了许久。几天后，一位大学毕业后回江油做了导游的女孩，用一种比历史学家还要坚定的口吻说："李白出生在我们这儿，《大百科全书》上就是这样记载的，郭沫若的判断是错误的。"差不多从第一次读唐诗时开始，凡是比我有学问的人全都众口一词地说，李白出生在西域小城碎叶。如果用国际上通行的籍贯认定法，李白应该是哈萨克斯坦人，而不是中国人。曾经被称为在此方面最具权威的郭沫若先生并不是唯一者，现今备受学界尊崇的陈寅恪先生，也是此种论断的始祖级人物。江油人非常相信哪怕是学富五车的郭、陈二位，面对浩瀚史学典籍，也会有力所不逮之处。他们所列举的古人名篇中，的确不乏自号青莲居士的李白其出生地亦是小镇青莲的白纸黑字。作为后来者，自然法则让我们与生俱来地拥有可以站在前人肩上的巨大优势。所以，面对前人的局限，任何贬损都是不公正的，我们所看到的前人错谬，应该是前人伟业的一部分。没有前几次的探索，江油人也不会有现在的理直气壮，说起那个跟着丈夫来江油避难的西域女子，在江油河边洗衣服，一条鲤鱼无缘无故地跳进她的菜篮，夜里又梦见太白星坠入腹中，随后便生下李白的故事，仿佛是那刚刚发生的邻里家常：还记得鲤鱼是红色的，嘴上有两条须，沾了水后阳光白闪闪的，一如后来李白诗中不同长者的白须白发！又记得拖着长尾巴的太白星，初入母亲怀抱时是凉飕飕的，一会儿就转暖了。这种来自天堂的温情，致使李白的生命从受孕的那一刻开始，就注定了自觉自洁的自由之身。

五月是一种季节！五月是一种灿烂！那一块块依山而建，有清风明月碧树新花相随的青石，因为李白的诗篇而熠熠生辉。阳光下碑刻的影子很小很小，诗魂的覆盖很大很大，弥漫着越过高高的太白楼，锵锵地归落到握在石匠手中的铁钎上。几乎在同一时刻，同行的众人一齐记起，多少年前，那位蹲在溪流之上，立志要将手中铁棒磨成绣花针的老太婆。天边飘来一朵无雨的白云，山上开着无名的白花，水里翻涌清洁的白浪，假如传说无瑕，贪玩逃学的少年李白则是何其幸运，再不发奋，岂不是天理难容！在铁棒一定可以磨成针的真理之下，并非必须将铁棒磨成针。铁越磨越白，铁棒越磨越细，醉翁之意不在酒，一头白发苍苍的老太婆不经意间就将与铁毫不相干的李白，磨成能绣万千锦绣文章的空灵之针。磨成针的李白自江油起一发不可收，去国数千里，忽南忽北，走东往西，足之所至，诗情画意千秋万载仍在人间涌动。那位老太婆哩？有谁还记得她的模样、她的姓名、她的伟大与不朽？一如隐藏在茫茫川北的小镇青莲——她造就了诗词的盛唐，却被盛唐的诗词所埋没，她造就了唯一的李白，却被李白的唯一所争议。有一种伟大叫平凡，有一种不朽叫短暂，一个人的笔墨总会是万千乡情的浓缩，一个人的永恒一定是无数关爱的集成。白发三千的老太婆想必是一位熟识人性的老母亲，对她来说，母爱是最容易被记起，也最容易被忘记的，此中道理与阅历一定被她早早经历过了。

又是一个女子！从童年到少年再到青年，一样样的女子每每在生活中所起的作用，当是决定李白一生一世以轻灵飘逸为诗风诗骨的某种关键！

"江油南面三十里处的中坝是川北商业汇集的地方，有小成都之称，从青杠坝出发向江油前进的七十里路程中，尽是平坦地带，种满了一望无际的罂粟，五颜六色的花朵，争芳斗艳，确是美观。这是入川后所看见的最大幅的罂粟地，良田美地上，竟为毒物所占用，不免感慨系之。"这是张国焘在回忆一九三五年率部进攻江油时所写的一段文字。当地人也说，当年川北的富庶完全在于有鸦片的种植与收获。在罂粟妖冶的迷惑面前，我很奇怪自己竟然游离了文学惯有的描写，不再习惯于用罂粟来形容某些女子，显现在思绪里的全是那些坐在茶馆里吸食鸦片，或者宁可扔掉刀枪也不肯放下鸦片枪的旧时川地男人。虽然罂粟与鸦片是外来的，李白那时还没有这类美艳的毒物，却丝毫没有妨碍川北男女在李白诗词之外的人生中分野出高下。阅读李白，满篇不见川北女子，满篇尽是川北女子：眼睛一眨，便会遭遇李月圆的温良，心灵一动，磨针老太婆的恭俭就能扑面而来。

铁因磨白而使成材，路因踏白而被行走。

没有磨白的铁是废铁，没有踏白的路是荒径。

那些没有载入李白诗篇中的川北女子却无损毁，一如既往地生活在以小镇青莲为诗意起点的整个川北大地上。就像李白以画屏相称的窦圌山，我所看重的不在于其诡其异，而是那朗朗如白雪的云。又像行走在当年李白求学匡山的太白古道，亦不在于那峥嵘崎岖，只想重蹈此中特有的于泥泞中自净的洁白山光。

宛如燕子红与杜鹃花、映山红，这样的山，我的乡土中也有，这样的路，我的乡土中也有。这样的山和路，人人都应拥有。

二〇〇四年五月三十一日于东湖梨园

因为杨

五月的大平原。

五月的苏北大平原。

五月的京杭运河边的苏北大平原。

没有见过六月、七月、八月、九月、十月、十一月和十二月的苏北大平原，也没见过一月、二月、三月和四月的苏北大平原，只见过五月的苏北大平原，因为这是迄今为止我与这片梦一般的大平原唯一的相逢。

停泊在古码头上的现代游艇，正如长到南北的京杭运河之于横到东西的水闸。漂移在京杭运河中的重载船队，更像坚硬的堤岸之于柔软清波。教科书里说，这片有过太多沉重史实的平原，那些苦难艰涩，连带从地里渗出来的每一滴水都很苦咸。铭记于文字的那些绝望坎坷，即便逃难至千里之外，能品尝的依然只有辛辣。真的来到泗阳，梦一般的苏北大平原，猛然化作童话撞入我的胸怀，用那种对历史的浪漫深深感化于我，又将那些浪漫不再的历史铮铮地牵动每一根心弦。

　　苏北大平原的五月，本该牡丹红透原野，茉莉香浸天际，那红的牡丹不见消失却似消失，那香的茉莉依旧弥弥却难沁心底，只是由于一种杨的出现，珠圆玉润的圆润顿成运河畔百代玛瑙，流光溢彩的光彩迸出苏北大平原近世琉璃。

　　做了群山的树便做了雄伟，做了平原的树便做了壮阔。

　　站在杨树博物馆旁那棵三人合抱粗的苍茫大杨树下，我想起一个关于杨的贬义词。那被爱情视为天敌，被婚姻当作杀手，能使浮生红尘一塌糊涂的"水性杨花"原来也可以是世间美德。听说过戈壁人行走千里百里，只要停下脚步，就在地上插上一枝青春之杨，为自己种下来年的一片绿。抚摸过那种活着一千年不死，死了一千年不倒，倒了一千年不朽的沧桑之杨，就像抚摸时时刻刻在一起，却一生一世见不得面的命运。然而，真正年年岁岁日日夜夜相厮守的是从泗阳到苏北再到大江南北五岳东西，从平原到山地再到房前屋后田边地头，平常得如同家人的惬意之杨。这样的杨比如父母，高也高得低也低得。这样的杨比如兄弟，干也干得淹也淹得。这样的杨比如爷爷奶奶，盐也盐得，碱也碱得。这样的杨比如子子孙孙，肥也肥得瘦也瘦得。这才有了行走在黄河故道，找不见旧日铺天盖地的风沙。徘徊在盐池碱窝，闻不到先前茫茫死寂的气息。一个媚眼或许成就一段情爱，一个灵感或许创造一部诗篇，一句闲话或许改变某种人生，在一切还是皆有可能面前，一种名叫杨的树已经在改变泗阳、改变苏北、改变大平原以远的山水世界。真的有些不可思议，在苏北大平原核心地带的泗阳，二十世纪七十年代初还是不毛之地。就因为二十株杨的意外出现，经过四十年的栽种与繁殖，那一株株挺拔的躯干，那一片片飘扬的绿叶，竟然覆盖了这片土地的百分之五十五。奇迹是信念的果实，信念是奇迹的种子。生长是普通的！我们是孩子时如此，我们的孩子也是如此。有雨露阳光就好，春风吹几吹，该长的长，该粗的粗。长成却是非凡的！非凡到成与不成只在一念之差。那漂洋过海来到中国的其他四十株杨，就这样被其他地方的一念差成了枯枝。

因为杨，相关林海的赞美不再专属于莽莽群山。

因为杨，相关林海的注释需要添上湿地与荒滩。

因为杨，一眼望穿的辽阔里有了舒曼爱恋的林荫小道。

因为杨，一马平川的迷糊中有了寻觅奇妙的呼啸林涛。

天山戈壁胡杨千载，乌苏里江白桦无限，洞庭鄱阳天水相共芦苇，塞外漠北苍茫只见红柳。平原平原大平原，苏北苏北老苏北，因为有了杨，一切的可能都成美妙，就像童年与林鸟一同飞上林梢。

二〇一四年六月十七日于T201次列车

剃小平头的城市

　　天空深邃，平原宽阔，一座城市摊在那里，无论从哪个角度进入视界，都不会觉得突兀与惊艳。这样说来并不是千篇一律，北方大平原上有很多城市，大的小的，超大的和特小的，各种各样的城市群里，唯有被称为石家庄的，像一个任何时候见面，都能保持着质朴本色的亲朋好友，哪怕是突然从拐角后面冒出，或者是大老远款款地迎面走来，既不会使人心惊胆战，也不会让人熟视无睹。这样的风格很容易被定性为朴素，而朴素是一种可以让绝对多数人口欣然接受的赞誉。然而历史是会反对的：历史怎么可以朴素呢？历史一旦朴素了，是不是就等于可以忽略和漠视呢？

　　城市周边是那座像祖宗一样不好意思用朴素来形容的太行山。六十年前，一支用深山野岭的艰险锤炼多年的军队，突然行动起来，山洪般扑向在城市中生活得沾沾自喜的另一支军队。与秋风落叶相比时间不算短，与春水东流相比时间不算长，城防就被击破了，败军所维护的旧政府也垮台了。垮台的没想到，上台的也没想到，说大就大，当小亦小的一座城市就这样在几天之间彻底易手了。身为对手的旧的地方政府，更没想到的是，自己竟然就是压倒一头骆驼的最后的那一根稻草。历史总是要在随后的时光里才能看清楚，一年之后开始的那种排山倒海摧枯拉朽般的大逆转大反攻，毫无疑问地始于在当时还看不出对时局有何决定意义的石家庄解放之役。

一点雨滴打着芭蕉，一丝轻风拂倒炊烟，能不能料到暴风雨紧随其后？鼎鼎大名毛泽东，斯时斯刻不得不化名李德胜，在陕北的黄土高坡深处，小心翼翼地躲避着铁了心非要捕获他的几十万大军。也许是为了鼓舞士气，也许是真有先见之明，反正唯有他说过，石家庄的收复，是他所统率的红色队伍战略大反攻的开始。此后的历史果然依照着他的理想所书写，也果然让石家庄一战成名，在与其他赫赫有名的城市相比时，写下别具辉煌的一页史记。

历史是一个好大喜功的家伙。对于历史，所有的阅读者又都无一例外地默许了这类若在日常生活中绝对招人厌恶的习惯。历史又是一个粗枝大叶的家伙，只满足于将每一页中的大小角落用流水账填得满满的。譬如六十年前的石家庄，历史说得没错，对她的收复是从塞外到岭南普遍解放的先兆。然而，比历史所言更为重要的是，这件事本应该被表达为世世代代所渴望的和平生活的到来。

比六十年前还要早一些，加拿大国的白求恩大夫来到城市身后的大山里，他说了，自己远渡重洋而来，最大的愿望是帮助中国人战胜法西斯，过上和平的日子。怀着同样理想的人还有印度医生柯棣华，如今的城市街头高耸着他们的塑像，还有一座归属共和国军队系列中的"白求恩和平医院"。因为感怀白求恩之死而抒写过名篇的毛泽东，几年之后终于也来此地。那时候的石家庄已遍插红旗，发现他的到来后，北平城内的对手，秘密派出十万大军，剑指石家庄附近的红色中央司令部。明知身边能打仗的只有万余人马，毛泽东闻讯后却仍然胸有成竹地说，要给对手一点厉害看看。他拿起笔，写了一篇文章，让新华社电台播了出去，号召他所统率的军民，三天内做好歼灭敌人的准备云云。一曲"空城计"，逼退十万雄兵。这种宛如茶余饭后顺手操办的小事，在随后的日子演绎得更加淋漓尽致。从南京或者北京来的和谈代表，往返了一次又一次。虽然没能最终达成全国和平协议，也还是完成了让千年古都北平平安易主。

历史本应恰如其分地将石家庄表达成为一座和平之城，而非战神之域。毕竟关于和平的种种关键过程大都发生在此地，至于结果，有的成就了，有的无法成就。成就了的就会结一只外地果实，成就不了的结不成果实，却还是留下了与和平诞生相关的灵魂与精神。由此想来，这座城市的朴素，其深蕴的却是精神与灵魂上的和平。正如这座城市里普遍留着小平头的男人，不爱夸张，不事喧嚣，背后里却扎扎实实地做着许多事情。就像他们的老祖宗所修的赵州桥，明明是工匠李春的杰作，在被传说成鲁班的神话后，也改不了他们淡淡地从桥上走来走去的无欲。又由此想回去，一方水

土养一方人，一样性情成一样事，也正是这种仿佛切下太
行山一角堆砌而成的祥和之城，她不朴素谁朴素，她不和
平谁和平！

在母亲心里流浪

去丽江，不管是何种年龄，一定要去听一位歌手的歌。即便是与音乐最无缘，也能因为他的那个令人奇怪的姓氏，而多一些对这个世界的好奇。

在丽江小住，因为过年，现代情感与传统情绪纠结得格外深，以至于意外得出一种与历史社会无关，纯属个人的结论：这座在文化上只配与茶马古道共存亡的小城，能够在航天时代大张旗鼓地复活，应是无限得益于那些从来不缺少才华，也从来不缺少浪迹天涯情结的知性男女。

那天下午，从客栈里出来，随心所欲地沿着小溪将自己散漫到某条小街。清汪汪的流响若有若无相伴着。水声之外，其余动静亦如此，不到近处，不用心体察，皆不会自动飘来。就这样我走进一所"音乐小屋"。十几年前我写过一篇也叫《音乐小屋》的小说。眼前的小屋似乎有某种默契，我在小板凳上坐了下来，听着弥漫在四周的歌唱，有一句没一句地与那位开店的彝族姑娘搭着话。最终，我从她手里买走了一大沓歌碟。虽然歌碟有些来历不明，那些歌唱却是真情感人。据此，我晓得了，在这些本地制作的歌碟背后，漂泊着许多比音乐还自由的自由歌手。

小街的青石，光滑得像是从沧桑中溜出来的一页志书。

小街的板房，粗犷得像是垂垂兮长者在守候中打着盹。

小街的空旷，幽幽地像是明眸之于女子越情深越虚无。

这时候，还没想到，再过几小时，就会遇上一位真正的自由歌手。

在这段时间里，首先，天黑了，肚子饿了。接下来，在爬到一所餐馆小院的二楼上看古城灯火时，因为限电，身边一带突然了无光明。不得不离开时，我们还是不想选择灯火通明的四方街等，偏要沿着背街深巷，在青石板成了唯一光源的暗夜中缓缓潜行。当光明重新出现时，正好看到一处可以推门进去的酒吧。坐下后，那位男歌手为着我们这种年纪的人唱了几首老歌。突然间，酒吧里也停电了。

点蜡烛时，聊起来，了解到他叫丑钢。我忍不住问，这是你的艺名吧。丑钢却说是本名，而姓丑的都是满族人，还说自己曾经是银行职员，做歌手已经十几年了。过年的丽江，一限电就是两小时，这一次我们不想刚坐下就走。而丑钢也拿起一只吉他，唱起他自己写的歌——《老爸》。只听他唱了一段，接下来我们就能跟着唱："爸爸，我的老爸爸，那天你突然病倒了。我说爸爸，我的爸爸，你不要离开我和妈妈！"这样的歌唱让人心动，其理由自不待言。

接下来他唱起："老了，真的感觉老了。一切都变化太大，再不说那些狂话。老了，纯真的心灵老了，不过仅仅二十几岁吗，却真的感觉老了。我真的老了，我已付出太多代价。天真离我越来越远，我却根本留不住它。我真的老了吗，看到打架我好害怕。生存，说白了更像一种挣扎。执着，其实只是没有办法。理想，我已差点忘记了。对不起，我不能再唱。我感到饿了，妈妈……"

听这一曲，恍若在小街拐弯处，与命运撞了一个满怀。

不是能否躲得开，而是这一头撞得有多重。是翻出几个跟斗，或者几个踉跄，再不就是满脑门金星灿烂？老了是一种命运，从年轻到老了是一种命运，刚刚年轻就觉得老了也是一种命运，只有年轻却没有机会老了更是一种命运。谁想反其道而行之，从老了再到年轻，无论如何，都是痴人说梦，而不可能是命运。

曾经听过别人说，丽江必须靠自己去无人的小街上寻找，才能发现。客栈老板亦说过，有美丽女子三年当中十几次投宿门下，所要做的便是满街寻找。不晓得她找到"老了"否？想来能够让人一生中寻找到老的，除了命运，不可能有其他。

与我共有过的小街上的"音乐小屋"，何尝不是某种命运！在找到她之前，丽江小街是别处的一种言说。一旦命运撞将过来，这些便顺理成章地有了事实发生。不仅仅——不仅仅是某种新艳际遇，那些太微不足道了，就像一张小面额纸币，就能在小街上买到，扮酷的帽子与秀美披肩。重要的是在哲学辨察、史学明鉴和文学感怀之上，用双手实实在在地抚摸到一生中无所不在的命运，顺便掂一掂其重量。

在丑钢的自由歌唱下，从忧郁到安宁只有一步之遥。

作为一名从长春到北京，再到深圳，最后来丽江并爱上丽江，不肯再走的歌手，他比自己姓氏更奇怪的是从不用流浪一词来形容自己。

到了需要我们离开酒吧时，被限制的电一直没来。

于是非常情不自禁地想：面对黑夜，无法流浪。除非流浪的人和灵魂，揣着的一粒烛光。然而，有着烛光一样的理想，就不是传统的流浪了。

离开丽江，回到武汉，收到丑钢的短信。回复时，我形容他是在母亲心里流浪。实际上还想说，能在母亲心里流浪，最轻微的歌唱，也会是最深情的感动。一如普天之下，每个人都曾想到并说过的：我饿了，妈妈……

二〇一〇年二月二十六日于东湖梨园

这温情是紧要

总听别人说，一道看似平常的茶，潜伏着雅俗好坏正邪各种因素。我是个嗜茶但从不品茶的家伙，有时候免不了受到影响，对着一撮毛尖状的茶叶存疑，又有冲着一杯熟悉到不识颜色的茶水辨证，还会为了天下独有的茶香寻思与别的花草的区别，再用同样心思琢磨有茶的境界，能否真的妙到不可言说？

好山好水出好茶，什么叫好茶？在离长江南岸很远的南方，一个脱离长江水系，做了珠江源头名叫凌云的地方，那里有一群人将黑颜色当作美丽，染透身上的所有露在外面的服饰。在属于这些瑶族人的山里同样少不了茶。那天正在茶林中走走停停，心里想着，一身素缟的靛青瑶族女子，在嫩绿无边的山野间采茶的样子，与别处花团锦簇的采茶女子，在审美上孰轻孰重。手机里忽然传来消息，有人邀请我去一个茶名显赫的地方品茶与访茶。在第二时间我表示遗憾，而没有选择在第一时间拒绝。我不能直截了当地表示自己一向不喜欢那种茶，尤其不喜欢越来越多地喧商业利益之宾，夺茶山茶树茶叶之主的行为。

一个人断断不能因为自己的欣赏，就肆无忌惮地放大自己的不欣赏。我不想去的那个地方出品的那种茶，毕竟也是万千饮食男女唇舌所好的上品。一个人岂能只顾自己而硬要坏他人好事。就像见到别人在那里不是装模作样、不是忸怩作态、不是无聊生事，是真正热爱、真正投入、真正痴迷地用最软的嘴唇，最细的舌尖品着真的值得细细品味的茶滋味时，偶尔有几个片刻，我会平白无故地悄然笑一笑，又笑一笑，再笑一笑，而断断不会作其他评论。

旧事泛起才会导致会心浅笑。与旧事相遇时我只有十八岁，在一处深山水库工地上被人当成技术员。临时住的稻场上架了一口用来炒茶的大锅，还有省里派人送来的揉茶机。如果没有这机器，单凭十指揉制那些刚刚起锅的芽叶，既累人又费时。山野中人偏偏要在耕种间隙，做一种特制的茶。薅过水稻，收罢小麦，穿草鞋的男人将草鞋脱了，光着双脚，找来一只板凳坐下，没穿草鞋的则直接坐在板凳上。板凳前面放一块青石板，青石板上放着从锅里取出来的热气腾腾的细茶嫩叶。没人洗手不要紧，关键是没人洗脚。男人们将那踏遍山间泥土与青草的赤脚踏在青石板及茶的芽叶上，使动地搓来揉去。我见过也听过他们说，某次村里给省城爱茶也懂茶的人送去一些茶，对方深为喜爱，特送来揉茶机表示谢意。村里人将机器揉制的新茶送到省城表达回谢，对方却不高兴，嫌这茶不好，点名只要与前次一模一样的茶。山野中人只好按对方的意思去做，却不好意思说这茶是用脚板揉出来的。省城那些人的品位，笑翻了全部揉茶人。

说这些话的他们的笑容，像花一样开在记忆里。我那决非不怀好意的窃笑里，一直有对品茶太精细者的担心，怀疑他们是否正确理解揉进茶香中的乡间野性？事实上，在水田里浸泡一天，在沙土中磨砺一天，这样的赤脚具有更多乡野气息。

在这叫作凌云的地方，山有山的野性，却比画笔更艺术。水因水的乡情，而超越文章所能表达的境界。至于那让好茶人心驰神往的白毫，从到达的第一天，就不间断地品了又品，个中滋味到底有没有蕴含同样久负盛名的边地气质？抑或南华古城纯正绵厚的命定？那天，因为天上还在下着暴雨之后的小雨，因为地上反射着黄昏到来之前的天光，茶园里的山和山里的茶园，被不多不少的云雾迷糊了，肯定很美的圆润山头曼妙树冠，硬是让来人看不出太多的美。一身夏装更是挡不住避暑胜地的秋日哆嗦，待进到山顶采茶人的房屋里，深呼一口寒气后，第一眼望着的不是茶与茶壶，而是茶与茶壶之下的一盆炭火。围坐在火盆边，采茶女子拿起一把木勺，揭开一把安放在炭火上的老大土罐，一股茶香忽然腾空而起。待那把木勺舀起一些茶水带着潺潺声倾入炭火旁边懒散放着的茶杯，不等拿起来，关于茶的最重要意境已经弥漫于心。

我想起少年时候冬季到十几里外的大山深处砍柴，又饥又渴又冷时上路边人家讨得一杯热茶喝下去的温暖滋味。我想起上中学放农忙假到田野上帮忙收获酷热赛过火烧时，远远地有人拎来一只巨大的茶罐，不待吆喝便跑将上去，倒出一碗和体温差不多的茶水，对着太阳畅饮的滋润滋味。我想起长大离家后每一次回家，母亲用滚烫的开水泡上满满一杯茶端过来时，做儿子的用嘴唇浅浅一试，那种一口喝不下去，又很想一口喝尽的恩情滋味。我想起的还有此时此刻，与新老朋友坐在一起，围对炭火，环伺友情，小小茶杯盛下的是与茶长久共存的温馨记忆。

我想起的还有，人对山野的淳朴，山野对人的哺养，或许正是通过山野中人用脚揉制的茶传递到千山之外，万水之中。这世界的一切全都有着人所不知的秘密交流，完全由着自然法则出现的茶，肯定是城乡之间秘密交流的最常见方式与捷径。相信茶是对的，唇齿相依的滋味才是茶的本性。让上帝的归上帝，恺撒的归恺撒，到凌云围着炭火喝上三六九杯从土罐里舀出来的那些清香，是让茶回归了茶！即便是汗流浃背的盛夏，也要来上一壶。即便没有家人或朋友相伴，独自一人时更能体会这脉脉温情对于我们的紧要，因为这温情从来就是我们一生中的紧要。

二〇一五年十月二十三日于东湖梨园

滋　润

生活在南方，对湿润有着别样的感情。

记得第三次去北京，是参加《青年文学》召开的我的几部中篇小说研讨会。时值一九九二年夏天，在中青社的地下室招待所住了一晚，早起后，朋友发现我的左眼忽然变得通红。急忙去医务室看，一位女医生只是随便瞅了一眼，便问你是南方人吧？听我作了肯定回答后，她斩钉截铁地说，没事，是不适应北方的干燥，眼球表面的毛细血管破裂，过几天就会吸收干净的。一九九三年第二期《青年文学》的封面人物登了其时我的照片，知道的人，还能看出我眼睛中的异样。在北京待了几天，女医生所说的吸收，在我回到武汉以后，才真正出现。自那以后，我也拥有许多人不喜欢北方的理由——太干燥！

所以，我就没有理由不喜欢南方的湿润。正如眼下，长江中下游两岸绵绵不绝的梅雨时节，无论是在家里，还是在办公室，没事时宁可站着，只要不坐在椅子上，就是一种幸福。可我仍然不会埋怨，并且由衷地相信，湿润是南方人生的一种根本。

　　去年十一月，我去西北某地时，突然接到朋友的邀请，从干涸到十几个人共一盆水洗洗的黄土坡上的窑洞，直接飞到宁波。这是我第一次来到这座城市，由于是深夜到达，直到第二天早起，才产生对她的第一感觉。怎么说哩，当然是很好。不是虚情假意，也非虚与委蛇。想一想，一个人在干旱得习以为常的地方，最渴望什么？当然是水。而一个在长江边玩水长大的人，去到那种干旱得对水都麻木了的地方，自然更加怀念，天设地造的江河湖泊了。

　　偏偏宁波懂了一个对水的不舍者之心，在我抵达宁波的第一个早上，就下了一场不大不小的好雨。

　　那一天，只要在户外，自己坚持不使用任何雨具。

　　并说，自己是从西北来的，那里的人将打伞当成一种罪过。

　　宁波的雨，竟然如此深得我心。人在室内时，她便下得激越而豪迈。一旦发现我们走到门口，那雨马上变得温婉而抒情，细细密密地从空气中弥漫下来，比打湿脸庞多一点，比浇透衣服少一点，让人实实在在地放心地走在雨中。

　　说来很怪，这么多年，一直没有机会来宁波，自来过一次后，不算因故没有成行的那几次，仅成行的，半年之内竟然来宁波三次。

　　第二次从武汉自驾来宁波。时值四月，沿途没有不是艳阳高照的。一到宁波，天就下起雨来。待我离开宁波，出城区不远，那雨就消失了。所以，第三次来宁波时，心里已经不可能有其他假设了。从武汉开出的动车到上海后，不出站依然是动车转到宁波，七小时的动车车程，我一直在入神地看一位的藏族肢残写作者的长篇小说打印稿。但有放下书稿，朝着车窗外若有所思时，一定会在心里重复地问：宁波会再下雨吗？

宁波后来用我所喜欢的湿润回答说，会，一定会下雨。

事实上，在我前往的路上，宁波正下着一场少有豪雨，只是当我们走近时，那雨才变得温情脉脉。对于外来者，走马观花是其永无休止的真理。第一次来宁波，只与仿王羲之《兰亭集序》中所书的"此地有崇山峻岭，茂林修竹，又有清流激湍，映带左右"的诗意而建造，是为浙东古代雕刻艺术最集中、最精致，内容最丰富的建筑之一林宅，有一些接触。第二次来宁波，也只看了两个地方，除了少有人去，却有国内最早全木榫穹隆顶结构的保国寺，再就是赫赫有名的天一阁了。坦率地说，第三次来宁波，所了解的是比天一阁的存在更让人为之心动的另一种事实，二〇一〇年十一月二日的《宁波日报》说：据不完全统计，全市现有各类博物馆、纪念馆、陈列馆八十四家，其中国办七十一家，民办十三家；由文化文物系统归口管理的博物馆、纪念馆、陈列馆三十一家；国家三级以上博物馆十家；向社会免费开放六十六家。让人觉得惊讶，同时又更觉得欣慰的是，文章所说的十三家民间博物馆，馆舍总面积有四千四百八十余平方米，藏品总数已逾一万九千六百件。这样事实如何不让人心动！如何不使人觉得，这是一场无声细雨在湿润这座城市！

在宁波的最后一天下午，去阿育王寺，瞻望佛顶骨舍利。

一行人一边排着队，一边听管事的僧人细说瞻望之要领与心得。说是，自从佛顶骨舍利供人瞻望以来，无数得到佛祖引领的人，所看到的景象，再没有任何重复的，人所各异，异所各人。终于轮到我们一行，并终于轮到我自己，诚惶诚恐地上得前去，尽可能地贴着阿育王塔的小小飞檐，放飞自己的视野。或许只有十秒钟，这样短的时间，想要看清一种影像该是何等的不易，更何况是在金玉辉煌的背景之中。所以，我只能说从中看到了自己的一种感觉。至于是什么，则不敢轻易地说定。

从寺庙里出来，上了车，迷迷糊糊中像是又遇到一片雨雾。

睁开眼睛的那一刻，心里突然冒出一个词：滋润！

是这样的，在阿育王寺内的阿育王塔中，我所看到的正是一种那种，将人的渴望还给人，让人的渴求满足人的滋润。

正如宁波的雨，可以轻浥心尘，却不会寒侵筋骨。

二〇一二年七月一日于东湖梨园

蒿草青未央

一棵荒草用细细的根须抵达千年史实，一行黄叶用小小的叶面采集千年的荣光，一瓣野花用嫩嫩的心蕊扰动千年的芬芳。

这就是长安城，荣华末路唯有荒草。

这就是未央宫，历史日后尽是浮尘！

千百年前，这里曾是龙首山。

千百年后，这里又是龙首山。

岁月之间，肯定有过那座方方正正，四面筑围墙的未央宫；也肯定有过东西长二千一百五十米，南北宽二千二百五十米，面积约五平方公里内有四十多座建筑的未央宫。同样宫城之内，肯定有过居全宫正中，台基南北长三百五十米，东西宽二百米，最高处达十五米的前殿。这一刻，脚下的所有和全部，又都回复成平常人也能察觉风水极好的龙首山模样。并且，当地人还不肯将其称作山，只管与黄土叠叠的汉中大地一样，笼统地叫作塬。

站在这样的山上或者说是塬上，秋天刚刚来到，花儿们连忙开谢了，叶子们却不着急染上红黄。满眼之中的绿自然不那么理直气壮了，一阵风吹来，甚至是一片阳光刮来，就会显出深处里已经在弥漫的枯瘦。

这情景，正如南方楚地民谣所唱：风吹麻叶一片白。下一句唱词是：葫芦开花假的多。从南方楚地一路攻城略地，率先攻陷长安城的刘邦，果然依着"怀王之约"抢得"秦王"位置而号令诸侯，如此，中华天下岂不是将要称为说"秦语"的"秦人"与"秦族"？好在西楚霸王倚天怒吼，顷刻间山河倒置沧海横流。面对英雄愤怒，刘邦只得领了"汉王"衔，一时憋屈得无奈，竟然成就了千年万代的"汉人""汉语"与"汉族"。诎寸信尺，小枉大直，莫非善忍，哪得长安？一棵葫芦藤蔓铺天盖地开花，到头来只结得几只瓜果，那些结不了果的花儿，鲜也鲜过，艳也艳过，也招过蜂，也惹过蝶，最终还是逃不脱作假的命。历史高高在上，在现实的眼光里，如同上面青黛、下面粉白的麻叶，有风吹与无风吹，景致大不相同。

分得清的是前世，分不清的是重生。荒草再猛怎么生长千百代？一丛丛狗尾草偏偏要光鲜地摇滚，宛如未央宫内六大殿中的大汉重臣。芳菲再浓如何弥漫万万岁？一片片瘦芭茅在炫耀地飘扬，好比未央宫外十八阁里的汉室小吏。

左手捡起一只瓦砾，掌心里有了一座殿的沉重。右手拾得半个瓦当，指缝中夹带着一处阁的优雅。抬起左脚，无论是不是小心翼翼，都会将东阙踢得空空回响。落下右脚，无论有没有故意，注定要将柏梁台踩得踏踏实实。向西一声喷嚏，足以让西司马门风雨飘摇。向东一下咳嗽，定招致东司马门草木惊心。

帝宫未央，周回多少兴衰。

焦土一抔，拂一拂就得见天禄。老尘一捧，闻一闻就想起石渠。泥巴一坨，捏一捏就造就金华。沙砾一撮，数一数就数出玉堂。浮灰一团，吹一吹就飘来白虎。流沙一把，漏一漏就变成麒麟。离宫别殿，崇台闳馆，总记得星宿般列列环绕。

王者长乐，更知岁月无敌。

飞灰一阵，如裙袂飘落掖庭。汀泞一掬，如胭脂抹到椒房。土骨一堆，像英姿锦绣合欢。石子一粒，像玛瑙闪耀昭阳。残垣一列，似淑女窈窕鸳鸯。枯沟一带，似珊瑚出浴披香。荒径一路，为红玉流连蕙草。兽迹一行，为白玉圆润兰林。断墙一面，当长袖画眉飞翔。青石一方，当翡翠夜映凤凰。后妃闺室，粉阁香楼，忘不了虹彩般灿灿流霞。

雁过留声，那些早已开过花的舞蹈得汪洋肆意而累得歇季的虞美人，除非来了赵家飞燕，还有什么可以再叹三十六宫秋夜长！风过留痕，那些早已飘香过，芬芳得醉生梦死的野蔷薇，若是迎不来陈家女儿，也就没有人留恋金屋修成贮阿娇！天涯望断，正在不远处悄然伫立的雪花与梅花，等待的是那位步出长安，千载琵琶作胡语，永远出塞的美妙昭君！

不知从何处刮来的秋风醉了，仿佛刚刚穿越汉武大帝流连过的三千余种名果异卉，棠枣、樗枣、西王母枣；紫梨、青梨、芳梨；霜桃、含桃、绮叶桃；紫李、绿李、金枝李；赤棠、白棠、青棠、沙棠；朱梅、燕梅、猴梅、紫叶梅、同心梅；白银树，黄银树，千年生长树、万年生长树、扶老树、金明树、摇风树、鸣风树、琉璃树。百里长安，铺陈绿蕙、江篱、芜蘼和留夷。十里未央，尽是揭车、衡兰、结缕和戾莎。茈姜蘘荷，葴持若荪，鲜支黄砾，蒋苎青薠，天下奇花妙草，世上国色天香，可以遮蔽江湖大泽，可以蔓延帝国原野，只是抵不过一夜风尘。树还是树，草还是草，花还是花，却一一还原成树中杨柳、草中青蒿和花中酢浆。

荒郊旧址，古来绝唱。

野遗之上，满目无常。

那天，在未央宫遗旁，同行的一位朋友忽然说起，曾有甘肃朋友送他一只汉代陶罐，摆在家中的日子，一家人天天做噩梦。有一回惊醒时还记得梦中之人对自己说的话：若无鬼魂，何来惊扰？一旁的另一位朋友接着说，她曾留一位女友独自住在自家的另一处房子。女友住了一晚，临别时与她说，夜里曾被某种软体东西抚摸。女友也是见过世面的，她镇定地将那软体东西推开，还说不要这样，三番五次之后才没动静。这处房子只有八十平方米，放了许多古物。女友走后，她马上去那里"开会"，对着屋里的古物说话，要它们守纪律守规矩，否则就请出门外。朋友此处房子是否再有软体东西出没不得而知，得到汉罐的朋友将其放到地下室后，家中一切便重回安宁。

来自楚地的刘邦，大概更在乎中国南方的魔幻之于自身及汉王朝的现实。于楚地中心湖北随州孔家坡出土的汉简中有几支简记载用鸡血祭祀土地神，其中有简文"央邪"，表明其时"央"与"殃"相通，"殃邪"当然是指殃祟与灾祸。如此例证还有云梦睡虎地的秦简、长沙马王堆的帛书，既然秦汉时期普遍将"殃"写成"央"，堂堂汉高祖，肯定对身后之事有所预见，"未央宫"就应当是没有灾难，没有殃祸的王宫了。

经历吕氏之乱、七国之变、巫蛊之祸，待到商人杜吴于宫中酒池杀了王莽，校尉公宾斩其首级，未央的意义，无论解释为没有尽头，还是理解成没有祸患，都不过是传说了。

正如朋友们所遭遇的，百代千年的未央宫存于当下、活在当下的意义，重要的是在长乐长安之上，不使那些历史中的邪恶再犯人间。史遗所在，宁肯葳蕤酢浆作了国色，唯愿荞离青蒿是为栋梁，也不让前朝奸佞重享半缕阳光。一棵草的未央，于过往是莫大遗恨，对历史则要摛笔穷鞠。人文氤会，瑰异日新。如此芳草积积，嘉木满庭，才有天下兴盛、无极长安的深远寓意。焦土累累，雁碛遥遥，那些生长在历史中的狗尾草，飘荡在时光里的蒲公英，都将具备现实的强大力量。

二〇一四年十一月四日于东湖梨园

楚汉思想散

这些年，走过的地方越来越多。也不知道是何原因，只要所经过的道路出现惊险，就会想起那些被称为浙江佬的人，在高山绝壁上放炮修路的情景。去西藏，去新疆，去云南，去太平洋彼岸的科罗拉多峡谷，去欧洲腹地的阿尔卑斯山脉，只要车辆长时间用低速行驶，只要同行的女性不再将柔曼的目光投向车外，小时候的见闻便如期而至。因为修战备公路，浙江佬才作为名词出现在乡土生活的日常词汇中。大约是当年修鹰厦铁路练就的本领，浙江佬一来到楚汉东部的大别山区，那些一向以为无法逾越的座座雄关大岭，便乖乖地任其摆布。这条路现在被称为三一八国道。更年轻的人，根本就不在乎那些咽喉要道是谁修出来的，如果有浙江佬一词从他们嘴里冒出来，百分之百是与在沿海一带打工的经历相关。那时候，在乡土生活中，浙江佬是一种传说和传奇。许多远离公路而居的人，男的挑上一担劈柴，女的拿着几只鸡蛋，说是卖给浙江佬换点油盐钱。那些爱看热闹却又没有多余力气的老人，哪怕搜肠刮肚也要想出一门挨着战备公路的熟人家走一走亲戚。所有人的心思都是一样的，就想看看不怕死的浙江佬如何用绳子捆着自己的腰，吊在云雾里，挥着锤柄近一丈长的腰锤，在悬崖绝壁上打眼放炮。在这种传说与传奇的背后，还有一种公论：浙江佬太苕了！苕字是汉语言楚汉语系独有的。它有北方语系所说的傻的意味，又不全是。从语感上分析，湖北人每每用到苕字，相比北方人用傻字时，多了一种悲悯的质感。一条战备公路，不仅引来了浙江佬，还有广西佬。广西佬来是为了修桥。广西佬爱吃蛇，乡土中人也说他们苕。此时此刻所说的苕，已经是嘲笑了。

这种总不肯一去不返的记忆，想要兆示的意义，一直让我很难面对。

浸泡在乡情里的人谁个不会敝帚自珍！

在同一块地域上来往的时间太久，不知不觉中就会忽略个体和群体的秉性。直到某月某日某时，因为某人某事的触动，突然觉悟到某些个人生活的某些过程时，已经恍若隔世。二〇〇三年正月初九晚上，楚汉东部县份的一群人，在武昌某处聚会。大家一致约定，不许说离家多年，早已学得十分圆熟的国语或流行于楚汉之都的武汉方言，只能用在乡土中世代流芳的方言俚语。大家轮番开口说过，不用介绍，每个人在乡土中的细小位置便能大致判断出来。县里有两条河，沿西河住的人，称母亲为姨的阴平音、并且保持音量略作拖长，父亲称作大；沿东河住的人，将母亲称作丫、父亲称作父。在楚汉地域，关于父母的称谓，不同县份叫法时常不同。出了大别山区，紧靠长江的广济和我久别的老家黄冈两县又有区别。广济人将父亲叫作爷，叫母亲时用的是地地道道的姨。此外他们更有一种奇妙的称谓，未婚的年轻女子被他们叫作妈儿，妈字的阳平音加儿化音。这样的称谓，每每让周围那些县里的年轻女子害羞不已，同样的语词，同样的发音，所指的却是女性乳房。黄冈人更奇，母亲被叫作咩，父亲则被称为伯。民间代代相传，之所以这样叫，是因为担心生下来的儿子不好养，万一有前生前世结下的冤家，变做鬼魂前来寻仇，好使其分不清人与人之间的嫡亲关系而无从下手。一句称谓，透露出内心深处类似黔驴技穷般的无奈。但在那些置身度外的人的眼里，却成了不光彩的伎俩。楚汉地域方言实在太多，每个县有每个县的特殊说话，甚实在同一个县里，上乡的人听不懂下乡的人说什么。一个地域的方言变化太多，会让外来者觉得无所适从，这显然是清王朝派到楚汉地域的大员张之洞，慨叹"天上九头鸟，地下湖北佬"的前因后果之一。

相聚的时候总有许多失落的往事回忆不尽。那条当年的战备公路，多数路段是由乡土中人修筑，只有那些使人望而生畏的地方，浙江佬才能大显身手。据此断言乡土中人不勤奋不勇敢，显然与事实不符。况且在随之而至的修水库、改河道、挖水渠等等被政治高压所驱使，企图改天换地的生产活动中，乡土中人甚至凿开了更高更险的山山岭岭。当然，说到底他们做这些事情时，是被动和不情愿的。

那位叫张之洞的大员不经意间说的一句话，被一代代的人当了真，弄得天下人都以为楚汉地域上的芸芸众生个个

都是人精。乡土生活有句俗话：灵醒人从不说别人苕，苕的
人从不说别人灵醒。诸如此类，当他们说浙江佬苕时，难道
不是正在暴露自己本性中的苕吗？说到人精，有句在省内长
盛不衰的话：奸黄陂，狡孝感，又奸又狡是汉川，三个汉川
佬抵不上一个沔阳苕。黄陂、孝感、汉川、沔阳（如今叫仙
桃）等县份，正好围绕着位于武汉北边的汉口、汉阳两大城
区。汉口六渡桥或汉正街的居民，被公认为最正宗的武汉人。
他们的前两代或三代，大多来自这几个县。那些没有在城内
定居下来的人，也逐渐养成了靠城吃城的习惯，做起生意来，
一点也不亚于城里的人。按照无商不奸的古训，既然入了生
意门，就不应该将此生意人和彼生意人区别对待，在日常的
历史中不管是礼遇、还是非礼遇，彼此都应该平起平坐。事
实上却不能，这些亦农亦商的人，天生比只会坐店堂的城里
人更能吃苦耐劳，不管生意大小、路途远近，只要有赚的就
一定肯做，特别是黄陂人，走到哪儿聚在哪儿，硬是在汉语
语汇里创出一个相关的歇后语：无陂不成镇，无陂不成市。
溯江而上，离武汉不到二百里，就是被民间话语推崇的现在
改称仙桃市的沔阳。从性情上看，沔阳人更像吉卜赛人。前
两年曾经在一本杂志上读到，在俄罗斯的后贝尔加地区，居
住着一群至今仍将沔阳话讲得十分地道的沔阳人。这些早已
入俄罗斯籍的沔阳人，记得他们的祖先如何敲着三棒鼓，以
沿途给人挑牙虫为生计，一步步地走完这千万里路程。也是
奇怪，不管是在楚汉本地，还是在外部世界，做小生意时的
取巧会招来说不尽的骂名，挑牙虫则不会，哪怕后来明白是

中了骗局，人们也是一笑了之。再也没有谁去大肆传播，要其他人接受教训，不要相信那些唱渔鼓的人说自己嘴里有什么牙虫。沔阳人也不明白自己如何一走就走到天远地远的俄罗斯腹地，好像精于算计的心眼一点作用也没有，往哪里走全凭一双脚拿主意。不随波逐流，不趋花向柳，所有与历史世事的契合，都是因为偶然中一时兴起。看上去几乎就是机会主义盛行，随风而去，随遇而安，实际上是受随心所欲驱使，那些既成事实往往包含着许多同自己过不去的成分。有谁还在这种后现代思潮风行的时代，仍在惦记着要纠正当年自己得到的"造反派"结论之名？那一年，在楚汉之都，一个拥有百万之众的组织，愤而将"中央文革小组"的几个要员抓了起来，惹下被称作"七二〇事件"的燎天大祸。事情的发端只不过是该组织梦寐以求地希望能够获得所谓左派即"造反派"的名分。三十几年过去了，这些人还没想明白，回过头来又要求有关方面为其平反，声明他们当年不是"造反派"，而是"保皇派"。当年被这个组织抓获的那几个人，就是将这个组织当作"保皇派"，而险些被万众踩成肉泥。有这样一个笑话：一位女子在公共汽车上突然打了身边男人一耳光，过了一会儿，女子又打了男人一耳光。女子中途单独下车后，旁人问起来才知道，男人发现女子短裙背后的拉链开了，便好心好意地替她拉上。男人因此挨了第一个耳光后，一边生气，一边自省，既然帮女子拉上拉链是不对的，那就应该让其恢复原状，没想到又挨了一耳光。想一想，这一实一虚两件事，何尝不是异曲同工？有时候，楚汉之人就是这样为人处世。

记得年幼时夜间乘凉，听大人们反复讲述四个不同地方的人在一起比赛吹牛，谁赢了谁吃肉喝酒：河南人先说，河南有座少林寺，离天只有一丈一；随后的陕西人说，陕西有座大雁塔，离天只有八尺八；排在第三的四川人说，四川有座峨眉山，离天只有三尺三；湖北人最后说，湖北有个黄鹤楼，一半伸在天里头。湖北人一说完，独自将别人输的酒肉全吃了。楚汉地域上的人向来乐意别人说自己精明，并且普遍地瞧不起地理上的北方近邻。其实，不用放进更大的环境里比较，只在中南几省，出武胜关往黄河边上走，沿途遇到的那些声声叫着吃大米肚子疼的人才是真人精。想要楚汉之人承认这一点却很难，哪怕在现实中碰得头破血流，心里明白得像是点着了灯，嘴里还是说不出来。楚汉地域上，要水有水，要山有山。水是名水，譬如洪湖、汉水和清江。山是名山，譬如武当山、神农架和大别山。那一年，从西安来的一位朋友站在东湖边大声惊叹，这哪里是湖，分明是大海！没有海，却有许多海一样的浩大湖泊。大智若愚，大巧若拙，这样的功夫才是真了得。北方近邻用多年泛滥的黄河雕塑出一种仿佛与生俱来的悲怆，再用水汪汪的眼睛闪烁着干旱至极的无助。楚汉之人，假如同样擅长承接天地日月精华，武当山之仙风道骨，神农架之古朴沧桑，大别山之春华秋实，汉水之温文尔雅，清江之纯粹无邪，洪湖之富庶怡然，如此等等，随手选来，哪一种形象都能远远胜过那只强加在头上的"九头鸟"。说不上是不愿意用，还是不会用，到头来，单就外表来看，楚汉地域上，男性普遍缺少特质，女性的遗憾更甚，除少数生长在与外省接壤的山区里的女性，多数女性，或者更直率地说，绝大多数女性都是天生丽质一说的陪衬者。

与外表憨厚的北方近邻相比，生活在楚汉地域的人偏爱将仅有的那点精明，当成一种得意、一种炫耀，率性地表达在脸上。不知情的人，至今仍在将那条汉正街当成楚汉地域的脸面。想当年汉正街首开小商品自由贸易自主经营之先河，从南到北，从东到西，有多少地方比照着这里的模样，或者照本宣科，或者发扬光大。春常在，人空瘦。到如今，整条街上生意依然红火，坐在后堂盘算的店老板大多换成了那些曾经在大别山区开山辟路的浙江佬中最著名的温州佬。并不是本地人亏了血本难以为继，就算是个苕，在汉正街做生意也不会不赚钱。只是赚到一定程度时，他们就觉得够了，在别处买套房子，腾出那些黄金地段上的房屋，租给永远也折腾不够的浙江佬中最著名的温州佬。靠着他们所付的房租，每天里邀上三五知己在一起打上四个风的麻将，散局后再去街边小店喝两个回合的靠杯酒，说不上是看破红尘，也没到游戏人生的境界，真正的理由很简单，他们喜欢这样生活。这样的情形在楚汉地域上已到盛行之势。在那些星罗棋布地绕着武汉的大城小镇里，说起来，大家都在慨叹日子过得清苦，可是，大大小小的麻将馆里莫不是人满为患。能行乐时当行乐，得逍遥时且逍遥，这样的人精自然是此中极品。楚汉地域上的人如果也像生活在青藏高原上的人那样，早早悟透人生，自然能活得不同凡响。偏偏他们只是率性而为，做事论事，大多凭一时好恶，性情所致，慎思不及。张之洞所言及的以及后人对其理解的，恰恰与此相悖，差之毫厘，谬以千里，没有看到楚汉之人本质上贪欲有限。即使是做成了事，大多是为了做而做，至于为什么要做，做了又须达到何种境界，他们是不会去深思熟虑审慎为之的。

所以说，性情中的楚汉之人天性喜好先天下之乐而乐。

说楚汉地域上多是性情中人，还有语言可作佐证。楚汉方言，语调多为高开高走，即所谓的高腔高调。听上去只有喉音，等不及像北方人那样让心里的话经过腹腔，回绕一下再说出来，因而总显得尖锐有余，忠厚不足。这一点又以江汉平原和四周丘陵地带的人为最甚。深究其中，也没有别的理由，无非是不愿压抑自己的性情，久而久之自然成了习惯。在真实生活里，楚汉之人极难做到比赛吹牛所形容的，耐着性子，将一剑封喉的绝招留到最后。只要有了要说的话，哪怕别人正在说，也要插进去，先将自己的意思表达出来。这其中，最著名的楚汉人物，古有西部秭归县的屈原大夫，今有北部郧县的杨献珍，东部浠水、蕲春的闻一多、胡风二位教授。别人正在津津乐道，老先生们硬要多嘴多舌，横插一杠子，结果能好得了？性情中人，好则好矣，不好起来一个比一个下场悲惨。

所以又可能说，性情中的楚汉之人天生善于先天下之忧而忧。

楚汉地域的东西两端，有两道名菜。一道菜叫懒豆腐。这是宜昌一带的叫法，在恩施一带则称其为合渣。顾名思义，这是懒人用懒办法做成的豆腐。它省掉了过滤、点卤、煮沸、冷凝后挤压成形等工序，将泡好的黄豆磨成粗浆，直接放进火锅，加入一些当地出产的时令山菜和腌渍小菜，煮好即可。看上去其貌不扬，吃到嘴里味道鲜极了。另一道菜严格说起来并不叫菜，却在楚汉东部山区广为流行。无论天热还是天冷，一边做饭做菜，一边将灶里烧剩下的劈柴或者松枝用火钳夹出来，放进一只炉子里。偶尔家里有人生病，也会用这炉子来煎药。通常情况下，这样的炉子是用做烧吊锅的。炉子随后会被掇到桌面上，再将一只黑乎乎的吊锅架上去。吊锅里别无他物，只有滚沸的半锅清水和几只翻腾起伏有红有黄的腌辣椒。等到该坐下来的人全部围坐下来，说声吃饭吧，并不是先动筷子夹菜，而是将放在吊锅四周某一碗炒得好好的菜，倒进吊锅里。无论什么菜，最终都一样地倒进吊锅里。各种各样的菜，烩在一起，味道好到无论菜有多少，都会吃个精光。楚汉之人内心崇尚的正是此类的简单生活，需要像下棋时长考一样的思想并非其长项。得益于地理上的优越，在楚汉之人的行为里，诸多事情，只要像懒豆腐和吊锅那样，依一时性情随手处置就行。曾经有人建议楚汉之都武汉，有无市花无所谓，市香是万万少不得的。建议的市香是热干面的芬芳。每天早上，这座城市的街头巷尾，公共汽车和出租车内，各种写字楼，甚至星级宾馆里，只要有人就一定有热干面的印记。在汉语言所流传的地方，从来没有哪个地域会像楚汉之都武汉这样，假如没有热干面，男女老少宁可将空气和白开水当早点。深究起来，热干面这东西，也是随手之作。同饮一条长江水，往上有四川的担担面，往下有上海的阳春面，当中的热干面，正好取了二者味道的平均值。难怪楚汉之人爱说，性情中人自有天地垂青。

天生楚汉，天生湖北佬，每逢历史大起大落，总有一些蹊跷事降临头上。

说句天大地大不着边际的话，如果真有谁能主管人间命运，分管楚汉的那家伙一定是个爱犯糊涂的家伙。因为，相同的赏赐，只要给别处，莫不做出惊天动地的篇章，轮到楚汉却不尽然。

譬如说黄梅戏，乡音乡情浓得用水都化不开，却没有办法在本乡本土活下去，顺风顺水流浪不过几百里，踏上安庆码头后，忽然间江南江北莫不为之倾倒。同样是戏曲，当年演习汉剧的罗田弟子余三胜出武胜关北上，一不小心就让深植于北方大地上的京剧变了样。如今的京剧，随处都能听出汉剧的韵味，被抑扬婉转的汉调皮黄等丰富过的京剧，唱念中理所当然地带上了许多楚汉方言。作为京剧母本的汉剧，说气数已尽当然不符合事实，理解她并接受她的人越来越少却是不争的事实。在诸多省份里，楚汉之人是乡土观念最淡薄的。别处的人，在本土之外见到本乡人，总会有各种各样的表达亲密的方式。在乡亲与非乡亲中不作区别的，恐怕除了楚汉之人再也找不到第二例。黄梅戏走了也就走了，京剧得了汉剧的精华也就得了。当地人似乎也习惯于这样。当时不说回报，尔后更想不起来。

楚汉之人最可爱的秉性是敢为天下先。受命于危难之际的张之洞，正是有此基础，才有在楚汉地域上将国家大事做出个新气象来的决心。近代史上著名的汉阳造步枪，近代史上著名的汉阳铁厂，近代史上著名的大冶铜矿，像明珠一样让中华文明的近代史熠熠生辉。著名归著名，此后的一百多年里，最早为中华民族前程大计发起工业文明启蒙的楚汉地域，反而离工业文明越来越远。一百多年后，一个叫格里希的德国人，破天荒地当上了楚汉地域一家国有企业的厂长，由此引发的震荡，再次演化为近代中华工业文明史上最大规模的体制变革。在这种牵一发而动全身的彻底性面前，弄过潮的楚汉之人，出乎意料地再次退居幕后。心不甘，情却愿。格里希走了，转瞬间，楚汉之人就从后工业文明的雏形里退出来，回到自给自足、自娱自乐、将曾经的启蒙置之度外的混沌状态。

在外人看来，这样的事还不足以令其扼腕长叹。那些将学问做得越来越浪漫的人，最不能容忍的事情是，整体实力在公元前足以称为超级大国的楚国，居然被各方面相对落后的秦国灭了。留下一个天大的疑问：假如当年不是由秦国，而是由楚国来统一中国，中华民族的历史会不会更加光彩？在此之前，中华民族都是通过尧、舜、禹等新生的先进的力量，对旧王朝的更迭，来实现国家整体的进步。相比于其他王侯领地更具浪漫气质、更注重张扬人性、在其时的现代性上更能代表社会进步方向的楚国，为中华民族史上开了恶劣的先河。虽然史有名言：楚虽三户，亡秦必楚。后来楚人刘项联手，真的灭了秦王朝，只是恶性循环一旦开始，就难以停顿。随之而来的千年经历，多少王朝竟然一次次地仿效这种恶劣，以一国之快快，三番五次落败于生产力相对落后的地方势力。衰落再衰落，最终几乎成了列强们的殖民地。

楚汉之人实在不是那么容易说得清楚的。楚国人本应该在由奴隶社会向封建社会的转型中成为主宰，最终的历史烟云只让它扮演一名优秀的配角。说性格主宰命运，显然无法涵盖其中太多的内容。否则，在楚文化风风光光地沉沦的背景下，历史就会因此而生偏见。事实上，历史对楚汉地域的垂爱十分显而易见。经朝历代，最早从楚国废墟上建立起来封建社会的大厦，面临同样的土崩瓦解。又是楚汉之人，仅仅发起一场仓促得不能再仓促的武装起义，就超越了北方南方那些经过周密策划的暴动，并宣告了封建社会最后王朝的覆灭。区区数百人，没有真正的领袖，没有真正的纲领，事成之后，这些起义者竟然还得用枪逼着那位事发之际仍在效忠清王朝的黄陂人黎元洪来统领自己。历史就是如此不可思议！黄兴和孙中山，是何等的魅力，何等的才干，人中伟杰的他们几经生死也没做成的事，由一群毛头小子一夜间实现了。在这里，天降大任于斯人已经不能说明具体事件，而应该说成是，天降大任之际，成也性情，败也性情！

每个地域的人格，自有每个地域的生存考验，历经千代万代才形成。楚汉地域上人格的传承，必然受到山水地理的潜移默化。长江浊，汉水清，南风吹来酷暑，北风吹来严冬，四通八达的陆路和水路，长年往来着五花八门的人众。当年的毛泽东，自离开湖南老家，楚汉之都武汉是其在京杭之外住得最多的地方，光是东湖边的一处居所，就光顾了二十六次之多。按照西方人的理解，在性格上，毛泽东是一个不太好相处的人，哪怕是出生入死的战友，最终都没有办法不同他闹翻。楚汉地域上究竟是什么风物让毛泽东情有独钟？天下山水难说楚汉最好，天下物产难说楚汉最丰，天下人性难说楚汉最佳。也许吧，天马行空独往独来的毛泽东，于孤独中另有一种对内心少有禁忌的性情中人的喜欢。也许吧也许，那个至死也不肯承认自己是河南新县人的许世友，就因为不肯改变世代形成的楚汉性情，才被毛泽东特许，可以带枪进中南海，可以生前忠于共产党，死后孝敬老亲娘。性情中人就像溶解温度为三十七点五摄氏度的纯巧克力，入口就化，其亲和感没有丝毫强加的意思。地理上的楚汉处在五湖四海中央，三教九流涡心。天设地造时，就已经命中注定要为东边的太阳，西边的月亮，去北的鸿鹄，往南的鸥雁们充当中间站。这是最吃力不讨好的差事。人家累了，心里想象的是能得到五星级的服务。天下只有一个楚汉，那么多人事川流不息地到来，得到好处的没事，感觉没有善待的当然会在继续上路后，将自己的抱怨川流不息地播撒出去。如今的巧克力越来越不可口，是因为越来越多的非巧克力被注入巧克力里。楚汉地域上的许多败笔本是外来者留下的，很难想象，旅行者会将沿途产生的物质与精神垃圾，一粒不落地背负到终点，将其抛在楚汉这块最大的人事聚散地上，就成了理所当然的选择。楚汉之人是由长在赤道南北二十度纬度以内的可可树上的果实所制作出来的纯巧克力，楚汉之人的性情是可可豆中所含的化学物质苯乙胺，只要喜欢，它就会刺激人体释放出使人倍觉愉悦的另一种化学物质多巴胺。思想庞杂意图超越古今指点江山未来的毛泽东，回到日常当中，愿意同思想清澈的性情中人相处，则是自然而然的事。

楚汉之人的无意为之，恰好契合了西方人所说的，巧克力应当醇厚，思想应当清澈。

楚汉之人一次次地浪费了历史给予的机遇，历史又一次次地重新赐给新的机遇，其中预示什么，它的神秘性在哪里，恐怕还得让未来作证。

二〇〇三年三月三日于东湖梨园

武汉的桃花劫

有一张照片，是我们家的，上有三个人：父亲、母亲和弟弟。

如今父亲母亲早已老态龙钟，弟弟也因单位的破产早早披上岁月的沧桑与无奈。十一月二十七日上午，九江和瑞昌一带的地震余波殃及湖北。我着急地打电话回去，问他们的情况如何。弟弟从前开着一辆桑塔纳轿车，单位的破产申请被接受后，那辆公车就被银行查封了。因为还有一点事做而被称为半待业的弟弟，在电话里语气之平静，分明将地震当成了曾经驾驶着那辆桑塔纳轿车所遇上的坑坑注注。

照片上的弟弟也看不见有多少意气风发。那一年弟弟刚刚出生，抱着他的父亲和母亲，却是春风满面，笑容可掬。在他们身后注定要闻名于世的一座桥头堡高高耸立着，从那些纵横交错的钢梁中，隐约看得到一种显然不是桥梁的身影。虽然没有足够的证据，我们还是从小就将藏在钢铁丛林中间的这个影子，当成一列正在桥上飞驰的火车。同样也是没有证据，我们非要认为父母们的笑意中，与弟弟相关的成分只是由于不得不抱着他，其余的全都献给身后这座象征着那个时期精神与物质生活的庞然大物。

中国文化中有物竞天择、顺其自然之学说。在日常现实当中，除了那些多得不能再多的逆来顺受，以及发展下去就会关系到自身的事情面前，保持一种只管自家门前雪不顾别人瓦上霜的装聋作哑掩耳盗铃姿态，真正具有天然特征的便是那些俨然因时因地随口取得的人名和地名。这座桥建在长江之上，因为地点是在武汉城区之内，将其叫作武汉长江大桥是任何人都能想到，不会产生丁点惊艳效果的下意识的事情。

纵观我们的历史人文，仅从那些普遍习惯的姓名上，就能体会到一些带有教义色彩的纪念词。譬如"唐"的使用，譬如"汉"流行，譬如国内政权在一九四九年发生重大更迭后而让许许多多的人取名为"国庆"与"解放"。万里长江上的第一座大桥是一九五八年建成的。也是那一年出生的弟弟，与太多的同龄人一样，被父母们情不自禁地取了一个与这座桥相关的名字。

一九九四年前后，武汉这座城市在迫不及待的现代进程中，有过不肯顾及个人隐私的短暂时期。那一阵，不管愿意和不愿意，只要交钱安装住宅电话，其电话号码必定会被公开在那本厚厚的黄皮书中。少数提前意识到隐私权受到侵犯的人，也只能无可奈何地羡慕那些拥有汉桥、大桥、新桥以及美桥、艳桥、爱桥等名字的人，还酸酸地说，那些人的父母大人太有先见之明。当年出版的电话号码簿，让人叹为观止的不是电信部门的蛮横霸道，而是其中动辄十几页和几十页地连接在一起同名同姓的那些人。一页接一页的"李汉桥""王汉桥""张汉桥"；一页接一页的"李大桥""王大桥""张大桥"；一页接一页的"李爱桥""王爱桥""张爱桥"。如此等等，电话号码簿上的百家姓中，所有姓氏里都有人在一九五八年之后，因为长江大桥的建成所产生的共鸣，而获得一个用"桥"作为后缀的名字。形容铺天盖地有些夸张，只说漫山遍野又有点不到位，电话号码簿上那些连绵不绝的相同名字汇聚到一起后，平添一种大隐隐于市的味道，反倒将个人隐私置于更加秘密的迷魂阵中。

在没有长江大桥之前，武汉是一座不完整的城市。由于大江大水的关系，管治这座城市的政治机器总要比别处多一层复杂。八年抗战之初，民众所呐喊的"保卫大武汉"也只是一种泛地理称谓。一九五一年之前的武汉，多数的时候是一种概念。而作为一座城市，它一直在时废时存中变迁。江南是武昌，江北为汉口，各有各的纵深，各有各的供给，这样的自然分治也是无话可说的。那一年，在欧洲小国斯洛伐克首都布拉迪斯拉发郊外的一条界河边，对岸的奥地利垂钓者一次次将鱼钩抛过河流的中间线，不用说我们的陪同，就连巡逻的边防军人也都熟视无睹。作为地球上屈指可数的河流，长江有将欧洲的全部界河加在一起也比之不足的理由，成为不同人群之间的天堑。如果没有一九五八年的桥，至少那个在一九五一年正式宣布成立的武汉市，也许依然要在存与废的历史选择中反复轮回。

从概念中的武汉，到实体中的武汉，其过程一如人之初信口叫来的大毛或小妹等等名，慢慢过渡到正经八百所取的学名。乳名是非常具有亲和性的，然而人的生涯越往后，越是觉得它的虚弱。而那些从乳名中生长出来的学名，才是相伴着酸甜苦辣直到终老的真实。由武昌、汉口和汉阳三镇联系而成的武汉，从来不乏名胜：知音琴台、白云黄鹤、清心东湖、禅意归元——哪一处不是诗画情浓人文春秋。化入姓名的也都不绝如缕，却难比一梁一柱打造而成的那座大桥。

弟弟的名字与前面说过的那些略有不同。在他自立后的最初几年，曾经将自己的名字改了一半。父亲给他取的名字中也含有"桥"，那一阵他却在各种不同的书写背景下，将"桥"的前面那个怎么看都有嫌俗气的字，改写为与之谐音，但要文雅的另一个字。弟弟没有同我提起过为何要将自己的名字改一个字，也许是因为那个字太平凡，太普通。这也是我曾经的想法，那时候，我一直悄悄地认为父母亲是在媚着那个时代的意识形态之俗。

不晓得生活在这座城市中以桥为名字的那些人，是否像弟弟那样萌生过改名的念头。弟弟的修改尚且没有动摇他那名字的本意。如今的弟弟已到了连地震来临都能处事不惊的境界，当然不会再去为用了几十年的名字耗费脑力。就像任何一座桥的诞生，看上去是人对河流的超越与征服，其内心深处共鸣的反而是人对自然的顿悟与臣服。也只有这样去想，才能明白为何武汉城市中人，不理古典，独尊新桥，实在是因为这座桥是长久以来人们心中普遍存在的一个情结。

　　一如日常当中大家最爱说，人一旦犯了桃花劫，绝对没有躲避的可能。被长江所阻隔是武汉的天命。对一座城市的四分五裂，何尝不是一段婚姻的分崩离析！当然，命运又用一种解释说，桃花劫虽然不可避免，却有可能化解为桃花运。如此就能将生死之劫因势利导地变化为不会伤及身家根本的情爱之运。武汉的流水上从来不会有桃花汛，那些远来的花瓣早早就被远处的波涛吞没了。作为城市的武汉，它将越来越多的二桥、三桥、四桥、五桥……直到现在正在建的该是排到两位数的桥，当成了这大江之上流不走的桃花。所以，不管这联想是不是太牵强，桥的出现，让城市的地理劫难真实地化解为一种可爱的时运。

二〇〇五年十一月三十日于东湖梨园

一只松鼠的城市

作为城市的武汉越来越大了，即便对久居此地的人来说，因为越来越摸不着边际，也还是认为太大了。就像巨人也有最小的童年，哪怕城市大得都要超越我们的理智了，唯一不能改变的是它的缘起。对于在绝大多数时间里只能靠着感情维系人，这样的缘起更是一刻也少不得。也正是如此，只要有一点点理由，不管事隔多少年，也不管这些年的记忆中平添了多少事情，依然清晰地记起自己移居城市后第一个早晨的情形。

那一天我醒得特别早，除了对新环境不适应和身处新环境后免不了会出现的小小兴奋，关键在于我后来才发现的，人在城中，永远也不可能比城市醒得更早。不比乡村，只要愿意，随便哪一天，都可以自由自在地抢在前头，仿佛不久后渐渐有了动静的乡村是被自己所唤醒的。从永远比人醒得更早的城市中醒来后，突然发现自己像是被置于街头。这种感觉让我情不自禁地生出一丝恐慌。那些从小到大一直陪伴着的清晨之清和自然之晨不见了，取而代之的是满屋浮尘气味。这样的气味当然不可能让一个突然闯入的陌生人心生踏实。

城市总在自以为是，哪怕一时一刻也不肯将先行醒来的机会让出去。从这种浮尘满天的时节中醒来后，出了门，路灯大约是见惯了这些，不将城市醒来当回事，还在街道旁昏昏欲睡。也不是有过预设，但也绝不是没有任何预设，我沿着很不习惯的空气与道路，走向自己一心想在清晨进去走一走的那个地方时，心里应该早就积淀了许多城市生活的法则：譬如早晨要去的公园，譬如傍晚要去的公园，譬如假日要去的公园，还有其他一些譬如相爱了、譬如忧伤了等等都要去一去的公园。就像必须会搭乘公共汽车，必须会站在街边大口大口地吃热干面，身居城市不会逛公园的生活同样是不可想象的。

独自走进解放公园的那天早上，草地的平铺虽然是人意而非天意，树林也是按匠心而非天才栽种得整齐划一，包括那些假的山水，还是让我动心了。虽然无法体察每一棵树，更不可能去认识每一株草，我却相信多年之后自己一定还会记得这里的每一棵树和每一株草。事实上一点也没错，多年之后，我已走过太多的地方，天山上的雪莲，塔克拉玛干沙漠中的红柳，查果拉山口上的苔藓，棒槌岛海底的海草，记录的事物越多，值得记忆的事物便更加突出。那时候，我一点也不晓得解放公园的背景。直到现在我也仍然不在乎它在哪种地理范围内是为最大的城中森林公园。我只在乎一片树叶和半根草茎在自己心中的地位。我看重的是这叶片托起的清风，以及这草茎找到的水土。我看重的是如此清风能够洗礼人生际遇，以及如此水土能够护佑命运沉浮。

在以后的日子，我总在这座公园里开始自己的新一天生活。我必须摘下轻轻一踮脚就能接触到的某棵树上的一片叶子，或者是随意弯一下腰就可以掐在指间中的某一根小草，放在鼻尖上嗅一嗅后，阳光才能从心中升起来。我曾经将此作为一个藏得很深不曾示人的细小秘密。事实上，在这个细小秘密的背后，还有一个更加细小的秘密。早晨的我来到早晨的公园，是想冲着那只细小的松鼠轻轻一笑。公园出现在我生活里最初的那个早上，是那些长在陌生地方的山水草木，帮我找回了心灵中最不能失散的熟悉。之后，便是那只最让我意料不到的小松鼠了。

因为是冬季，那天的草丛十分荒芜，小松鼠突然钻出来时，我倒是没有意外，也没有将它想成别的鼠类。因而那一声格外清脆的"叮当"，还使我望见了那只大概是头天夜里被谁弃下的易拉罐。大约是被小松鼠碰了一下，易拉罐还在草丛中轻轻地晃动，至于小松鼠，则是将那可爱的尾巴，像捉迷藏的孩子一样突然从草丛中竖起来，不待多想便轻盈地跃上一棵大树，再跃到另一棵大树上，这才回头将小黑豆一样的眼睛转两转，就像是抛了媚眼过来。就在那一瞬间，我在心里笑了。很清楚，这是我来到这座城市后，头一次向着天籁而笑。笑过了，我才发现，相邻的另一棵树上，还有一只小松鼠。刚刚被我发现的小松鼠，正在用着相同的神情，朝着早一点出现的小松鼠妩媚地笑过去。这时候的我，孤单地笑得更加开心了。

几年后，我在华盛顿排着长队，等候进入美国国会大厦参观，旁边的公园里大约有几十只小松鼠在上蹿下跳。身在异国比之当年初涉异乡感觉又不一样，却有一样的松鼠在活跃着。我忍不住蹲下来，朝着离我最近的那只松鼠伸出手去，想不到的是，那只松鼠猛地蹿过来，在我的手腕上轻轻咬下一些齿印。疼痛之中，同行的作家们看到我手上的牙印，提醒我一定要注射狂犬疫苗。望着仍在咫尺之处独自嬉闹不止的松鼠，我说，有那个必要吗？说话时，我一直在笑，脑子里还浮现出在城市的第一个早晨里所见到的那些会妩媚地微笑的小松鼠。

在公园的草木间行走得多了，对城市的心情也开始豁然开朗了。别人信不信，是不是如我所想，一点也不要紧，只要自己想出其中道理就行。于是在后来的日子，我一直在不断地对自己说，也对别人说，特别是那些执着于城市与乡村二元对立者：对于城市来说，公园其实是一处被微缩了的乡村，而乡村则是被过于放大的公园。无论一个人来自何处，在共同面对山水草木，或者如小松鼠一样的小动物时，只要是为着共同的原因而欣慰，我们的心灵深处就不会有太多的区别。公园是城市心灵的栖息地，乡村则是这类公园命定中的过去与未来。

二〇〇五年十二月于东湖梨园

大路朝天

　　我不知道自己为什么要来到城市，这么肮脏，这么喧嚣，漫天的尘土和漫天的秽语，像鞭子一样整日整夜地抽打着我，以致抽搐的灵魂和颤抖的心，几乎是在哀求地问我，你为什么来这儿了，怎么不似那黑压压灰蒙蒙匆匆归去的蚁阵般的人呢？

　　这是除夕之夜，我徘徊在突然寂寞起来的大街上，四处空无一人，只有从北方远道而来的寒风在身边亲切而温柔地走动着，一只纸烟盒，一只塑料袋，是它那左右交替的脚步。我像老朋友一样傍上它，默默相偎听着各自的脚步声响彻城市。尽管我知道，这种相随只是很短的一刹那，我还是觉得我们一起走了很久很久，不然我怎么会蹽起两腿飞快地去追它撵它，如同面对一位正在离去的亲人，把一双伫望的眼睛望得滴血！北风消逝在南边！那里有从梦里盼醒的老父老母！有在梦里呼我唤我的儿子！生命把我托付给自己，可我的心不仅仅属于自己，我实实在在地想将它交寄给风，在那零点的鞭炮声中悄悄飘落在他们的窗前，不说祝福，也不说欢喜，只需看一眼那份亲情骨肉的温馨，看一眼老父老母的安康，看一眼儿子的快活。北风只顾凋零，它摩天而去，抛落我于一片萧瑟冷寂陌生孤独之中。这不怪谁，其实我已流浪得太久了，只是从前自己不知道。当我有朝一日开始明白过来，当我突然发现自己的灵魂一直无处安放时，我的精神几乎崩溃了。生活在击打一个人时总是这么无情无义，一点也不在乎人世间的所有顾虑与禁忌。这种情绪使我后来特别容易伤感，常常让眼泪不加约束地淌出来，包括在看儿子的照片时，听《一封家书》时，以及观看根据自己的小说改编的电影电视时。

　　眼下这般只是自我的一种印证，我总是不太相信自己流浪了那么多年，所以我需要对自己加以考验。自从一九九二年秋天的那次逃避开始，我一直再也无法对此加以否认。随后一次次的出走反倒让我觉出了一种心与身、灵魂与血肉的和谐，仿佛自己天生就是一个流浪汉。

　　十二月底，一个朋友的母亲做七十寿辰。庆祝宴会举行到半截时，我偷偷地走开，将自己反锁在洗手间里，听凭那泪涕洗面。就在不久前，老母过生日，她的子女都回去了，唯独我这令她最最惦念的长子没回去，而与我同城的小妹全家都回去了。一切的眼泪，一切的忏悔，都是无益的。她要的只是看我一眼！泪水洗面又洗心，这通常不是流浪汉的行为，流浪汉是没有眼泪的。我有眼泪，我只是一个流浪者。

　　其实，除了北风，大街上也还有人。拐过一个弯，五彩缤纷的灯光里面，团圆酒宴正酣，成排的出租车也打扮成富

贵模样，穿梭着接送那些美满家庭。我不肯让他们撞见，这
并非是我的孤单会给他们带来不吉祥。我的苦楚还没有如此
的魅力，我只愿这苦楚永远只属于自己而不殃及旁人。按照
自己的愿望，那僻静如山中空谷的大街小巷才能够穿行在我
的脚下。

　　我还没有做好准备，而且根本没有预料到自己会在这种
时刻遇上铁路。然而，人车又吼又闹地闯入这片流浪者的宁
静，又将那生冷僵硬的轨道甩在我的面前。火车大约是要在
这个城市里停下来，行驶的速度一点不快，一张张盼归的面
孔在车窗上印得很清晰。我本来应该是这同样的一片风景，
可现在我成了一个冷眼旁观者，仿佛这一切与我无关。

　　火车搅起的风坚硬而强劲，我像硬汉那样将衣领竖起来，
毫不畏缩地迎着它向前走，我相信天无绝人之路。对于一个
流浪者来说，这是唯一的精神财富。

　　天地间又归于平静，只在铁轨上留下一种细微的声音。
这种时刻，这种声音应该叫作历史，或者更直接地叫作历
史的声音。一切的历史都是关于它那个时代蛛丝马迹的袅
袅余音。

　　顺着铁路，我走进我的历史。当然，这种进入与铁路毫
无关系，它太生硬，不可能承载那半云半雾的思绪。追忆需
有宁静的安抚，就像高空风抚过垂垂的电线发出那种近乎思
念的嗡嗡声。铁路的另一边就是原野，它的气息使我忘了侧
边的城市，并让我寻得了那久违的亲情的感觉。

　　在这茫茫夜空之下，我明明白白地看见我们家族的历史

正向我流浪而来：曾祖父、祖父和父亲！父亲的高高大大使
我愈发显得瘦了；祖父依然同我见过的时候那样，后背驼得
厉害，两手放在长棉袍里，不知道他是在捂着那痛了一辈子
的胃，还是揣着一只泥做的烘篮，这是他在隆冬时节让我们
琢磨不透的两种动作；曾祖父则是那种无法看清的模糊，我
一直想将祖父和父亲的形象捏合成曾祖父，任凭怎么努力也
终难如愿。

　　我没有见过曾祖父，我只知道他是一个挑着担子在上巴
河一带卖瓦壶罐的，成天到晚四处游荡吆喝，他有没有来到
城市，已无人能说清了。但祖父来过。祖父来到汉口的第三
天就被日本鬼子当街打得死过去。祖父没有汉口的良民证，
他是借用别人的被鬼子们发觉了。鬼子们明白祖父不是抗日
组织成员，如此生活在汉口只是想来挣几个钱养家，没有将
他拖去宪兵队，而是当街将他往死里打。祖父活下来是我们
家族的一个奇迹，祖父以他的受过极端摧残的身子骨能活到
八十八岁属于另一个奇迹。父亲则比祖父幸运多了，他在
一九四九年之前，来到汉口从事一种惊险的工作，将共产党
的传单标语偷偷地贴在永清街一带的大街小巷里，却从没有
受到什么惩罚。

　　不管怎么说怎么看，有一点是无疑的，对于城市他们通
通都是流浪者，最终他们都无法不回到他们的乡村中去。我
上初一那年，学校搞忆苦思甜，要写家史。那天晚上，我缠
着祖父要他讲我们家族的苦难史，祖父躺在床上一个字也不
肯讲。哪怕是被日本鬼子毒打这种尽人皆知的经历他也不对

我说。哪怕我流着泪求他，全都无济于事。往后的许多年里，我一直想不通祖父为什么不肯对他的长孙说点什么。

现在，当我独自走在这无援的地界上，我才觉悟：这是一种典型的流浪者的情绪，历史对于他们，只是三言两语的小事，或者干脆连三言两语都不值。对流浪者本身来说，除了流浪，其余一切都是毫无用处的。无论精神还是物质，属于他们的唯有流浪。

祖父那晚的沉默是那样的没有尽头，它在我的人生里怎么也挥不去，执拗地不管我有什么样的想法。去年的秋天，我在另一座城市的立交桥下面见到一位老人，他低头坐在拐角处，一床旧被子盖着下身，手边有一把两根弦都断了的二胡。我本来已走过去了，却又下意识返回来，站在老人面前注视着。地上没有盘子或布，也没有碎钱。我知道自己想说什么，我想问他需不需要帮忙，可我无论如何也说不出来。老人不理我，直到我离去他也不曾开口。

此时此刻，我才懂得，老人他不需要我的帮忙。因为我现在也拒绝帮忙，我宁肯这样一个人漫无目标地顺着这铁路向城市的背后走去，向生活的盲区走去，向人生的末路走去。流浪者就是老人手边的那把二胡，它的声音已从琴弦上彻底飘逝，唯独剩下生命的喘息。它没能让多数人听清或听懂，他们听得清的听得懂的，只有琴声的悦耳悠扬与激烈，丝毫也不在意失去这些或者这些后面的静悄悄的震撼。那才是命运的声音！那声音上有几个伤疤，有的暗红，有的苍白，有的像那被割断喉咙的嘴巴。它张得很大，让很大的气流纵贯世界。

北风又来了！天下的北风和天下的流浪者一样，走到哪儿也没有区别，它同流浪者是天生的一对。迎着北方，我一脚一脚地向前走，我无意踢打我的伙伴，可我的每一脚还是将它踢得呼呼作响，一下一下地震动着天地间。

别拦我，别动我，也别管我！就让我在这宁静中永远放浪下去。别以为我很痛苦，我已经感觉到了幸福。痛苦只是俗人们的偏见，他们似乎总在幸福之中，却不知这种幸福麻醉了自己的使命，更不知在颠簸中才能抖出使命的真实面目！我愿意让自己走进苍茫，走进凛冽，在虚伪和污秽朝我袭来时，我非常高兴自己选择了流浪！

一九九五年除夕于汉口竹叶山

与欲望无关

我在电脑前天花乱坠地敲着键盘，朋友金先生忽然打来电话，让我上他那儿去喝酒。被他叫去的还有在阀门厂时工友与朋友的黄先生。电话里金先生就说明了，要弄几个家乡菜。金先生操持着设在省公安厅旁边的一家政府办事处，虽然有职有衔，每一厘花销却都是从市场上赚回来的。我在答应时，早早地告诉他，别的菜有没有无所谓，只要有豆渣，就是买张飞机票上他那里去吃一顿，也是可以的。金先生爽快地答应下来。等去了，入席之后，他才说，厨房里张罗迟了，没有弄到豆渣。说着还要将有关人员叫来，证实此话的不谬。

这两年，一些来自乡土的陈年吃食越来越在城市里流行，一切名声响亮的酒店，都以那观其名就能闻见原野芬芳的乡土菜作为自己的特色。像湖北饭店这样有着政府背景的去处，自然不会在这些招数上输给他人。去年年底，因为拖了十余年的省作家协会会员代表大会的召开，几百号人在这家饭店小住了几天。按照既定说法，经过漫长等待之后，欣逢如此盛会，总会有各种各样的兴奋。那天晚上，新当选的主席团成员围在一桌子上吃饭，一样样的菜，一道道地上，大家难得斯文相对时，突然有女声冲着那只刚上来的炒锅叫起来："哟，豆渣！"温文尔雅的一圈人，纷纷站起来。以我一贯的反应，本是不会慢的。那一刻我却迟钝了。这道菜没有中国菜一向让人不着边际的名字，服务员就像西餐里的小牛排、水果色拉那样叫着它：鸡肉豆渣。在我开始想起，豆渣是记忆中的一种美食时，炒锅只剩下那些油光铮亮的鸡肉。

金先生的约请就发生在这之后的第二天上午。

在这样的背景下，我在情不自禁中点到豆渣，以及金先生不无遗憾地告诉我没有豆渣都是很正常的事。像豆渣这类菜能在城市里走俏，多少会给乡土中人带来几许活路。

虽然没有豆渣，金先生的酒桌上另有一道让我多喝了几两五粮液的菜：豆腐煮小鱼儿。豆腐是平常的豆腐，小鱼儿也是平常的小鱼儿。惯有的吃法是将它分开来，作为两种口味。在金先生那里，两样东西不仅合在一起，重要的是豆腐切成片后，先在锅里煎过。小鱼儿也不是新鲜出水，而是先用微火烤过，已经有了七成熟的那种。三个同乡男人身上的兴奋在外人看来仿佛是小题大做，可我们照旧吃得无比痛快，临到微醺，黄先生竟然拿出手机，就在席上给老家的某人打电话，要赶紧弄上十斤小鱼儿送来。我插嘴说还有豆渣。黄先生说豆腐哪儿都有。我仍旧固执己见地说，山里的豆腐是用井水做的，没有漂白粉，也没有氯。

在山里，从母亲那里开始，偶尔也会做那不先过火直接下锅的白豆腐。这样的情形通常是有客人来，酒至半酣，菜又不足了，才会发生。匆匆地切几块豆腐，与时令蔬菜一同下锅烩一烩，赶紧端上桌子，或者一手托着大块豆腐，一手拿着菜刀，当着客人的面，一片一片地切进只剩半锅汤水的吊锅里。主妇们带着歉意的笑脸，给那清汤寡水的白豆腐添上不少美味。在山里，若非赶急，再要做这白豆腐，一定会被别人笑话为好吃懒做。在山里如今也像城市一样用起了煤气，但那烧柴的灶还保留着。有许多的菜，一定还要一把火、一把火地细细做来。就连每天都不能少的米饭，用柴烧熟的也要香美许多。比起白豆腐，煎过的豆腐有一种油菜开花般的感觉。因为这种感觉，只要回到家里，我都会站在灶台边，等着两面金黄的豆腐起锅，便伸手抓上一块，就着腾腾热气美美地吃起来。母亲当然不会拦我，每一次都会说着相同的话：还没放盐哩。而我也只需说着相同的话：我就喜欢这样吃。母亲在那一刻里用满脸皱纹化出来的笑意，胜过在我生活中遇到的所有温暖与温馨。前年春天，上医院作例行体检，尿酸指标离临界只差了一点点。大夫毫不犹豫地问我是不是爱吃豆腐。得到答复后，大夫肯定地告诉我，今后要少吃，不然会得痛风症。我刚说那怎么行，大夫就会意了，并说他也爱吃豆腐。大夫爱吃的豆腐不是山里做的那种，让他割舍不下的是隔海漂泊而来的日本豆腐。我差一点要对大夫说，那是世界上最没味道的一种豆制品，就像他们的歌舞伎。最终我只对他说，自己是吃母亲煎的豆腐长大的，要是不吃豆腐，我就成了忘本之徒。

来自乡土的豆腐就得用油煎，就得用吊锅煮。用小鱼儿来煮，我却是头一回见到。小时候在山里，从大河小溪里捉来的小鱼儿，通常在烤过之后，放进辣椒一起炒。那是酷热难熬的夏季里最能下饭的好菜。山里新近流行的豆腐煮小鱼儿，让我更加怀念那曾经有过的豆渣。自从在金先生那里听说菜场里有豆渣卖后，有一阵我老往菜场里跑，直到终于如愿地花上两元钱，买回四块长满白毛，像宠物一样可爱的豆渣。上灶之前，我怕太太反感，有意先入为主地向她介绍，豆渣的样式虽然没有豆腐好看，同样是绿色食品。我将爷爷当年如何趁着临近过年的天气，将新鲜豆渣晾成半干，然后捏成粑，一只只地放进铺着干净稻草的箩筐里。一层放好后，再在上面铺一层稻草，然后再放一层豆渣。如此直到将箩筐装满，或是将豆渣摆放完。短则三五天，长则六七天，豆渣上就会长出杨花般的绒毛，那样就可以吃了的经过，从头到尾说了一遍。我一再强调，豆渣上长出的菌丝是白色的，绝对不会产生让人闻之色变的黄曲霉素。一锅豆渣做成菜，刚端上桌子，太太就变了脸。她既容不下豆渣独一无二的样子，也受不了那与众不同的味道，不由我分说，毫不留情地将其倒进垃圾桶。气得我大声冲着她嚷了一句：垃圾食品又怎么样，我是吃它长大的！

后来，我家冰箱里多了一袋冻成冰块的豆渣。那是用豆浆机打豆浆后留下来的。我不知道它是否与做豆腐剩下来的豆渣有着相同的滋味。按道理，不管是磨还是榨，都是为了将黄豆的精华与糟粕分离开来。之所以让梦一般的美食冰封起来，是因为刚刚受过打击的心里已经没有那份对这类美味的把握。

记忆中，豆渣除了霉了再吃之外，还有一种新鲜的吃法。

在家里，有时候是有意的，有时候则是无意的，我不断地提起十七岁那年冬天。只有这个冬天才能安抚胸怀里那颗被现实刺痛的乡土之心。那是我离开学校后的第一个冬天。我刚刚将这个冬天的经历，写成充满灵魂之痛的长篇小说《弥天》。十七岁的我，在山里一处水库工地指挥部担当着看上去最为要紧的工作。一日三餐，饭桌上都会摆上一只烧着松枝的小炉子，搁在炉子上面的吊锅里永远都在煮着满满一锅豆渣。最初的日子里，我非常难以忍受那股刺鼻的黄豆腥气。慢慢地，就习惯了。山上老爱下雪，一到这类不出工的日子，指挥部的男女老少就会围在桌子旁，耐心地看那冒着青烟的松枝，将吊锅里的豆渣煮沸。事实上，只有这种时候煮出来的豆渣才是让我怀念的。只要煮豆渣，吊锅里肯定会放进一些腌辣椒。煮沸的豆渣最初冒起来的是水花，慢慢地就成了气泡。气泡也会变化，开始时会大一些，也少一些。到后来，气泡变小了，个数也多起来。又细又密的气泡，冒起来后，过一阵才会消失。圆圆的气泡炸开了，就像县剧团那个让所有人都记住了的女演员脸上的酒窝，又像山路上那些沙牛儿为昆虫们布下的小小陷阱。年纪大的那些人看着气泡说，豆渣就是要多煮，多用松枝煮，多煮多有味。煮得最好的豆渣，还会往起溅。只要豆渣开始往起溅，就没人再等了。大家拿起汤勺，纷纷往自己嘴里舀。滚烫的豆渣引出一片吱吱声。

不烫的豆渣不好吃，这是一个窍门。还有一个窍门：等到吊锅里的豆渣都吃完了，贴在锅底那层锅巴一样的东西才是最好吃的。从滴水不剩的吊锅里刮出来的最后的豆渣，弥漫着淡淡的松脂香。放下筷子，站到门口，趁着身上还是暖烘烘的，迎对顺坡而来的北风，于那伫望之际打一个带着奇异之香的饱嗝，将自己当作世上最幸福的人。那时，我还会去想，为什么只有豆渣，豆腐去哪儿了呢？

那时候的豆渣让那时候的我生活得十分充足，现在豆渣在我的冰箱里结晶成如同一团发硬的水泥。我们生活是否也因为对食物的过分要求而僵化起来哩？那袋豆渣也许会在冰箱里冻上很长一段日子。但它不会尘封起来。尽管心之家还在乡村，城市生活却已湮灭了清香的松枝和那烧松枝的小炉子。失去了这些，豆渣还能给我曾经的清纯吗？

记忆通过现在突然升华，现实加入梦想无限张扬，这是事物变为美好的必然途径。

我给还在城市里奔波的金先生和黄先生打电话，请他们来家里吃连我自己都没想好是做还是不做的豆渣。朋友们都说好，随后又说，不是石磨磨出来的豆渣好吃吗？我迟疑着，因为这是一个没有答案的设问。金先生后来劝我还是等着去山里吃这些东西，他在西河上游的一座水库旁盖了一处房子，但凡我所需要的一切都是家常的。我心存感动地回问，我们的心是不是也如家常？

二〇〇二年二月二十一日于东湖梨园

城市的故乡

只身来到城市已经十五个月了。

十五个月时间不算短，特别是到了这种不惑之际，生命已不会有太多的十五个月了，通常的人会抓紧时机去适应一切应该适应的，以求早日做到水乳交融。具体到我这种情形，那就是早日做一个城里人。

当我远离那让我心灵滴血、魂魄出窍的地方来到城市以后，我以为自己会脱胎换骨再现那个轻松活泼行止自如的往昔。可是，十五个月后，我忽然发现自己的情绪没有了，既没有好情绪，也没有坏情绪。当然，这并不等于说我在这座城市里没有欢乐过，没有悲伤过，只是这欢乐与悲伤全与城市无关。城市里发生的一切仿佛同我全无关系，什么道路堵塞，大厦落成，一处处的大排档，一盏盏的红绿灯，在我的日常生活里怎么也溅不起半圈涟漪。十五个月当中，我只进了一次歌舞厅，那地方叫"青鸟"，是单位办公室的一位副主任，见我一个人过得孤零零的便硬拖我去玩了一夜。其实好心人并不知我的心境，舞厅里的沙发于我真像是一只老虎凳，待到九点半钟，厅内灯一黑，我猛地起身躲进洗手间，整整一曲"弗斯"都没出来，直到灯色大明。我后来一直不明白自己为什么这么做。这样躲避的是什么！

四月初，我一个人登上江汉 20 号轮做起了长江之旅。夜深时分，独立在甲板上，看那两岸零星的灯火时，忽然想到一座城市到底湮没了多少人呢？看着无边无际的黑色，我竟一点也不觉得孤单，仿佛一切都可以来与自己做伴，一切可以做伴的都是那么亲切熟悉。

然而，眼下一切的熟悉又都那么遥远。城市的房子也是方的，城市的人也是两只眼睛两条腿，城市的蔬菜瓜果也是地里长出来的，我怎么去理解，滋味也依然是一样两般。

从外地返回，匆匆赶到二桥工地采访，那天中午，朋友约我到天兴洲去散散心。关于天兴洲上的寻根园，他向我作过多次描述，我答应过他说是要去的。待真的去了，才发觉自己其实应该早点来。

的确，那一顶顶白色的帐篷散布在绿草如茵的江滩上，远远近近没有一处斧凿的痕迹，一切都点缀在自然之中，而自然又在这点缀中升华出一种引诱几分向往。寻根园的创造者是位根雕艺术家，作品拿过许多大奖，在他的下一步计划里，天兴洲上将要建立一座农业博物馆，收藏起乡村里已被淘汰的水车和油榨等等方方面面的实物，既供参观，又可现场操作。甚至还辟出一块田地，置以老牛、旧犁和斗笠、蓑衣等物，让久居城市的人亲手操作一回犁耙，尝尝农夫滋味。

后来我想，这大约是我在城市里最高兴的一天，也是第一次把许多想法与城市连在一起的一天。

十五个月里，我至少有十个月是在城市以外度过。剩下的这五个月，我也是身在曹营心在汉，总想着往乡下跑，却不知城市里竟有天兴洲这么个好去处。

有一次，我上武汉商场购物，在物欲与男女的潮流间，忽然听到一种音乐，是萨克斯管吹出来的，舒缓、悠长、平实而无半点奢侈浮华，我一下子震住了，站在那儿半天没动，直到曲终。其间，城市的一切仿佛都不见了，只有弥漫天际的深沉与宁静的回忆。我曾在旅馆的电视里见过对这曲子的介绍，虽然只是几个乐句，但我一下子就记住了《归家》这个名字，它是克林顿在小石城当差时迷上的一位萨克斯手创作的，克林顿当了总统，特地邀请这位叫凯尼金的萨克斯手参加就职庆典。我不知道真正的城市人心中是否常有归家的感觉。如果没有，我想那可是太遗憾了。人的一万种情感感觉中，只有归家这一种先天就有的，它的消退，往往预示着灵魂的失落。

朋友对我说，一位大哲人说过，自然是人类的故乡。我理解上千名大学生在寻根园的那片江滩上彻夜狂欢的心境，在自然之家里，没有什么来压抑谁。如果天兴洲上有"弗斯"，我想我不会再逃避的。对于这座城市来说，唯有天兴洲才是属于我。

一九九五年三月于汉口竹叶山

城市的温柔

我去咸宁总也看不够想不透的是温泉。

在两山之间，淦河猛地拐了一个急弯，像是一个矫健的男子汉斗牛士将腰身一扭，便贴着牛身牛首和牛腿牛尾潇洒地躲开那凶狠的公牛一样，淦河拂过潜山之牛腿，擦过香吾山之牛角，浩浩荡荡地载着汤汤渺渺的畅怀得意昂扬而去。有歌而不唱响，有曲却不悠扬，只把那份亘古的气势写在清澈的水面上。我从山里来到外面，视角里总带着高山大岭的基础，因而不止一次地对淦河上那个叫月亮湾的去处产生一种错觉。事实上那段清流，全然不似男子汉性格，山夹也好，山挤也罢，它的流淌依然是那般舒缓沉静，带着一种哲学思考的意味。如果仅此还可以说它像是一位有学问的男人，可它偏偏还明白无误地凹凸许许多多的柔情与温顺、荡漾与回旋的尽是女孩子一般清纯与无邪、至爱与真情。为什么有湾水不急，为什么有滩浪花浅，皆因那水底有温泉。

由于说水底温泉有十二孔，由于说温泉水温在四十几摄氏度，我愈发相信自己的判断，只有女孩才是双数，只有女孩的温情才会这么冷暖适度。有一天，我从一本杂志上读到，那让男性世界热血沸腾的斗牛场上开天辟地出现了女斗牛士。在那一刻里，我想到了咸宁温泉，我没有亲眼看见女孩斗烈牛的场景，但我毫不怀疑它就是淦河流过潜山和香吾山留下一处叫月亮湾、一段叫温泉河的那种模样。

对于南方的这座小城来说，除了赐名以温泉以外，的确没有其他的最佳选择。大自然给了人类许许多多的恩赐、然而人类往往无视这种恩赐，不惜背叛、不惜抛弃，离乡背井地来到除了人和房子以外最多的东西就是罪恶的所谓城市。在这样的城市里，连温柔也是有价格的。即便价格最高的漫柔，也像那些假山假水，因为矫情而在多数时间里是非常靠不住的。水龙头里流出的热水充满了铜臭，甚至那些只在小房子里蒸腾的热气中还弥漫着淫荡。南方的这座小城却是少有的例外，人们来此筑城的唯一理由是这里有十二孔温泉，有一段被十二孔温泉温暖着的河流。

在那种朴实无华的劳动之后，温泉便是一种滋补液，无忧无虑地沉浸其中，身心被大自然作一次次洗礼，洗净的是肌肤，清洁的却是灵魂。本是求生的人来到了温泉寻一份依靠，后来，得到的竟是朝圣的感觉。温泉日夜洗涤小城，将污垢冲入河中化为肥沃滋润两岸，小城因此至今保留着乡村一般的宁静与清纯。

灯红眼不红，酒绿心不绿。

温泉的温柔实实在在是一种超然的体现。

那个在中国近代耻辱史上无人不知的冈村宁次也在此作过小憩，温泉想必洗过他身上的征尘，洗过他身上的血腥，然而温泉却不肯洗去他身上的罪恶。温泉也洗过在那场南方边境战争中被火焰烧伤的将士，温泉还给他们健壮的体格，却没有软化将士们的意志。温泉洗过墨砚也洗过泥牛……超然的温泉温柔地包容着天下，天下的万般造化在温泉之中却只有一种，温泉只有温柔也只需温柔。

女孩的温柔每每造化出强大勤勉的男子汉，温泉的温柔造化一座城市，一方水土。在城市里已没有真正的温柔了，一份温柔的付出背后是一份同等的补偿，而一份补偿的背后则是对心灵的一次刺伤。大街小巷里，矮屋高楼中，充斥着一股股弥天的焦灼与浮躁，人的心性都在偏移，毗连无尽的楼房群如同一列企图行驶在已被抽去枕木的铁路上的火车，随时随地都可能发生颠覆。城市的颠覆是在内心深处，它的形体不会垮掉，相反的它会变得华丽和奢侈，只是在作为城市的灵魂，人的意志与精神会随着温柔的畸变而失去家园，成为笼罩着城市的那种流浪者气息与云烟。

拥有温泉的小城这时无法回避地成了我心中城市的楷模。城市也应有祥和，城市也应有淡泊，城市也应有宁静，城市也应有温馨与温柔。这不是奢求，这是我来到城市后最强烈的感受，没有这些城市就是不健康的，不健康的城市只会成为我们生存环境中的毒瘤。

温泉是小城的福分，小城理应加倍珍惜这份温柔，别让温泉毁于奢侈，也别让铜锈毁掉温柔。温泉属于每一个普通的人，它的天性是自然，这一点对于城市与人来说都尤为紧要！

一九九六年一月十日于咸宁

城市的潇洒

我喜欢水的浪漫。

这样说，并不是这样的喜欢是我性格的独特，其实每个人都对水抱有特别的心情，喜欢只是这心情的一部分。还有许多其他的因素，使水对人来说比喜欢更为要紧。譬如说，水可以化解内心的恐惧。去年夏天的那场空难，让我在一段时间里哪怕是一点点的意外，也会在内心里觉得分外惶恐。后来，同朋友一道去道观河，在那青山下的碧水里，颠倒日月地畅游了几天，早中晚都去那水里面泡着，甚至出乎所有人意料之外地横渡了别人打赌都没有游到彼岸去的水面。那被回复和唤醒的生命潜能，不仅让我从此摆脱了灾难的阴影，而且还有了对自己从来未有过的信心，以及为达到心中的目标而呈现出来的巨大力量。因此，在几乎完全物化的城市里，我又找到了一种可能的浪漫。

浪漫本是生命个体的最明显的区别，在现时，它已被世俗打磨而失去了光彩，时常被人当成某种灰不拉叽的可笑的东西，认为它是生活中的阑尾，去掉更省事。否则，便有可能在某日某时引发某种灾变。正是这种光彩的消退，才使得城市的大楼与大街上总有一群群的人，一眼望去，很难见到谁的独立性和自由自在的潇洒。见到的常常是人在环境中所扮演的角色，一切的出演都是在这角色的确定之中，仿佛有如规定了某种法则，只有在合乎这规则的空间里，丢一个媚眼，说一句俏皮话，偷偷地去赴一个约会，还有硬撑着请谁去一家多星的酒店喝杯咖啡，以此等等作为常言里的潇洒，弥补没有浪漫的空缺。然而就人的心境来讲，这些都只是边角料。在衣冠楚楚、真假斯文难辨的城市里，那样做了一万次，也不如到游泳池里去扑腾一回。来城市五个年头了，我也是在去年的夏天才体会到这一点。老实说，我以前不喜欢游泳池，认为它总比不了小时候放纵自己的那些大河大湖大水库。当我偶尔去了一次后，我才忽然发现，尽管池水中太拥挤，但它还是城市中最能让生命自在地漂泊、自由地沉浮的地方。

　　不久前的一场雪后，为拍一个电视专题，我去了正银游泳馆。在那温暖的水中，我的确享受了来到城市后最让我难忘的一次消费。那水对我的感觉是如此之好，总让我舍不得从池中爬起来，非得电视台的那帮朋友大声吼叫才行。更加妙不可言的是，那一群游泳训练的小孩，当其中两个被教练从水中拉起来，手把手帮他们解开小裤衩在排水沟里撒尿时，我忍不住一个人大笑起来。后来，我来到池边，问他们多大，属什么的，在羊、鸡、猪、猴的回答后，一个小孩非常认真地从远处游过来对我说，他是属猫的。这时，我没笑，反而问他们中有没有属鸭子的，他们一个个都认真地摇摇头。后来，我问自己，那么开心的时候为什么不笑。还好这时，朋友给我打来电话，听我说了几句就肯定地对我说，这是认识我以后我最开心的时刻。或许真的是这样，我能像那帮几岁的小孩一样开心就行，为什么要笑哩！那一刻让我又有了他们中一员的感觉，一个成年人能突然回到童年，天下还有什么比这更浪漫的！在他们之中，也许我才是属猫的！可这并不要紧！褪尽伪饰的衣衫，将一切置之度外，只将水作为依托与依赖，这是多么的纯洁。在我的眼光中，池中的七旬老翁竟然与黄牙小孩没有丝毫区别，因为这时能见到的唯有真实的生命。而且那生命是一个个的！水给了他们毫无拘束的自由，一切的邪念、歪念、杂念在水里都被消解了，只有在这样的背景下，城市才有真正的浪漫。浪漫也才会有它真正的意义。这大概也是有湖有江有河的城市总有深一层魅力的原因。

一九九八年三月于汉口花桥

城市的浪漫

　　资料里说，我所居住的城市武汉有一百几十座湖泊，可是现在能统计出来的只剩下二十几座了。守着一条十万年也不用愁它会没了的长江，有得水喝有得澡洗，很多年里我们浑然不觉它存在的意义，直到一九九八年那场大洪水铺天盖地而来时，大家才突然想起湖泊的好处。可那么多的湖泊竟然不见了，连一片水洼一丝雾气也没留下。结果只好让洪水涌上街头，使汽车在浊浪中漂浮成船舶，使大街在儿童的戏水中异化为游泳场。回想起来湖泊的消失曾有一个较长的过程，因为久了也就司空见惯，甚至还没等到它消失，就不大记得它波光粼粼的样子，以为它本来就是这般模样。湖泊毕竟不是自己家的水盆水桶，什么时候丢失了，心里都有数。花多大价钱，去何处重新买回也心中有数。湖泊变成历史资料、变成由一座座高楼垒起的碑记深处的往事，我们才想起来，然后开始寻找造成湖泊丢失的缘由和肇事者。

　　实际上丢失湖泊的事主是我们每个人，因为湖泊事关一个人的性情。

没有湖泊的城市性情总难天成。就像日常里见到的一些女子,文细了眉的妩媚,搽厚了唇的炽热,填高了胸的丰满,见着了也能心动。城市失去水色以后,宛若一个五年病龄的萎缩性胃炎患者,只能在朦朦胧胧、恍恍惚惚的夜色中假借着霓虹,掩饰光天化日之下的焦黄与土灰。用酒吧,用迪厅,用多星级的酒店咖啡,用比云彩色调还夸张的衣袂裙带,还有长街马路上视人群为无物的长吻,硬生生地撑起点缀起城市时空的浪漫。城市固执地用钢铁、沙石和水泥不断地膨胀自身,千姿百态的湖泊被挤压成一条下水道加上一条自来水管,以此作为自己的血脉和肠道,那本该昂扬的精神气韵,也被溶解在这些锈蚀斑斑潮湿的空间里。这样的无奈,决定了城市必须一刻不停地进行粉饰,以此来脱胎换骨。在电光人气的感染下,城市仿佛真的风流倜傥起来。我们都不喜欢矫情,可我们时常不能分辨这种东西,总是将它当作了真情。霓虹灯下的美丽其实很靠不住,它不是真实,充其量不过是在暴发的物质基础上的奢侈。

从远古进化而来的条件,决定了人的基因里永远包含着对水的依恋。城市的初始,何曾远离过河流湖泊!城市壮大了,人的雄心也起来了,湖泊再大再秀丽,也只能乘上白云黄鹤缥缈西去。幸亏东湖比人的雄心大,也幸亏还有一条更大的长江,这座名叫武汉的城市才不至于彻底地失去迷人的神采,以及那些能焕发出浪漫风情的神经末梢。也许还因为这些江湖太出众了,最愚蠢呆笨的人都能感受到它那神韵的不可替代,从而将其改造山河的巨手挥向了别处。

一座西湖让杭州城的古今完全沉浸在著名诗画里，一座东湖更让武汉三镇的英姿横空出世。曾有从西安来的朋友面对着我们的东湖，就像我们面对大海一样喃喃地说，这那里是湖，分明是海嘛！那一刻里我很惊慌，如果没有东湖别人还会为这座城市惊叹吗？在香港，我曾经在不同的光艳下数度长时间地打量着那闻名于世的浅水湾。最终的结论只有一个：真正动人的是那一湾多彩多姿的海水。水的浩荡壮阔，让城市总在引为骄傲的那些矫情的东西变得微不足道。林林总总的建筑物看不大清楚时，反而获得了它本来没有的灵魂，使得那只是为了扩大消费的浪漫城市，变成了能够驱动精神的城市浪漫。在浅水湾、在西湖，我都曾遐想，如果城市的湖泊没有消失，一处处的浅水湾也许就在我们的街头巷尾。在没有湖泊的城市里，女人往身上喷洒再多的香水也闻不到自己的芬芳，她们想不通香港那儿流行的品牌，为何在自己身上不吃香？她们朝思暮想遥望南方，就是没想到宽阔水面升腾起来的甘露，是香水必不可少的催化剂。

一座湖泊是城市的一双秀目！

一座湖泊是城市的一窝笑靥！

一座湖泊是城市的一只美脐！

对于城市，湖泊是一封永远也读不够，越读越不懂，越读越深情的情书。一九九八年夏天，我在大连遭遇一场空难，从破碎的麦道飞机里再生一样逃脱性命，内心深处的阴影让自己的目光看着哪儿都是可能的陷阱，举手投足之际虽然胆不战心不惊，却也离此不远。那样的时刻，朋友们拉上我去了远郊的道观河水库。多少年没有见过这么好的水，蓝处像蓝，绿处像绿，纯洁就是纯洁，情愫就是情愫！水面很宽，那天早上，船将我们载了几里后，一群男人打赌看谁能游回去。突然之间我站起来扒光了衣服，在众人的一片拦阻中，越过船头跃入水中。后来我一直在想到底是谁驱使我如此冲动！大湖大水对我已是久远的感觉了，很多次在遥望它们时我甚至认为自己已经不太可能有横渡的能力了。事实的结论是我并没有太为难自己就做到了。独自从岸边的水里站起来，心中的阴影已经不见了，回望那已成彼岸的模糊景物，蓦然觉得从此什么样的艰难险阻也挡不住自己。水性的一切太有魅力了，城市也是如此，有了湖泊作为灵气，千里万里、千载万载也有人潮奔涌而来。为水而去的人，水最终送给了我们一世绝代的情缘。

浪漫本是生命体之间互为区别的光彩之处，城市物化的遮蔽，消退了它的本色。一群群人行走在高楼与大街之间，无论怎样的特立独行也还是各类人在各自环境中的角色出演，所有的洒脱早就在这类角色的确定之中。只不过有了某种法则的规范，但凡在这合适的空间里，明里抛一个媚眼，暗中赴一个约会，就都被归在浪漫的范畴里，让浪漫成为一个冠冕堂皇的借口与托词。回头再看那位用诗的意境来设计一个国度的毛泽东先生，对长江的十二次横渡，何止是极目楚天舒！在那些被江水浸泡的时间里，只有将他认作是一位浪漫王子，才能从道理上说得过去。这一点正是他从此不被人忘记、不被人混淆的地方。在阳台上听渔舟唱晚，出门数步就能凭着江涛闲庭信步。城市生活里应该重现往日湖泊的辉煌！不只是为了在洪水来时帮忙多蓄几场渍水。湖泊的清凉正可以平息城市虚火，抹去躁动，扬起真性情。好水如天命，面对水时人能感应到过去未来的真实与预兆，并将生命的底蕴焕发出来，这时，灵魂里的浪漫就可以同城市交融在一起。那样的城市会很动人，当然，那样的灵魂更动人。

一九九八年三月二十五日于汉口花桥

城市的忧郁

毫无疑问，江汉关浓缩了这座城市的沧桑。这种定义首先来自心里那份对于现在少被人提起的作家姜天民忧郁的纪念。

那时我还在小城黄州，到武汉来的次数有限。虽然鳞次栉比的高大建筑不时会打从眼里心中经过，但是除了偶尔在话题中出现，就连江汉关这样的名楼，也不过是一幢幢房子中的又一幢而已。一九九○年早春时节下了一场大雪，我从他家里出来，他一路送别，直到江汉关下。在雪色黄昏中，他突然伸出手要同我握别，并出乎意料地对我说了声：醒龙再见。多年的交往中，我们之间一直保持着一种淡泊的友情，就像一座雄踞的江汉关面对一条漂流的扬子江，对于聚散都不在意。我走进过江码头回头就不见他的身影，没过多久，这位才华横溢的兄长一样的朋友突然病逝在医院病房里。从那开始，江汉关黑黝黝的模样便深深地刻进我的心里。只要一见到它便情不自禁地想起心中那永远的朋友。

在城市，一座建筑是很难成为永恒的。它不比一座山一面海，是自然的宠物，自然从一开始就给了它太多的灵秀。在崇尚时尚的城市里，一座建筑要想长久地被人纪念是何其之难。城市的建筑无法同山峰一样在岁月里经霜历雪变得越来越有魅力，除非它在某一时期同一定历史和一定人群的命运交织在一起。就像江汉关。与姜天民的最后一别只是这座建筑在见证当代世情，诸多事件中的一次。其实那时候路旁还有树还有车还有通向江河大海的码头，但江汉关用它的沉重与凝固超越了四周的一切而在时光的长河中拔地而起。当年英国人绝没想到他们用欧罗巴风格与中国石料构建并寄予着帝国梦想的城市建筑，会在多年后成为某个武汉人心中记载日常人生的一种平常的标志。一九四五年的深秋，一位名叫李西屏的老人带着一家人挤在从重庆返乡的难民中，于船头遥遥望见江汉关上的钟楼时，忍不住清泪长流。多年战乱之后，江汉关已成了人们心中的一种期盼与象征。

从老人的泪水洒向江汉关的那一刻开始，到姜天民在寒风中对世界所说的那声再见，这座当年由侵略者建筑的高楼，后来的意义已大不相同。它不再仅仅是历史的某个部分，而是这座城市所有愿意和不愿意与它结下情缘的人们生活的一部分。面对我们的凝望，江汉关沧桑的面容上皱起许多忧郁。比较城市那些新耸起的大厦所表现出来的轻松流畅，江汉关今天存在的意义比昨天更加突出，或者更加让人亲近。城市不应处处都在繁华中，那会让人的情感变得贫乏和浅薄。江汉关在我们的生平里，是从给我们带来灾难开始的。现在我们却在感受它忧郁的韵味，这种忧郁将丰富我们的情感生活。

也许这就是人总会在面对这座苍老的建筑时，情不自禁地说出诸如再见之类的谶语来的根由。

一九九九年十一月十五日于汉口花桥

城市的心事

　　城市几乎收留了它四周各色美好的女子。这让城市早熟了许多。于是一个才五岁的小男孩从幼儿园回到家里，瞅着自己的母亲冷不防说妈妈没有他们幼儿园里的一个小女孩温柔。小男孩率真的表述，其实是天下男人共同的想法，女子美不美，第一要素是温柔。尚不能熟谙男女之别的孩子都有如此念头，何况那些饱经沧桑的男人。说女子不温柔，对女子来说是最胆寒的。

　　天下风情万种，以水的姿色最为动人；自然界伟力众多，同样以滴石可穿的水为最难抵挡。女人一温柔起来，男人便像夏日里身心融入清凉的池塘。这时候，女子看似风中杨柳轻飔，哪怕垂在鼻子上面也可以不去在意，实际上已在不知不觉中征服了男人。温柔对于女子，是所有美丽的源头。在绳圈里英姿搏杀的女拳手，就算她已具备可以同男性媲美的相对力量，但在绝对力量上，她远不及那些在 T 型台上款款地走着猫步的女子。那样的女子，不去与谁强硬相向，不去用牙齿和血肉争取自己的地位，腰肢一摇，便如太极高手那样，人还不知自己身在哪里，心已先臣服了。弯弯的柳眉是精美的古典，飘飘的长发是神韵的现代，软语轻声实则是升华男人的粗犷，小鸟依人才使得男人有了无限的天空。一段温柔是人生中最有力的支撑。谁能忘记邻家那个凭窗临风时读着书的女子，她不看人，人早已随着书中古今一道伤悲与快乐。谁能忘记当年那位偶然来借墨水的女同学脉脉含情的眼光，她不开口，一支拧开的钢笔帽，像是难得张开的红唇，无言的话语盈满了胸膛。谁能忘记会在办公室角落里用背影对人轻轻微笑的安宁女子；谁能忘记两脚紧并在街头站台上，静静地等着公共汽车的洁白女子；谁能忘记电影院里最后一个起身离座，眸子里仍是一片水湾的黑衣女子——

女子的力量出自她的没有力量。

女子看似软弱之际实则是其最强大的时候。

女子是用纤细来温馨来自成辉煌。

形单影只柔弱无助的女子最能征服男人。很多时候明知那是一个温柔的陷阱，男人仍然义无反顾地跳进去。温柔的魅力是林间蛛丝织成的八阵图，也只有这些才能系住男人的翅膀。英雄难过美人关，坐守这些关隘的就是那些柔情如水的女子。譬如虞姬，譬如貂蝉。西施用其纤弱复兴了古越国，杨玉环用其丰腴儿近葬送了泱泱大唐，王昭君的泪珠可以化作香溪里让人惊艳的桃花鱼。无论读史还是诵今，从来只有温柔的女子才能沉鱼落雁，倾国倾城。

男人向往情缘时，哪怕最焦渴，也绝对消受不起也不欣赏女子的尖锐与刚烈。这一点是男人的天性，任谁感慨不公也没有用。只要世界还有性别之分，男人就只会偏爱温柔的女子。女子千万别指望在哪天早上醒来，男人已变得大度，可以一视同仁地将天下不同性格的女子全都像温柔一样礼遇，更别轻信男人能够包容一切的许诺。女子过于张扬自己，哪怕是真心爱过她的男人，有一天也会突然像雄狮那样怒吼一通，或是像从冬眠中醒来的黑熊一样默默扭头，从此一去不返。

是不是淑女，是淑女的又该符合哪些条件，男人并不去认真关心。男人要的是第一眼碰上的女子能让自己怦然心动，能让自己魂不守舍，心不在焉，最终再加上惊心动魄更好。只有心怀功利的人才会去问一个女子的学历如何，是否有家学家修门当户对。面对女子从身心里流淌出来的爱河，男人开始会由衷的欣赏她的一切，包括她的学识、她的见解和她的执拗。可是用不了多久，男人就会不喜欢她的学识、不屑于她的见解和不耐烦她的执拗。男人在经历这一变化时，后来的模样并不是对先前的虚伪。男人就是这样，说是德性也好，品行也好，属性也好，他们在开始时是真诚的，那些热情和浪漫也让男人将自己夸张了许多，但这些不是男人的错。当然也不是女子的错，产生这种错误的是那种被称作情感的东西。男人后来的变故也是真诚的，因为他们本来就是这样的。他们这样做只是还其本来面目。淑女不淑女对男人只是一个话题，偏偏这种话题又是女子喜欢听的，所以男人从不在男人面前谈女子成为淑女的必备条件，男人就会将那些理想的玫瑰色彩大把大把地在女子面前炫耀，好像对女子的评判标准越高越能显示出自己的高贵。女子不明事理，以为男人真的服气那一二三四条，到头来女子比男人更关心自己做到哪个份上才能晋升为淑女。在实际中，淑女早就是女子们相互攀比的一种古老的时尚。

不用去引经据典，也不用去分辨事理，就从生活中看，从现状中说，对女子，天下男人实在的想法从来就没有变化，美好不美好，就看她是否温柔美色，是否善解人意。至于身材相貌，那是燕瘦环肥各人有各人的喜好。天下的众多明星女子有几个能够称得上是淑女？她们风骚十足，不怕红杏出墙，不怕春光外泄，茶余饭后尽是她们的韵事风流。等等这些，丝毫也不妨碍她们成为千万男人的梦中情人，就因为她们能将女子最基本的东西做得最有质量。除去最基本的，男人其余的赞美与追寻都是靠不住的理想。面对现实，理想无法不苍白。男人想归想，做起来还是依靠率真的本性行事。他们嘴里说着淑女，心里想的又是一样境地，等到要将谁拥入怀抱时，最要紧的已是对方嘴唇的质感、胸脯的坚挺等一些非常具体的非常实在的问题。

男人的情绪终归要有一个归宿，要站在地上、坐在凳上和躺在床上，要将理想中的诗意，变成一个个坚实的感受，要酣畅淋漓、赏心悦目和如胶似漆。从来没有哪个男人会因苦苦等待淑女的出现而错过年华，也没有哪个男人痴痴呆呆地要将自己的女子，改造成为心目中曾经的淑女。话说淑女，是男人心有旁骛的苗头，是男人纵使不能朝三暮四，也决不肯恬淡寂寞的最后的挣扎。对淑女的一代又一代的追究，只是男人们在洞知自己所爱所处的女子有种种不足之后的又一次奢望。

所以，淑女是什么，基本与女子无关，丢开哲学和逻辑后它只是城市的又一件心事。

一九九九年十二月于汉口花桥

走向胡杨

去新疆，第一个想起的便是胡杨。飞机在天上飞，我竭力看着地面，想从一派苍茫中找寻那种能让沙漠变为风景的植物。西边的太阳总在斜斜地照着地面上尖尖沙山，那种阴影只是艺术世界的色彩对比度，根本与长在心里的绿荫无关。山脉枯燥、河流枯竭、大地枯萎，西出阳关，心里一下子涌上许多悲壮。

夏天的傍晚，终于踏上乌鲁木齐机场的跑道。九点多钟了，天还亮亮的，通往市区的道路两旁长着一排排白杨，空气中弥漫着浓浓的瓜果清香，满地都是碧玉和黄金做成的果实，偌大的城市仿佛是由它们堆积而成。来接站的女孩正巧是鄂东同乡，她一口软软的语言，更让人觉得身在江南。事实上，当年许多人正是被那首将新疆唱为江南的歌曲诱惑，只身来到边关的。女孩已是他们的第二代，他们将对故土日夜的思念，化作女儿头上的青丝，化作女儿指尖上的纤细，还有面对口内来的客人天生的热情。或许天山雪峰抱着的那汪天池，也是他们照映江南丝竹、洞庭渔火和泰山日出的镜子。客人来了，第一站总是去天池，就像是进了家门歇在客房。照一照镜子，叠映出两种伤情。

天苍苍，野茫茫，风吹草低见牛羊！这些古丝绸路上诗的遥想，有足够的理由提醒那些只到过天池的人，最好别说自己到过新疆。

只体会到白杨俊秀挺立蓝天，也别说自己到过新疆。

小时候，曾经有一本书让我着迷。那上面将塔里木河描写得神奇而美丽。现在我知道的事实是，当年苏联专家曾经否定这儿可以耕种。沿着天山山脉脚下的公路往喀什走，过了达坂城不久，便遇上大片不知名的戈壁，活着的东西除了一股股旋风，剩下的就只有像蜗牛一样趴在四只橡胶轮子上的汽车了。戈壁的好处是能够让筑路工的才华，像修机场那样淋漓尽致地发挥。往南走，左边总是白花花的盐碱地，右边永远是天山雪水冲积成的慢坡和一重重没有草木的山脉。汽车跑了两千多公里，随行的兵团人总在耳边说，只要有水，这儿什么都能种出来！几十万平方公里的塔克拉玛干大沙漠里，水就是生命。兵团的人说，胡杨也分雌雄，母的长籽生絮时像松花江上的雾凇。胡杨花絮随风飘散，只要有水它就能生根发芽，哪怕那水是苦的涩的。一九四九年毛泽东要自己的爱将王震将部下带到北京，作为新中国首都的卫戍部队。将军却抗令请缨进军新疆屯垦戍边并获准。爱垦荒的王胡子将他的部队撒到新疆各地，随着一百二十个农垦团的成立，荒漠上立即出现一百二十个新地名。在墨玉县有个叫四十七团的地方，那是一个完全被沙漠包围的兵团农场，由于各种因素，农场的生存条件已到了不能再恶劣的程度。农四十七团的前身是八路军三五九旅七一九团，进疆时是西北野战军第二军第五师的主力十五团，当年曾用十八天时间，徒步穿越塔克拉玛干大沙漠，奔袭上千公里解放和田。此后这一千多名官兵便留下来，为着每一株绿苗、每一滴淡水，也为着每一线生存希望而同历史抗争。从进沙漠起，五十年过去了，许多人已长眠不醒，在地下用自己的身体肥沃沙漠。活着的人里仍有几十位老八路至今也没再出过沙漠。另有一些老战士，前两年被专门接到乌鲁木齐住了几天。老人们看着五光十色的城市景象，激动地问这就是共产主义吗？对比四十七团农场，这些老人反而惭愧起来，责怪自己这么多年做得太少。他们从没有后悔自己的部队没有留在北京，也不去比较自己与京城老八路的天大的不同。他们说，有人做牡丹花，就得有人做胡杨，有人喝甘露，就得有人喝盐碱水。

兵团人有句名言，活在自己脚下的土地上，就是对国家的最大贡献。新疆的面积占国土面积的六分之一，境外一些异族异教和境内少数有异心的人总在寻衅闹事。在那些除了兵团人再无他人的不毛之地，兵团人不仅是活着的界碑，更活出国家的尊严与神圣。老百姓可以走，他们有去茂盛草场、肥沃土地，过幸福生活的自由天性。军人也可以走，沙场点兵，未来英雄与烈士都会有归期。唯有兵团人，既是老百姓又不是老百姓，既是军人又不是军人。他们不仅不能走，还要承受将令帅令，还要安家立业。家园就是要塞，边关就是庭院。兵团人放牧着每一群牛羊，都无异于共和国的千军万马。兵团人耕耘着每一块沙地，都等同于共和国的千山万水。一行人围着塔克拉玛干转了六千多公里，不时就能遇见沧桑二字已不够形容的兵团人，还能知晓一些连队集体家徒四壁的情形。很惭愧，我只在兵团农垦博物馆里见到他们创业时住过的地窝子。在昆仑山、在帕米尔高原、在二十一世纪前夜里，仍有这样的地窝子作为兵团人的日常家居人生归宿。兵团人笑着说，地窝子冬暖夏凉。兵团人笑着说，别人一不小心就将汽车开到地窝子顶上了。兵团人笑着说，维吾尔族人不会说公鸡，便将公鸡说成是鸡蛋妈妈的爱人。兵团人的笑让人听来，如闻霜夜雁歌、月黑鸣钟，既大气磅礴，又感天动地。兵团人长年生活在海拔两千九百多米以上的高山草场，没有蔬菜，极端缺水，毛驴从山沟里驮上来的水只能煮茶。就是兵团领导来，也没水给他们洗脸。吃的食物，除了茶水，无一例外地终年啃的是馕。

车过阿克苏，往南不远的路旁终于出现一片胡杨，它隐藏在丛生的红柳后面，只露出半截树梢，一副犹抱琵琶半遮面的样子。一行人刚开始兴奋，就听见兵团人平静地说，你们回来时，沙漠公路旁边的胡杨那才叫胡杨哩，这些是后来栽的，那是原始的。兵团人刚表示过又马上纠正自己说，栽的胡杨也是胡杨。最早说这话的人曾在南泥湾开荒时当过生产科长，并同王震来团里视察，他让团部的人排着队，同王震挨个握手。王震握到文书的手时，突然板着脸，不高兴地举起文书的手，说这样的手怎么写得好兵团的文章，先到连队去，将手上磨出老茧再说。这位团长当即让文书出列回去收拾行李。王震走后才三天，团长就让文书继续回团部上班，团长还在会上吼：王震算老几，这儿老子说了算，我就喜欢手嫩的，手嫩才写得出好文章，栽的胡杨也是胡杨！团长还说，你们将我的话告诉王震去。不知王震是不是听到了这些话，几年后，诗人艾青蒙难，王震亲自出面请他来到兵团。得隘于王震在中国当代政治中的特殊地位，艾青生命中的劫难得到暂时的缓解。兵团城市石河子由于诗人的到来，一夜之间变成了举世闻名的诗歌之城。石河子只有五十八万人，大专以上文化程度的人所占人口比例百分之二十，为全国第一，人均购书量曾为全国第一，更使人感慨的是他们的人均绿化面积全国第一。

在新疆，曾多次遇见过上海籍的兵团人。据说，五十年代初，第一批上海支边青年来新疆时，还没渡过玉门关，便朝着戈壁掩面而泣。如今的他们，已判若两人。每一次见面我都很难相信，这些或坐或站的男子汉，当年也曾在灯红酒绿的上海滩斯文儒雅过。他们大碗喝酒、大块吃肉、大声吼叫、大步走路，不管高矮，到哪儿都是铁塔一座。库尔勒是乌鲁木齐通往南疆的第一站，这座在盐碱滩上建设起来的城市如今有一种让人惊艳的美丽。如此花团锦簇的明珠城市在内地也很难见到。它紧挨着核试验基地马兰，并盛产香梨。我在这儿遇到湖南电视台的一个剧组。他们将未来剧名《八千湘女上天山》，印在Ｔ恤衫上，如血般红的字迹，纪念碑一样雕刻在每个人的灵魂里。在历史的同一时期，十万山东姑娘也将青春奉献给共和国西部边陲。她们全都无一例外地嫁给了几十万屯垦戍边的兵团将士，风雨数十年，戈壁大漠多了许多绿洲，多了许多村庄和城市，多了许多夫妻儿女兄弟姐妹。一位社会学家私下里说过，在中国的屯垦史上新中国的这一次是最成功的。从某种意义上说，是这些女人的付出为这史无前例的成功奠定了基础。还有另一类女人，譬如几百名苏州姑娘，她们将现代缫丝技术带到古丝绸之路上的和田，同时，也将自己的命运编织在无尽的惆怅上。

就在和田，我认识了当地兵团农垦管理局的孙副政委，他爱人是湖北麻城人，我外婆家也在麻城。那天晚上，我举杯向他敬酒，并要他照顾我妈妈的同乡。这本是一句玩笑话，想让离别的气氛轻松些，谁知竟惹得旁边的男人眼圈红起来。那一刻，我也心动了！我并不后悔自己说过这句话，但在往后的日子，但凡提及亲情时，我不得不十分小心，不让自己的不慎惹动边疆人的心弦。

在新疆的最后一天，周涛赶来送别。我们没有谈到诗。新疆这儿遍地都是诗：沙漠、盐碱、戈壁、草原、雪莲、白杨、红柳、葡萄等等，还有壮美的兵团城市石河子。我们谈酒。我说自己这辈子只喝过三斤酒，大前年上山东喝了一斤，去年去西藏喝了一斤，今次在新疆又喝了一斤。我们谈兵团人为他们的酒所做的广告：伊力特曲，英雄本色。

被谈到的当然还有胡杨。

和田是绕行塔克拉玛干大沙漠的折返点。沙漠的边缘出现时，黄昏正在来临，神秘的沙丘上，一个少年怀抱一只乌鸦，赶着一线拉开的数百头黑牛白牛，将大漠西边的地平线和东边的地平线，紧紧地系在一起。我想起了，西北野战军第二军第五师第十五团，改为新疆生产建设兵团第四十七团之前，穿越眼前这座大沙漠时，那些人链连接着的，正是共和国腹地与边陲数十年的安宁与和平。沙漠铺天盖地来了，比死亡的苍白略深的颜色更让人震惊。死亡只是一种深刻，绝望才是最可怕的。在维吾尔语里"塔克拉玛干"是进得去出不来的意思。独自站在沙丘后面，来时的足迹，像时钟上的最后一秒，又像身临绝壁时最后的绳索。仿佛在与末日面对面，人很难再前行一步。兵团人在车上悄然睡去，他们曾经从沙漠这边进去那边出来，塔克拉玛干神话在他们的脚下改写得很彻底，成了日常的起居生活。车行十几个小时后，重又出现的戈壁边缘突然冒出几棵树干粗过树冠的大树。兵团人说这就是活着一千年不死，死了一千年不倒，倒了一千年不烂的次生胡杨林。活的、死的、倒地的胡杨零星散布在戈壁上，没有其他草木做伴，一只鹰和两只乌鸦在高处和低处盘旋。地表上没有任何水的迹象。胡杨们相互间隔都在十几米以上。作为树，他们是孤独的；作为林，他们似乎更孤独。希望里有雨露，希望里有肥沃，处在半干枯状态下的胡杨，用粗壮的主干举着纤细的枝条和碎密的叶片，像一张张网去抓住没有云的空气中每一缕潮湿与养分。白云晨雾这种亘古的印象，成了盐碱烙在胡杨树上的灰白色的苍茫与沧桑。

一种树为了天地，长在它本不该生长的地方。

一种人为了历史，活在本不该他生活的地方。

一种人和树的沙漠戈壁有尽头。

一种人和树的沙漠戈壁没有尽头。

兵团人与胡杨实属殊途同归。在紧挨着原始胡杨林的地方，兵团人又挖掘出一道道深深的壕沟，他们又在向自然的极限挑战，又要向沙漠索要耕田。有胡杨在，就有兵团人在，因为他们的质地完全一样：一半是天山，一半是昆仑。

（此篇为换笔后用电脑写作的第一部作品）

一九九九年九月于汉口花桥

大　功

　　一个人行走的足迹，往往就是历史的足迹。譬如这次去嘉鱼，在某种意义上来看，最合适的说法应该是历史的选择。像我这样的一个人的确算不上什么，但是当一个个生命被冠以战士，并且由几千个这样的生命组成的集团，在一夜之间从黄河流过的华北大平原，驾驶铁骑疾驰到长江涌起的共和国粮仓一样的江汉平原时，他们的每一步行走，都会在大写的历史上留下不可磨灭的印痕。

　　如果没有一九九八年夏天的经历，很难让人相信，一场雨竟会让一个拥有十二亿人口的泱泱大国面临空前的危险，以至于不得不让这支战士人数几十年来一直雄踞世界首位的军队，不得不进行自淮海战役以来最大规模的战斗调动，而他们的搏杀对手，竟是自己国土上被称为母亲河的长江。在去嘉鱼的公路右侧，江水泛滥成了一片汪洋，让人情不自禁地想起亘古神话中的大洪荒。从北京来的一位资深记者告诉我，有关部门已将《告全国人民书》起草好了，如果洪水失控便马上宣告。这位记者心情沉重得说不下去，同行的人好久都在沉默不语。当我们又是车又是船地来到簰洲垸大堤上，面对六百三十米宽的大溃口，不堪负荷的心让人顿时喘不过气来。那轻而易举就将曾以为固若金汤，四十多年不曾失守的大堤一举摧毁的江水，在黄昏的辉照下显出一派肃杀之气。这时，长江第六次洪峰正涌起一道醒目的浪头缓缓通过。正是这道溃口，让小小的嘉鱼县，突然成了全世界瞩目的焦点。正是这一点让济南军区某师的几千名官兵在二十一个小时之内奔行千里，来到这江南小县，执行着比天大还要天大的使命。

对于这个师的一万三千名将士来说，抗美援朝时的特级战斗英雄杨根思曾是他们心中无上的骄傲。可是和平对于向往英雄的军人总是格外地残酷。一道裁军命令让一万个英雄的理想在刹那间成了永远的梦想，曾让将士们自豪的建制番号就要成为心中挥不去的痛，新的建制只能留下现有官兵的零头。在嘉鱼县城实验学校某团临时驻地里，我头一回听见那些校官们谈到自己的下岗问题。他们直言不讳地说，全师将有数百名军官下岗。我是八月二十日来到这个部队的，这个日子离他们开始整编的预定时间只有六天。但是一场跨世纪的洪灾，彻底夺走了他们为自己的明天与未来思考的机会。这个团同师里的其他团队一道，是八月八日中午从原驻地出发昼夜兼程赶到武汉，然后这个团又马不停蹄地独自赶往嘉鱼。九日上午车队刚进县城，当地群众刚拥上来欢迎，命令就下来了：拦阻江水的护城大堤出现两处重大险情，数百名官兵连安营扎寨的地方都没看见，便跑步冲上江堤，一口气干了十一个小时。

　　说来也巧，这个团有八十三名战士是嘉鱼籍的，当他们从大卡车里跳下来，沿街冲锋时，他们中的一些人被自己的亲人认出来。当父亲母亲哥哥姐姐追上来喊着这些战士的名字时，他们除了回头应一声以外，连惊喜的笑容也没来得及给一丝。一个叫刘党生的战士，后来在驻地门前站岗时，因其乡音被县电视台的记者辨出，而拍了一条新闻。家住乡下的父亲在电视里看见后，连忙来县城里。父子见面时，刘党生正在江堤上扛着土包加固子堤。刘党生没空同父亲讲话。父亲就追着他来回走，并不时伸手帮儿子一把，后来干脆同儿子一道一人扛一只土包，父子二人一下子成了一个战壕的战友。另外一名战士的遭遇更巧。那天他在堤下同战友一道值班。忽然见到堤上有自己村里的熟人，他连忙追上去打听，才知道挨着哨棚最近的那座灾民窝棚就是自己家人此时的家。战士走进那被洪水洗得一干二净的家，同家里人简单说上几句话后，又回到值班岗位，从此再也没进过这近在咫尺的家门。

　　我在这支部队待了三天三夜，这期间不知多少次面对当地群众来慰问时，顺手贴上的一幅标语出神。标语是这样写的：来了人民子弟兵，抗洪抢险更放心。这样的时候，我总会想起团长张德斌和政委陈智勇反复说过的一句话：视灾区为亲人、把灾区当故乡。他们说这句话来源于陈毅元帅的那句名言：我们是人民的儿子，哪有儿子不孝敬父母！这个团的前身是新四军一师一团，向来以打硬仗著名。团下属有四个大功连队，淮海战役两个，抗美援朝一个，还有一个是在一九七五年河南驻马店抗洪抢险中获得的。时间选定一九九八年八月里让这支部队在特殊地点上与历史和未来作了次碰撞。在三国古战场的南岸赤壁镇，有道名叫老堵口的江堤，是当年国民党军队的一个师用泥土和芦苇筑起来的。当然这不是那支后来被解放军彻底击败的军队有意给对手留下的伏笔，但这无疑是常胜之师是否名副其实的又一轮考验。八月中旬，老堵口出现一处直径半米的管涌，从管涌里喷出来的江水达五米高。此时，旅游胜地赤壁镇，已被搬得空空如也！

团属炮营几百名战士冲上去，几乎用尽了生命的一切可能，奋战了几十个小时，硬是奇迹般地将凶猛的管涌治服了。在我前往嘉鱼的路上，碰见一支海军陆战队的车队。当时天上雷雨交加，地上狂风怒吼，他们的行进更显威风八面。海军陆战队是去替换驻防赤壁镇的炮营，这样的威武之师却面临一场尴尬：当地的干部群众坚决不让炮营走！他们太信任炮营了。不知这些生长在古今兵家必争之地的人们知不知道，这场与洪水的决斗是这支英勇善战的部队的最后诀别。也许他们根本就没有想到这么棒的部队竟会说撤销就撤销！

对于战士来说，他们知道这是不争的事实，因此他们表现得格外珍惜。来到嘉鱼后，战士们最流行的有两句话：用汗水洗去身上的污垢，当一个受人尊敬的好兵；多吃点苦，将来做人有资本！

团长张德斌告诉我，他们的家属也特别能战斗。政委陈智勇同妻子是在老山战场上相恋的，他们有个可爱的儿子叫陈思。哪知小家伙患上严重的肾病，才十一岁两腿就肿得不能走路。他们好不容易找到那位国际知名的肾病专家黎磊石教授，治了一阵，刚有些好转，陈智勇就随部队上了抗洪第一线。小陈思在家苦思冥想，画了一幅如何为江堤堵住溃口的设计图：所用材料为钢筋水泥、橡胶和棉絮。我在电话里同小陈思交谈过一次。我问他是否给他妈妈添了麻烦。他奶声奶气地说：我是男子汉，怎么会哩！六次洪峰从嘉鱼通过后，团里的军嫂张燕从漯河发来一封给全团官兵的慰问电，她说：……我真想马上赶到你们身边，为你们洗衣、烧水、做饭，来安慰你们的疲劳。你们太辛苦了，在这里我代表军嫂们，代表家里的亲人向你们说一声真的好想你……张团长挥动着慰问电说，这也是他们团的战斗力。

　　八月二十一日上午九点整，我们还在这个团里采访，突然来了紧急命令，五分钟内五百名官兵便在张德斌、陈智勇的率领下驱车直赴发生险情的新街镇王家垸村。陈智勇后来说灾难考验人时，正是上帝对谁的垂青。面对他们的又是一个罕见的管涌，它在离江堤一千五百米的水田中，直径达零点七五米，流量为每秒零点二立方米。发现它时，它已喷出一千多立方米泥沙。水田里的水有齐腰深，管涌处，离最近的岸也有几百米，而离可以转运沙石料的地方有上千米。那一带是血吸虫感染区，可张德斌和陈智勇想也没想，就率先跳进水中，在头里为战士们开路。

　　我有幸在管涌现场目睹了这场与灾难赛跑的全过程。没在水中的稻穗上，战士们用肉的身躯铺成了两条传送带，团长政委不时高喊：决不能让簰洲垸的悲剧重演。有两个连队已在附近江堤上突击干了一天一夜的活，还要轮换休息，早饭都没吃，便又赶来抢险。陆续赶来的部队达两千余人，泡在水中的这些最早到达的官兵直到将两百多吨堵管涌的沙石料全部运到现场才上岸吃午饭，这时已是下午两点。

我在第二天的报纸上读到有关这次抢险的报道，所有报纸无一例外地都只让人从那句"两千多名解放军战士参加了抢险"的语言中，才能感受到他们曾经存在过。我不知道那位同样是战士们背到管涌现场的泥石堆上的记者，是否写了这些消息中的一篇。我庆幸的是自己数次被记者们当作了抢险的战士，我为自己的鱼目混珠而自豪。我将这些报纸拿给一些官兵们看时，他们飞快地扫了一眼，然后淡淡一笑。

这笑让我忽然来了个念头，既然大智若愚，那么会不会是大功若无？王家垸管涌下午一点四十五分才开始由技术人员倒下第一袋寸口石，但那些根据某些人的行程来写的文章却说中午十二点险情就基本排除，那些显赫的名字又一次散着油墨香时，张德斌和陈智勇正带领战士苦战在水田里。从下水开始，二十一小时后，正是第二天清晨六点二十分，战士们用冲锋舟运完了最后一批沙土包将蓄水反压管涌的围堰垒好后，大家手挽着手，高举着红旗，唱起那首士兵们最爱唱的《当兵的人》。那一刻，朝阳正在升起，在他们的身后彩霞有一万丈高。没有任何镜头对准那一张张英姿勃勃、再厚的泥水也掩不去青春光彩的脸庞。

实际上他们无须别人来评说。听听大功三连的连歌:《这就是三连的兵》！听听大功六连的连歌:《打不垮拖不烂》！
再听听大功八连的连歌:《英雄的连队英雄的兵》！三连连歌
中有这么一句:打胜仗,出英雄,为国为民立大功!簰洲垸
的悲剧没有重演,那位六十二岁的老专家曾泡在水中对我说:
这些战士一个能顶几十个壮劳力,没有他们,长江大堤恐怕
不止垮几十次!灾难像那个被关在瓶子里的魔鬼,一切的企
图都成了徒劳。这是真正的大功,它将安宁与平常,不事声
张地交还给还在享受平常与安宁的人,不使他们觉察到灾难
曾与之擦肩而过,所以大功确实若无。

　　我真想在中国军队的序列中,这支部队的番号永远不被
删改,我也想这么好的官兵应该尽可能长久地留在部队中。
我想嘉鱼的人民在面对日后哪个雨季的洪灾时,也会对记忆
中的这支部队说,真的好想你!我还想,只要长江还在流,
它就是这支曾与它鏖战过的部队数千名将士永远的绶带!

　　　　　　　　　　一九九八年九月于汉口花桥

会歌唱的高原

　　由于搭乘的是军航，飞机在拉萨贡嘎机场一落地，首先见到的不是心中曾以为的那些色彩斑斓的充满神秘宗教意味的藏族男女，而是被高原紫外线晒得像紫铜一样的军人。听不见在内地机场听惯了的那些美丽女孩子们美丽的招呼声，身边弥漫着的尽是威武中透着森严的吆喝，有一阵子自己总以为还没来到青藏高原，而是误入了某处军营。

　　来接我们的司机小何也是个军人，他在青藏高原上开了多年的车。我们见面时，对他那种微笑，有一种熟悉的陌生感。在高原上待了些时日后才知道，这陌生的东西是由于高原缺氧造成的。它叫迟钝。在缺氧的条件下，人对身边事物的反应，比在内地低海拔地区要慢上半拍。后来，在前往岗巴、亚东与纳木错的几千公里旅途上，每一个人都领教了缺氧条件下，思维故障的频繁：再熟悉不过的诗词会想不起来，唱过千万遍的歌曲总也想不起旋律。

　　那一天，我们登上海拔四千九百米的塔克逊哨所，面对那两位哨兵，我们说什么话，他们都只是简单地对我们嘿嘿憨笑，偶尔有几个字蹦出来，但是绝对没有一句话超过三个字的。时隔多日，我还清楚地记得他们说你好、再见时，那让人觉得有些麻木的声音。塔克逊属岗巴县。去之前，西藏军区的徐明扬少校曾对我讲了一个故事：一位跋涉去岗巴视察的将军，遇见一位正在放羊的战士，将军上前与他说话时，那位战士除了傻笑，对他说的唯一一个字就是家。将军当时就流下了满脸的泪花。在全国唯一不通公路，也不通电话的墨脱县，上级专门下了一道命令，凡在墨脱的官兵，每月可免费用军用电台给家里发一封电报。在这世界最高的高原上，人的思维网络出现什么故障是再正常不过的。到达岗巴的那天晚上，当地驻军首长给我们介绍情况时，一行人中竟没有几个能再提出些问题。睡到半夜，一个个头疼得像是被谁念了紧箍咒，纷纷摸黑爬起来，找水找舒乐安定，拼命地往下咽。

在青藏高原上，还有一种不畅通，那就是公路，小何驾着大客车满眼血丝，满手血泡，不知多少次拖着我们从悬崖峭壁上小心翼翼地驶过，车内的女作家们不知多少次蒙上眼睛不敢往窗外看。在雅鲁藏布江劈开的峡谷里，山水泥石的凶险太常见了，让人心惊的是那车辆有时像飞机一样在半空中飘浮的滋味。好在去岗巴的路上有大戈壁，那时候，汽车就成了一头牦牛，望着无边无际的地平线，车与人都有了一种悠闲。因此，才会有汽车翻过一座海拔五千多米的山口时，成都军区的女作家王曼玲一开腔，几个人竟一齐将平时那首高不可攀的《青藏高原》唱到青藏高原上空那蓝得如洗白得无瑕的云端的意外。当歌唱被宏大的高原再次震慑时，长久的沉默中，那从未有过的神圣、深沉与庄严，如同远处的雪山，一下子矗立得很高很高。

几天几夜中，我们将藏南的每一条公路都走到了国境线的哨卡上。七月五日零点三十分又回到日喀则。睡了几个小时起床后，军分区李沛上尉通知我们，他们的政委不能来看我们了，夜里附近村庄发生了泥石流，村庄被全部毁灭，死了八个人，政委已带部队上去抢救。从日喀则往拉萨走时，才发现这条路是从上海过来的三一八国道，来自上海的女作家陈丹燕很兴奋，一路上高山反应不轻的她难得地开心笑起来。开头是四千八百的里程碑一块块地被司机小何甩到车后，大约走了一百公里后，一条几公里长的汽车长龙蜷缩在雅鲁藏布江边。一问才知道前面有泥石流，最先到达的车辆已被堵了两天两夜。

好在我们到得晚，只等了两个小时，路就通了。车队中，那些排在前面的民用车辆自动地停在一旁不动，让某部运输团的四十多台训练车队先行通过。司机小何不无骄傲地说，这是他们团的，如果不是他们团队的一百二十多名官兵用手用锹帮着那唯一一台挖掘机干了一天一夜，这路起码还得堵上一天一夜。小何将一切都探听清楚了。我们的大客车夹在那些军绿色大卡车中，从被泥石流摧残得面目全非的国道艰难地驶过时，小何忽然朝我们要没有打开的矿泉水。他抱了几瓶，停下车将它递给站在泥泞中指挥的一名军人，回转头才告诉我们这是他们的副参谋长。小何后来连说几次，副参谋长曾是全军区最帅的军官。汽车那时一晃而过，我们只看见有种英姿不同凡响，这种感觉也能从那些还在耐心等候的司机们的眼神中看出。

这时，我们并不知道还有更大的灾难在前面等着。在那场灾难过后，我们许多次听人在无意中提起这个汽车团，他们提到这个团的番号时，目光中满是崇敬，甚至是敬畏之情。在西藏，没有哪个山口哨卡的官兵不知道这支部队，因为所有从内地运来的给养，都得由这个团运转到他们手中。

在一个叫尼木的地方，我们停下来找个路边小店吃东西时，那四十多台车轰隆隆地驶进旁边的兵站。我们要走时，小店女老板正忙得不亦乐乎，迟了一阵才给开发票。正是这几分钟拖延，使我们这些总想急着赶路的人，避免了一场灭顶之灾。

又行了七八公里，二十来分钟。拐过一座山嘴，一种像雅鲁藏布江怒吼，又像沉雷滚滚的声音从车窗外一掠而过。接着前面的一辆吉普车急速地倒回来，有人还向我们招手示意。车停后，我们都下去站在路边，看着前边两三百米处，半座山坡将公路埋得无影无踪，无论是陪同的军人，还是我们这些作家，都久久沉默不语。

山上还在往下滚着乱石，小何将笨拙的大客车从狭窄的公路上掉过头来，载着我们毫不犹豫地直奔兵站。待到进了兵站大门，负责这次活动的《西南军事文学》副主编裴山山长出了一口气说，这时候她都忘了自己就是一名军人，心里只想着要是有解放军在身边该多好！一个女人对着身边的那些男人说这些话时，应是让这些男人觉得尴尬。但在青藏高原，我们一点也没有觉出不舒服，在生命登上如此高度以后，人会很自然地臣服于内心感受到的更加伟岸的东西。当副团长司传宗和副参谋长刘宏伟并肩走向我们时，还没有开口对我们说什么，我们就已领略到像青藏高原一样深厚辽阔的胸怀正拥向这一群落魄之人。

那天晚上，他们将仅有的一些菜肴全都搬出来给我们吃，还有酒。不知是谁提议让刘宏伟副参谋长唱歌，并且掌声响了好一阵，真的听见歌声响起时，不少人眼泪忍不住出来了。那是多么动人的歌唱，一米九零的个头，坐在那里也像一座山，而歌声则像山谷的风阵一样，无论怎样地抒情，也掩不去那刻骨的悲壮与苍凉，这样的真情足以征服每一个有着真情的灵魂！孙慧芬动情地说，他的脸即使烧伤了，也是世界上最可爱的人。副参谋长那被烈火破坏的面孔在歌唱中越来越冷峻，一旁刚刚说笑不止的副团长顿时陷入深深的忧郁，从此一言不发，无论怎么劝说，也不再去碰那酒杯。空气中弥漫着浓厚的无以托寄的感情，仿佛还可以看到那在温馨家园之外孤苦漂泊的灵魂。

我们后来得知，他们团去东线林芝训练的车队中，有一台车载着四名战士，滑入路旁的溪谷，平常那么庞大的车辆，在江水中连气泡也没冒一个就无声无息地消失了，什么也别想找到，能找到的只有洒满青藏高原每一条公路上官兵们的泪水。

深夜的歌声，久久地回旋在雅鲁藏布江那深深的峡谷中，这青藏高原的血脉里涌动着高原汽车兵命运的交响！

　　第二天下午，公路还没有修通的希望。军区派了两台车在泥石流的那一端等着我们，我们决定冒险爬过那座从高处塌下来的山坡。司传宗和刘宏伟两位中校派了三台吉普车和十几个战士将我们送到塌方处，我们将大客车、司机小何与行李箱留在兵站，每人只带上一点必需的东西。当我们走向那不知深浅的泥石流堆起的泥沼时，许多人都在身后观看。十几个男女不知哪儿来的胆量，一个个毫无惧色地往那魔鬼脸色一样的泥水扑过去，如同赴汤蹈火一般，就连头天晚上还在发烧、上吐下泻的陈丹燕也几次婉拒了身边护卫的战士背她的提议，一步步地走过雅鲁藏布江汹涌波涛之上，冈底斯山万丈峭壁之下，那泥石流设置的巨大陷阱。我们每一个人都知道在自己的身后有一名年轻的战士，可更要紧的是我们每个人心中从此镂刻着一副不朽的军魂。

　　八十米宽的泥石流被我们蹚过，半身泥水的我们同迎接我们和护送我们的军人紧紧地拥抱在一起，所有人的眼眶里都盈满泪水，直到七月九日，我们返回成都后的晚宴上，所有的人才将这泪水无忌地释放出来。当时，李鑫红着眼眶举着酒杯说了半句话：为了边防战士——话声一顿时，所有的人都不吝地洒出那这个年纪应该是比黄金还宝贵的泪水。

　　我们又忘情地唱起《青藏高原》。在我们的眼前，浮现出一个巨大的灵魂，它也在歌唱。它像一只飞碟，又如同一只硕大的车轮。这样的高原，这样的歌唱，容不得一点虚伪与矫情，只有真情与真诚才能行走在如此悲壮的大地上。我们像每临出战的巴西队那样手拉手，做了这次青藏高原之行的最后行走。我们永不忘记那一次次响彻心灵的歌唱，并在心底祈祷司传宗、刘宏伟和所有青藏高原上的官兵们有个幸福的归宿！

一九九八年七月十四日于汉口花桥

军人军事又十年

　　整整十年了。那一年，也是这样的夏天，头一回与共和国的军人们产生不仅是正面而且还是全面的接触。那一年的故事是在青藏高原上发生的，足迹所至，从海拔只有几百米的亚热带谷地，到世界上最高的国防哨所，一幕幕的军人军事让人整日整夜地沉浸在无边无际的感动与感慨之中。

　　十年后，重新走进军营的第一天，与一群共和国的导弹兵面对面坐着，刚开始，大家似乎都没找到共同的话语。沉默之际，我突然想起十年前听来的一个故事，于是就说，要给他们讲个故事。

　　在过去的某年某月某日，共和国的军事情报部门，监听到邻国边防部队下级官员向其上司报告，说中国军队已在毗邻边境的连级哨所秘密部署了防空导弹。一时间邻国的军事部门感到分外紧张，一再电令其下属迅速查证。不仅是在邻国，在国内，这种奇怪的情报，也让我们的军事首长们觉得莫名其妙，不得不命令下来，火速查明真实情况。在我方，尽管那时候，边防通信远不及当前发达，但是查起来也一点不难。实际情况是，因为地处高原，在种种恶劣的气候条件下，就连当初从美国引进的黑鹰直升机机翼长度都要比在内地自然增加几厘米，所以，除非万不得已，就连民航飞机都不敢在海拔高度还算不上太高的拉萨机场过夜。而在那离蓝天更近，离内地更遥远的高原哨所，共和国的军人所配备的只能是最常见的轻兵器。与之相反，因为当年吃过败仗而一直心存敌意的邻国，由于地理条件的优越，哪怕是最普通的飞行器，也能从他们的平原上起飞，迅速抵达由两军分而据守的高原上空。严重的问题还在于，那些从山那边平原上起飞的苏27歼击机，看准我们的空军驻扎在数千里之外，便蓄意地飞临我们的哨所上空，反反复复做出各种战术飞行动作。实际上，在那种条件下，不要说一挺机枪，任何一种可以连发的轻武器，都可以将这架非法入境的军用飞机像飞鸟一样击落。哨所里的尉官们早就气炸了肺，一次次地向上报告，从请示如何处置，到请求有限度的还击，然而得到的答复，总是强调要以国际外交战略大局为重。唯独那一天，情况有了小小的变化。那位中尉连长，于激怒之下，急中生智，从营房里推出一只铁架子，就在他一把掀开上面遮盖的油布时，那架一直在哨所上空盘旋的苏27歼击机，猛地一个拉升，转瞬之间就飞得不见了，从此以后再也不敢露面，把那一片共和国的蓝天还给了从四面八方涌来的白云，以及白云下面的共和国哨兵。那位连长在向上级汇报时，还免不了发牢骚说，我又没有走私军火，从哪里弄得到导弹，你们配备给我的最先进的武器不过是一只放在铁架子上的氧气瓶。

　　导弹兵们有没有听过这样的故事，或者在他们心里还藏着更加精彩，因为军人纪律而无法示人的故事，我不得而知。他们只是对我的故事轻轻一笑，还不忘相互看上一眼。那几位中尉，正与那个将氧气瓶当作防空导弹，吓退骄横的苏27歼击机的边防军官相仿。让人很难不作联想：这些年轻的笑容里蕴含着多少战略导弹抑或战术导弹的底气？我在情不自禁中，反复打量着这些导弹兵的手指，难道就是这些看上去毫不起眼甚至还不够成熟和不够有力的手指，在某个关键时刻对着红色按键的轻轻一击，就成了关键的力量？说起来人们总会自然而然地希望这些肩负重大责任的军人，应该与普通人或者普通士兵有所区别。眼前的这群导弹兵，从哪个角度观察，所感觉到的仍然是一群耳熟能详的邻家男孩，笑的时候很阳光，不笑的时候也很阳光。一个人心里的阳光灿烂，是不可以用其他方式方法去补充的，它是一种日积月累，是一种仿佛天成，甚至根本就是一种人生素质。相比之下，这种素质比起技术因素，应当是更为紧要的。要达成这一点，没有十年树木，百年树人、积沙成塔、汇流成河的过程是根本不行的。一旦达成了，其威力就会比在某个时期倾尽全力所造成的"卫星"式的东西要强大不知多少倍。

　　有各种各样的方法，能将一个人锻造出各种各样的异质。有一支部队号称铁军，还有另一支以猎豹作军魂的部队，两支部队的指挥官在国防大学读书时，就是各自班上的班长，上军校时两人就开始暗里较劲，毕业后又在相隔不远的各自驻地中隔空比武。与他们分别相处的那几天，不管是自己还是别人只要一提及对方，在他们的脸上就会出现一种显著变化。指挥铁军的那位，正如他之治军，无论什么时候，都是一狠到底。一如他的那句让人闻之色变的名言：我只要第一。显然，这句话是有出处的，这支部队最早的指挥员林彪，在辽沈战役中的塔山阻击战打得最惨烈时冷酷地说过：我只要塔山，别的我不管。所以，在"和平使命——二〇〇五"中俄军演中，才能以比俄军领先一分钟的优势，抢占战场主要高地。以猎豹作军魂的那位，在我们到来前几天，刚刚下令，让下属的一支刚刚完成演练任务的部队在原地坚守三天，并不等下属指挥员说完给养如何解决的话，沉静地打断说，我只要你守三天，如何守那是你的事，我不管。曾经亲眼目睹高速行驶的九六式坦克蛮横地从卧倒在泥泞中的士兵们的头顶上轰轰隆隆地辗过，演练场边的指挥员却心如止水地告诉我们，如此为了让士兵们克服战场上对坦克的恐惧心理。如果不是亲眼所见，真的很难想象，每一次实战演练，这支部队的营连排长们总是亲自操枪操炮，用一次次的首发命中带头打响。如此才有那一天，那群高速行进的九六式坦克，无论地形有多复杂，都能够将一发发炮弹极为精准地命中两公里的靶标。

　　眼前的这支共和国军队，于我一点也不陌生。当然，他们并不是从青藏高原上撤下来的，虽然他们中有某些军兵种曾经多次进入青藏，投身各种各样的军事或者民事演练。对他们的熟识正好也是发生在十年前，那时我刚刚从青藏高原上下来，整个人还处在严重的醉氧状态中，即便是那场突如其来的特大洪水也无法完全唤醒我。就在我们的城市被滔滔洪水围困之际，《解放军报》的一位朋友空降而来，邀我一道去到千百年来无人知晓，却在一夜之间闻名于世的簰洲垸采访。我是一九九八年八月二十日来到这支部队的，这个日子离他们开始整编的预定时间只有六天。但是一场跨世纪的洪灾，彻底夺走了他们为自己的明天与未来思考的机会。这支部队从原驻地出发昼夜兼程赶到武汉，然后又马不停蹄地独自赶往嘉鱼。刚进县城，命令就下来了：拦阻江水的护城大堤出现两处重大险情，数百名官兵连安营扎寨的地方都没看见，便跑步冲上江堤，一口气干了十一个小时。八月二十一日上午九点整，我们正在采访团长和政委，突然来了紧急命令，五分钟内五百名官兵便登车直赴发生险情的新街镇王家垸村。面对他们的又是一个罕见的管涌，直径达零点七五米，流量为每秒零点二立方米。发现时，它已喷出一千多立方米泥沙。在这场与灾难赛跑的全过程，在水深齐腰的稻田里，士兵们用自己的身躯铺成了两条传送带。有两个连队已在附近江堤上突击干了一天一夜，正要轮换休息，早饭都没吃，便又赶来抢险。陆续赶来的部队达两千余人，泡在水中的这些最早到达的官兵直到将两百多吨堵管涌的沙石料，徒手运到现场才上岸休息。

之所以想起来这支在共和国军队序列中已经消失十年的部队，是因十年后的今天，在所到之处的部队纪念馆里，不断地见到我所在的省份中，各级政府，还有人民群众自发赠送的锦旗。那时候，隔着一条无意让两岸无数生命涂炭的却又不理解生死两茫茫偏偏总是悬于一线的长江，堵罢管涌归来的一位军官，指着对岸的洪湖一带，充满妒忌地说出正在那里抢险的另一支部队的番号与历史。那一年险过刀刃的洪湖大堤，在成为一段英雄史后，才以对过去充满感慨的形态出现在我的眼前。有当时在长江南岸的亲历，我当然晓得，那时的长江北岸，洪湖之水不是浪打浪，而是能惊天地泣鬼神，很难说多少倍南岸的险情，都被十年之后我才认识的这支铁军一一化解了。所以我才情不自禁地怀想，他们的指挥官在当时一定很冷血地说过：我只要大堤在！那时他们的每一个士兵一定也对自己说过相同的话：我在大堤就在！

十年来，军营中有变的，也有不变的。回到当初，在举世闻名的青藏高原上，有一座查果拉哨所，哨所里有一位士兵，从上山之后，直到退伍时才第一次离开海拔五千三百一十八米的战斗堡垒。在日喀则一处有些规模的军营里，那位士兵下车后做了一件让所有人闻之揪心的事：身为男子汉，他却抱着一棵大树哭了半个小时。在他的高海拔军旅生涯中，除了一些苔藓类的小草，随风飘扬的就只有军旗与白云。告别铁军后，来到某潜艇支队，我曾经戏称，干作家这行，本质上也如潜水员，到处晃荡时，别人才看得见，没日没夜地写作时，却谁也不清楚。一位水兵却认真地说，每一次执行训练任务回来，上岸后他们做的第一件事，不是回宿舍，也不是打电话，而是跑到球场上，抱起篮球没命地玩上大半天。当我们有机会进到潜艇机舱后，才明白士兵们的这种感受。在那样狭小的空间里，其他各种艰难也许都可以通过训练逐步适应与克服，即便是一团冷冰冰的钢铁，也会被憋出欲望，渴望好好地伸一伸腰，踢一踢腿。

虽然军人不好当，虽军事游戏不得。军人军事却又与每一个生命过程相似，任何的轰轰烈烈，其终极目的都是为了享受人生中最美好的安宁。这一次，在离开军营之前，我为自己、也为自己所拥有这支军队写了如下一段话：和平是一种崇高的人文精神，又是一种普遍的幸福境界。作为和平年代的军人，需要比金戈铁马血雨纷飞时期更为强大的意志力。人之为铁在于战胜自己，军之为铁在于战胜对手。我为这个时代，能有如此强悍的铁军作为和平捍卫者而深感欣慰。

二〇〇七年七月十九日于东湖梨园

你是长江几号

　　说了好久，要去天兴洲大桥工地上看看。刚开始提起时，天气还很炎热。真的要去，却是一场经久的冷雨之后。入冬以来反反复复地下个不停的雨水，在头一天晚上作了些挣扎后，终于将第二天的天空让给了艳阳。

　　乘车路过徐东大街一带，不由得想起那年，单位受领了宣传刚刚在建的长江二桥的任务后，将其中一个子项目分配给了我。因为是刚刚调过来，也因为这是第一次面对文学写作之外的写作，所以，纵使我有千万个理由，也无法像有些作家那样开口推却，只好暂时放下手头上正在写的小说。大约也是这样的日子，季节上正式进入了冬季，然而下雨与不下雨，天气差别却极大。这样说是由于在心里有了将天兴洲大桥与曾经的长江二桥的比较，当年的长江二桥在建时，是何等了得，市内新闻媒体天天都少不了他们的消息，一般的市民，几乎人人都将去看二桥，当成了与黄鹤楼或者归元寺相同的景致。据说，我们有所不知的长江大桥在建时情况更加空前。

如此比较，只是断断续续地听说过的天兴洲大桥，就显得格外落寞了。原因在于这些年武汉市辖区内的长江江段上新建的桥太多了。按照武汉人的习惯，自从有了大桥以后，接下来的当然是二桥，然后又将上游的白沙洲大桥称为三桥。武汉人的兴趣与自豪如同他们的性格，也是来得快，去得也快。就像发觉排队排得太长了嫌麻烦那样，别说离得稍远一点的那些，就是声名显赫的天兴洲大桥也懒得随口给它一个简单的编号了。

一位在大桥局工作的朋友曾经在聊天时对我说，前两年，他们邀请当初修建万里长江第一桥的苏联专家回访。那些当年被武汉人看作是天才的俄罗斯人，一齐同声感慨，如今的情况正好颠倒，俄罗斯要修大桥，得反过来请中国的专家。想一想，不说偌大的中国，仅仅武汉一地，这十来年就修了多少座二十年前想也不敢想的大桥？到天兴洲的路程并不远，江边的景象也好得让人真想驾上一艘心之舟，去那天光水色中畅游一番。阳光之下的那些让人叹为观止的多个世界第一个，就足以让身边的整座城市惊艳。我没有见过将被眼前这座大桥挤到第二位的挪威跨海大桥，也不晓得这座星球上是不是真的没有与它相似的其余种种，我只是对这座桥上将会同时并行四列高速火车极有兴趣，等到那一天，真的有四列火车同时行进在这座大桥上时，相信全世界都会发出一声如汽笛长鸣般的欢呼。

阳光之下的天兴洲，暂时还只有几座庞大的混凝土桥墩。本来打算让我们上到擎天柱一样的桥墩上亲自感受一下，却被现场人员挡住，说是桥上正在"升模"。准确的意思是，正在将桥墩上的模板向上顶升，这样的"升模"再来几次后，我们正面对的三号桥墩就会大功告成了。站在不算太远的趸船上，只好凭空想象起将要横空出世的那座大桥的模样。一座桥的诞生本来就是这样从梦想到遥望再到现实的过程，只不过，这样的过程在一段时间反复出现的数次多了，内心就难以一而再、再而三地掀起人所渴求的高潮。好在无论是梦想还是理想，最终还是要落实到具体的事物上。在武汉，关于桥，也许不再有任何的梦想与理想，因为它们早就成了稍不留意就会出现的真实。

二〇〇六年夏于东湖梨园

让钢铁拐个弯

赣南是我如今常常要去，并且常常在心里牵挂的命定之地。

第一次去，却是五年前的春节。那是我头一回陪妻子回娘家。年关时节，火车上人很多，就连软卧车厢也没法安静下来。火车在赣州前面的一个小站停了几分钟。我们抱着只有十个月的小女儿，迎着很深的夜，就这样几乎什么也看不见地踏上了总是让我感到神秘的红土地。到家后的第一个早晨，那座名叫安远的小城，就让我惊讶不已。包括将一汪清水笔直流到香港的三柏山，和小城中奇怪地起名天灯下的古朴小街。我是真的没想到赣南的山水如此美妙，第一次行走在她的脊背上，天上下了雨，也落了雪，浓雾散过之后，冬日暖阳更是习习而来。从安远回武汉，那段路是白天里走的。山水随人意，美景出心情，这样的话是不错。回到湖北境内，将沿途所见一比较，就明白对什么都爱挑剔的香港人，为何如此钟情发源于赣南的东江秀水。

我是在大别山区长大的，二十世纪二三十年代，鄂东和赣南两地有着非常特殊的渊源。在安远的那几天，妻兄不止一次地对我说起，此地从前也是苏区，在政治上三起三落的邓小平，第一次就"落"在安远。那一天，他带我去看毛泽东著作中屡次提及的"土围子"，当地人称为围屋的建筑奇观。汽车先在一处苍凉的废墟前停下来。妻兄说，从前，这里是一处围屋，赣南一带最早闹革命时，里面曾经驻扎着一支工农红军的部队，号称一个营，其实也就一百多号人。那一年，他们被战场上的对手围困住了。对手虽然强大，却屡攻不下。对峙了一个月后，一架飞机从天际飞来，将一颗颗重磅炸弹扔在做了红军堡垒的围屋之上。曾经坚不可摧的围屋被炸成了一堆瓦砾，红色士兵的血肉之躯，没有一具是完整的。历史的围屋有的毁于一旦，有的仍旧生机盎然。当我站在另一座名为东山围的真正的围屋中间，庞大的古老建筑，超过一千人众的鲜活居民，还有围墙上那一只只被迫击炮弹炸得至今清晰可辨的巨大凹陷，心里情不自禁地想象，曾经有过的残酷搏杀是如何发生的。

　　我们这一代人是在革命文化中泡大的。从能识字起，就抱着那一卷接一卷仿佛总也出版不完的革命斗争回忆录《红旗飘飘》看。围剿与反围剿、遵义会议与四渡赤水、爬雪山与过草地等词汇，以及《十送红军》与《长征组歌》等凄婉壮美的歌曲，自然而然地成了文化修养的一部分。在时代快车面前，历史真相往往擦肩而过却很难为搭乘者所知之。如果仅仅是一次接一次的探亲之旅，老岳父退休之后所种植的丰饶的柑橘园，同无数相同的青翠一道，多半会将红土地上的壮烈定格成用勤劳换得的甘美。

二〇〇五年五月十三日，在南昌与中国作家重访长征路采风团的同行一起，同江西省委负责同志座谈时，大部分话题尚在赣南柑橘味之美已经成为世界第一上。第二天午后，车到瑞金，在扑面而来的遗址遗迹面前，脑子突然冒出小时候读过的一篇文章：《三五年是多久》，并惊讶于它在心里深藏了这么多年，居然一点也不曾丢失。当年红军仓促离开瑞金时，一位老大娘拉着红军战士的手，问何时能够回还。红军战士说三五年。老人等了三年不见亲人回，等了五年还不见亲人，她以为三加五等于八年，可是还不行，等到当年的红军战士真的回来时，她一算：原来是三五一十五年。

隔一天，到了兴国县，才晓得还有比老人的等待更让人为之动容的。一位当年刚刚做新娘的女子，自红军长征后，多少年来，每天都要对着镜子将自己打扮得整整齐齐，然后去那送别丈夫的地方，等候爱人的归来。这位永远的新娘，从来就不相信那份表示丈夫已经牺牲的烈士证明书。她只记得分别的那个晚上，那个男人再三叮嘱，让她等着，自己一定会回来陪她过世上最幸福的日子。我们到兴国前不久，一直等到九十四岁的新娘，终于等不及了，她将生命换成另一种方式，开始满世界地寻找去了。

这样的等待让人落泪。还有一种等待则让人泣血。在兴国县一座规模宏大的纪念馆里，挂满了元帅和将军的照片与画像。在将星闪耀的光芒下，讲解员特地告诉我们，新中国成立后，一位将军以为革命成功了，家乡人肯定过上好日子了。将军高高兴兴地回到家乡，发现当地仍旧那样贫穷，便流着泪发出誓言，家乡不富不回来。

这些事，在过去都曾有过书面阅读。站在赣南的红土地上，我才感受到这一切原来如此真实。就像后来到了贵州的铜仁地区，几十年后的今天，那里的生活还是如此艰苦，不时能见到公路旁竖立着国务院所认定的贫困县的石碑。那里的道路还是如此险峻，虽然乘上了汽车，走完每天的行程一个个还是累得腰酸背痛。遥想当年，那种困苦更是何种了得！

私下里我问过一位兴国人，那位非要等到家乡富了再回来的将军后来如何，对方只是轻轻地一摇头，随后一转话题，告诉我另一个故事。二十世纪八十年代，兴国和于都两地曾经流传一句话：兴国要亡国，于都要迁都。说的是当地的贫穷。有一次，国务院派的一个调查组来到某地，村干部为他们做了三菜一汤，三个菜做熟了，剩下一个汤因为没有柴火了而烧不开水。无奈之中，村干部只好将自己所戴的斗笠摘下来，扔进灶里当柴火烧了。因此我便猜测，那位为家乡人过好日子忧心如焚的将军，后半生将过得比当年的长征还艰难，因为，在他心里除了作为执政党的一员，所必须继续坚持的党性长征之外，还有作为普通人的人性长征。感恩对一个人来说是一种道德。一个历经数不清艰难困苦才从受压迫地位上获得新生的政治组织，对执政基础的感恩，不仅也会被理解为良好道德，更是确保自身能够源源不断地获取新的政治资源的唯一途径。如此，就不难理解，穿行在赣南红土地上的京九铁路，为何将科学常识抛在一边，而在被血与火浇浴和焚烧过的高山大壑中曲折前行。这些感动了历史的人民，有足够的力量让钢铁拐个弯。

那一天，在瑞金，顺路参观了当地规模最大的一处柑橘园。绿得有些忧郁的棵棵树上，结满了指头大小的青果。有人问我，老岳父的果园有没有这般大。当然这话是戏谑，同许多赣南人的选择差不多，老岳父的果园只有二十亩。从一开始，当地政府却制定了十足的优惠政策，任何一片柑橘园，从下种到收获，决不收一分钱的税费。老岳父多次笑眯眯地说过，三五年过后就好了！老岳父所说不是三五一十五年，也不是三加五等于八年，不出三年，或者五年，那时，每年就能从这片果园里收益一万几千元钱。老岳父的柑橘园种得较早，如今已有了他所预期的收益。在他之后大大小小的柑橘园的兴起，宛如当年闹苏维埃一样火热。只要与那些在新开垦土地上培育柑橘幼苗的人聊起来，一个个都会充满期冀地说着相同的话：过三五年就好了。果真这样，那样将军若是健在，一定会毅然还乡，与祖祖辈辈都在贫苦中挣扎的赣南人一起开怀大笑。长征精神是伟大的，更应该是勃勃生机的。离开瑞金之前，当年的红军总参谋部门前，几个当地的男人正在一棵参天古树下面忙碌着。看样子是在为盖新房预备桷条，有人拿着弯弯的镰刀在刨那树皮，有人挥动斧头，按照黑线将刨过皮的树进行斧正。见到的人莫不会心一笑，这是意味，也是象征。

当年那位老奶奶所惦记的三五年，那份盼归的心情背后，是盼望那些庄重的允诺。即使她真的只怀着朴实的思念情怀，那也应该使得领受这份情感的人，更加牢记那曾经的千金一诺。

二〇〇五年六月二十六日于东湖梨园

你是一兜好白菜

如果电视台没有直播体育比赛，一般的时候，我只会在临近深夜了才会打开电视机，看一看境外的几个专栏节目。那晚八点刚过，我从书房里踱出来，不知何故竟然下意识地摁开电视机，看到贵州台正在直播"多彩贵州"歌唱大赛总决赛，就在沙发上坐下来不动了。

大约是三个月前，在网上看到一则来自五月二日《贵州都市报》的消息说：贵州民族学院的一位叫陶键的老师，将我的一首诗谱成曲，参加了"多彩贵州"歌唱大赛，陶键老师对记者说："第一次看到刘醒龙先生写的词（应该为诗）时，马上就有了想把它谱上曲唱出来的冲动，因为在字里行间，无处不流露出一股浓浓的故土情。"那则新闻最后写道：歌曲的华彩部分，"我的高原，你让神往漫天荡漾；我的高原，你让白云都不再漂泊"，让许多音乐界人士眼含热泪。我以为那位从不知之的陶键老师，会将这首诗唱到这场决赛上，临到要谢幕了还没见着，自己才忍不住哑然失笑。五六月间，第一阶段"重访长征路"活动在贵州结束之际，我曾提及这首歌曲，当地一位负责此活动的同志含糊其辞地回答，本应使我十分明了。不管先前对让音乐界人士眼含热泪的歌唱的报道是否属实，抑或还有其他因素，于我却是没有白费时光，那首进入决赛的名为《你是一蔸好白菜》的贵州民歌，让我觉得没有冤枉这几个小时的光景。

被改编成歌曲的那首诗名为《用胸腔行走的高原》，有两百多行，是我迄今为止唯一一次去西藏时写下的，也是我胆敢拿出来发表的两组诗作中的第一首。不管承认还是不承认，人生有些境界命定是属于诗、小说、音乐等艺术的。这也是一些人仅仅去过某地一次，便会在心里长久地形成一股灵感之泉。也有不是这样的，譬如贵州。基于那些更陌生的地方，贵州怎么说我也去过三次。反反复复当中，我一直没有找到与此地风土人情相关的独有感觉。

第一次涉足时，我还是一名普通车工，受工厂委派，到贵阳走访产品用户。因为是厂里的团支部书记，一路上都在不停地为纪念毛泽东主席逝世一周年的墙报撰写文稿。一九七七年秋天，我临时住在火车站附近，作为省城的贵阳，到处是黑乎乎，仿佛是我们将自郑州、西安、成都、重庆一路带来的煤屑全堆积在此地。就像做了坏事，只在贵阳住上一夜，哪里也没去，便匆匆离开。二十二年后，也是秋天，我去昆明，所乘飞机在贵阳机场落了一下地，时间更短，只够我在机场免税店里买上两瓶茅台酒，并在后来被一些朋友评价为口感极好。真的是事不过三，第三次到贵州，情况大不相同。从南昌出发后的十几天行程，大部分都给了贵州。

经过湘西凤凰古城，我们敲开贵州的后门，从重峦叠嶂的大山缝隙里，一头扎进作为歌手的陶键所唱《我的高原》的腹地铜仁地区。

在我不得不说自己所见到的全是穷山恶水时，心里并不存在对山水的恶意。为山为水一切源自天成，说山水如何时，总是由于居住在山水之间的人的欲望。多年以前，我曾经站在那条名叫清江的河流旁，真诚地形容她是中国最纯洁的。多年之后，从后门进入贵州，在一条接一条的江河面前，我不断地后悔从前那不知天高地厚的信口胡言。山水之形通常在于人意，在翻越黔北最高峰梵净山时，就有一种东西深深地潜入心底。最终孤独地坐在火车上，从贵阳开始离开，轰轰烈烈地将一座座山、一道道水变成回忆，我便开始问贵州啊贵州，或人或事，是山是水，怎样才算是能够留下来的概念哩！

后来总在想，贵州于我，最感动的是在铜仁街头听到的古老民谣吗？汤汤泛泛的清悠悠沱江，在那些爱歌唱的老人身边无声荡漾。这样的老人不是一个，不是一群，而是许多个，许多群。街上略嫌简陋的霓虹初上之际，他们便聚到一起，将一样样的古音古曲唱到尽兴，直教近处的种种流行时尚自叹不如。在遥远的家中，看电视，想着这些事，才明白他们要经久不衰地歌唱《你是一蔸好白菜》，所印证的便是其民风民俗的特立独行。我不是妄称贵州之地对牡丹不以为然，而以白菜为美。可贵州人的确将种种惊险与雄奇当成了日常家居中的白菜。他们不说女人面若桃花，并不等于在心里看不上鲜艳的女子。他们说女人之美宛如白菜，也不会真的要她们从此不再沉鱼落雁羞花闭月。被天造地设所限，贵州人只是不去想那不切实际的事物，而是更加珍惜所有实际的存在。白菜也开花，白菜也用结籽来表示果实，白菜也能作为季节的美味，白菜也是往复轮回的生命实体。只因为它既不张扬，也不内秀，之所以独独出现在贵州风格的讴歌之中，丝毫不能算作是他们独具慧眼，实实在在只能表明深蕴此中的惺惺之惜。

第三次到贵州前夕，行走在湖南境内，隔上几里远，就会有心惊肉跳的警示牌出现。最让我们头皮发麻的一块牌子上写着，不久之前，此处发生一起重大车祸，死亡人数正好与我们车上代表团人数相当。我只晓得过去公路有专门为山区制定的等级标准，当下如何规定，我尚没有听说过。只能客观地说，贵州的公路与我们所经过的湖南省山区公路存在着至少一个级差。贵州的山更多更大更险，贵州的公路更陡更窄更弯，他们却明显将这些当成是理所当然，这一点从贵州人的肤色与神情就能看出来。在公路旁，不时可见贫困县、贫困乡的标识牌，和过去苏维埃政府，以及工农红军血战之地纪念碑。去往佛教圣地梵净山的途中，在一处上有滑坡，下有崩塌，陡坡连着急弯的险路上，当地人竖立了一块最别开生面的路牌，上面写着：离梵净山还有十九点五公里。

初读时我轻轻地笑了一声。一段时间过后，再用心去想，豁然明白，这是最能体会贵州之地人性所在。也与你是一蔸好白菜的夸奖，同属那些根植于乡村，进化于农业的优雅。

能够用白菜来表达极度赞美，这大概也是作为母语的汉语在这个世界里的得天独厚了。只须如此，像我这样的资深小说书写者，就该对那方水土中人肃然起敬。

二〇〇五年八月九日于东湖梨园

独步天下

这两年，朋友来武汉，或者自己去外地，在一起说着话，总会情不自禁地提到高铁。而我也特别愿意与他们聊高铁。聊起高铁，就像聊自己开的汽车、自己种的蔬菜花草树木、自己写的满意与不甚满意的文字。

朋友圈内都晓得我不爱坐飞机，实在没办法时才硬着头皮去机场。最近一次是从太原飞杭州，原因是一家文学杂志的活动，原本说好不去，因为需要救场，而不得不临时乘飞机前往，正高兴碰上升舱的好事，从经济舱挪到头等舱，却正赶上沙尘暴，飞机起飞时的那个难受劲儿，让我在这以后再也没有乘飞机出行。近两年，多次接到邀请，去云南、贵州、西藏、青海、新疆和内蒙古等地，一想到去那些地方只能乘飞机，还没开口问去那里干什么，心里就打了退堂鼓，又怕被人当成矫情，不好意思说不想坐飞机，往往结结巴巴半天才让对方打消好心邀请的念头。尽管朋友们都劝，一九九七年夏天，我从大连回武汉时，所乘飞机曾经出过起落架和机翼都折断的大事故，等于说是消灾了，往后就不会再有了。在我心里却不是这样想的。倒不是担心自己会成为世上罕有的接连遇上空难的倒霉蛋，是因为自己天生不敢登得太高，只要不是脚踏实地，就觉得自己不是自己。飞机不敢坐，一般的火车又太慢和太乱。如果世界不作改变，于我真的是自废行走之功，自绝于五湖四海了。

二十岁时，生平第一次坐火车，从武汉上车到洛阳、西安、成都，再转重庆、贵阳、柳州，最后取道桂林、长沙，返回武汉，从西北到西南绕了几乎半个中国。那时候自己正在工厂当车工，厂里有位采购员犯了严重的在今天来看也是不可以犯的男女作风错误。受了处分的采购员被放到铸造车间当了一个月的炉前工，再回到原先的岗位上时，免不了闹点小情绪。那时我还很年轻，采购员的浪荡苟且之事听着都脸红。也不知厂里是怎么想的，竟然派我陪采购员出差推销本厂的产品。一九七〇年代的火车全靠燃煤作动力。更早的时候，家居的镇上铁匠铺换掉木炭，改烧煤炭后，带给小镇的工业气息，曾令一群少年在浓烟弥漫中欢天喜地地蹦蹦跳跳。一九七〇年代的火车，将童年时期对充满硫黄气味烟雾的夸张喜悦打回了原形。途经成昆线上火车要在山肚子里盘旋几个小时的大小凉山隧道，一开始还为其世界著名而自豪，半个小时下来，就感到一种身处地狱般的窒息。好不容易熬到出了隧道，打开车窗张大嘴深吸了一口外面的空气，那滋味很接近天堂的恩赐。这一趟跑下来，回到工厂后接连洗几次温泉，鼻孔里的黑算是洗干净了，身上的煤烟气味依旧隐约可辨。

关于二十世纪的火车，这还不算悲惨，最是一九九二年夏天从长沙去广州，那番经历才是真正的炼人之狱。下午四点左右，长沙的两位朋友先将先行上车后堵着车窗口的乘客吼得放弃抵抗，然后硬是用四只手将我从玻璃缝里推进人多得被大家齐声骂成"拉猪的"火车内。我一直相信那趟从西安开往广州的火车上的乘客，除了制造时称京广线上最乱最差的名声之外，还独创一系列乘车宝典：上车后双脚几乎不用沾地，用彼肩膀挂着此肩膀，用此腰肢撑着彼腰肢，依凭火车急转急停，绝不会有失去平衡的情形发生。后半夜终于得到机会蜷缩一下身子，在密密麻麻的大腿、小腿以及膝盖中蹲了半小时。原以为这是最困难时刻的最大享受，不料在腿缝中的一瞥让我发现，长条座椅底下竟然同样密密麻麻地平躺着许多比我这一蹲更为享受的男男女女。那天夜里，每到一个站，我都要付出极大的努力才不让自己冲动地跳下火车，中断这次行程。最终能熬到广州站，不全是个人毅力，部分原因是自己缺乏冲破层层阻拦去到车门的力量。车行一夜，也想了一夜。从最初妒忌那些有座位的人，到最后同情那些有座位的人，个中原因很有哲思，在同一车厢里不存在所谓的天壤之别。当座椅的靠背上趴着人，当座椅名义上的主人鼻尖贴着站立者的屁股，不同角色已不是用权贵与贱民作区分，唯一的差异是坚韧与脆弱。

多年以来，关于火车的纠结，像感冒发烧一样每隔一阵就要犯一回毛病。有些地方有事不得不去，有高速公路之后，就多了开车自驾的选择，譬如去路途遥远的泸州、亳州、宁波和武威。我喜欢自驾时那个酷劲，只是来来回回，路上耗费时间太多，有些不划算。

因为如此，我现在喜欢与朋友开玩笑，说中国高速铁路是专为我这种德性的人设计制造的。甚至与他们说，等高铁修到你们那里了，我才去你们那里走走。从某种意义上讲，这两年我敢于不坐飞机也是被高铁娇惯的。待在武汉这地方，能切身感受到一百多年来在现代化进程中的三大机遇，一是民国时期京汉铁路的开通，二是共和国时期长江大桥的修建，三是如今像蜘蛛网一样向全国各地辐射出去的高铁。

汽车没有改变我，过去与现在仍旧是那个安于写作的奇葩宅男。虽然常常有自驾去青藏的念想，那只是一百种人生浪漫之外的又一种。去年夏天坐火车去青藏，算是圆了这梦想的一半，虽然还是费时，但比坐飞机一下子就到了拉萨，其对青藏之美的身心感受，性价比少说也要优良十倍以上。那段旅程最难忘的不是藏羚羊，不是藏野驴，也不是神秘的可可西里，而是一只只站立在铁路边，拎着两只小小前腿盯着火车的可爱的小野兔。

电脑也没有改变我，过去与现在仍旧不大与太多光怪陆离事物时尚风潮亲密接触。天天在电脑面前坐着，不过是将钢笔换成了键盘，将报纸换成了数码。

然而，高铁实实在在改变了我。首先让我深深喜欢上自己所在的城市。曾经以往，自己是何等不客气地批评甚至批判其恶俗与落伍。几乎是一夜之间，这座城市就成了无与伦比的出行极为便捷的高铁运行中心，其独步天下的优雅气质，在一夜之间改变了武汉形象，更是改变了自己因为不愿意坐飞机而尽量减少出行的习惯。去年一年，绝大部分时间我都关上手机闭关写作长篇小说《蟠虺》。如此誓与外界隔绝的状态，也没办法阻止我半年之内乘高铁去广州三个来回，去南京一个来回，去镇江一个来回，去北京一个来回，去上海一个来回，去济南一个来回，去长沙一个来回，加上从武汉至太原，从西安至武汉各一趟，还有已经买好了票，因故不得不退票的往北京等地的好几个来回。最漂亮的一次是去中山大学办讲座，早上出门，到广州吃过午饭，小睡一阵，下午两点半开讲，讲座结束后，马上乘高铁回武汉，晚上十一点，又是老婆孩子热炕头的习惯景象。以至于家人都怪怪地望着我，好像我根本没去过广州。从今年已经发生的行程和已有计划的行程，假借高铁独步天下的机会不会少于二十次。

　　高铁更让我改变了写作习惯。写作多年，成稿的多是大部头。相对而言，随笔散文一类的文稿，因为觉得时间上不合算，常常想写又不愿意写。坐上高铁后感觉就不同了，四五个小时的车程，独自一人时，只用来打盹太可惜，正好打开电脑，去时写篇初稿，回程时细细改定，一篇短文就成全了。与朋友们聊起这些，也有不以为然的，说飞机也能做到这样，候机时、飞行时都能写一写。但朋友也承认，候机时不管是飞机正点还是延误，总令人心神不定害怕耽搁，飞行途中更是如此，不定什么时候就会有乘务员提醒说是遇到气流，小心颠簸，让人收起小桌板和电子设备，在这种环境里是写不出好文章的。

一个人坐高铁，可以发很深刻的呆。当时空速度超过早先习惯的最高速度时，身边那些司空见惯的恶习干扰就幻化成悄声无息的宇宙尘埃。

一个人坐高铁，可以读很艰涩的书。当熟悉的开花万物以不寻常的身姿飞跃时，悬挂在神经末梢上的思绪也会变得异乎寻常的敏感犀利。

这两年，每次坐高铁我都会揣上一本关于青铜重器的专业书籍。那样的文字，只要周边有一点点喧嚣烦躁，就很难往心里去。如果心里再有不能安静的因素，那些文字便会像绣花针一样不可入眼。在高铁上读青铜重器，能方便地找到金属的天然质感。这种天籁意味与文学本质已近在咫尺。在高铁上，与我相遇的蟠虺意境，直接升华的结果便是长篇小说新作《蟠虺》。

高铁改变了武汉自不待言，高铁正在改变中国，也是不争的事实。当中国的高铁从哈尔滨通达到深圳，从上海延伸到乌鲁木齐，先前那些诅咒的声音也像是在一夜之间消失了。大概是那些人实在不好意思再违反常识，肆意歪曲在三千公里、五千公里的中国大地上奔驰的高铁，与在两百公里，三百公里的日本新干线上跑着的快速列车是同一回事。去年还是门可罗雀的各处高铁车站今年就变得熙熙攘攘。去年各路高铁车厢还是空空如也，今年就变得一票难求。我希望我们的高铁上更多一些思考者与读书人，也希望父老兄弟慈母姐妹们打工的血汗工厂的利税，多用在民族工业的高铁上。由此我们有理由期待，再过些年，崛起的大中华因为这项改变我和世界的伟大贡献而真正受到世界的尊敬。我和世界正心甘情愿地快意见证。

二〇一四年七月十九日于东湖梨园

去南海栽一棵树

认识陈忠实是在海边。

那是二〇〇三年十二月底，俗称圣诞节的日子里，一百万字的长篇小说《圣天门口》初稿终于完成了，带着闭关数年间对家人的亏欠，携妻子和女儿到海南岛休息。本意是想悄悄地不想惊动朋友，一家人离开海口时，才发短信给蒋子丹，说自己来了，不想打扰她，但还是知会一声，现在去三亚了。谁知蒋子丹马上来短信和电话，她正在三亚陪着陈忠实，还有李国平等人。且不由分说，在我们一家到三亚后，硬是接到与陈忠实等人同住一家酒店。原计划私下的家庭休闲变成了公开的文学活动。印象很深的是，女儿见到陈忠实后非要喊爷爷，我不同意，让喊伯伯，女儿又不同意，觉得陈忠实比爸爸老很多，只能喊爷爷。实在没办法只好由她去。那天我们搭乘警备区的交通艇去一座没有对外开放全部由部队驻守的小岛，从满是贝壳的沙滩码头上岸后，一队被海风吹得黑亮的年轻士兵在木栈道上列队迎接，冲着走在最前面的陈忠实齐声喊道："首长好！"背着一只黑色单肩包的陈忠实一时没有反应过来，陪同上岛的警备区政委在他身后小后提醒一句，陈忠实才像有点羞涩地大声说了一句："该干什干什么去！"惹得跟在身后的我们想笑又不敢笑。那座神秘小岛除了军人再无他人。动物也只有两条狗，一条是公的，一条是母的，士兵们给这两只狗男女取了台湾岛上那对中华民族永远公敌的名字。我们如此叫着两只狗，两只狗马上跑过来。陈忠实也学着叫，那两只狗却不大听他的。大家就说笑，陈忠实的陕西话很深奥，它们听不懂，正如台湾岛上的某些人听不懂我们的善意。

岛四周的海却是懂得一切。女儿在环岛的沙滩上，欢天喜地地拣着贝壳珊瑚，大人们面对深蓝的大海时唯一的选择是沉默。天水茫茫，巨浪无边，那些不同如别处的海水，仿佛看得见年年月月台风刮过的痕迹。一般人上不了这岛，上了岛后任何人都要种下一棵树，这既是责任，也是纪念。我们一起在岛上的人工树林中合力栽下一棵树那次，是这辈子栽树事例中最神圣的，能在祖国的最南端，栽下一棵将个体荣耀与民族兴盛紧紧联系在一起的命运之树，实在令人激动，也令人感慨。只是女儿还不到五岁，不懂得人间还有比快乐淘气更为紧要的庄重与庄严，硬是从一脸严肃认真的部队首长那里拎过那如黄金般珍贵的淡水，用自己的小手来浇灌给小树，弄得在场的官兵们不知如何是好。半年后，陈忠实成为我们一应作家的团长，率队重走长征路，从南昌出发，翻过贵州境内的梵净山后，我们在住处的院子里，面对一棵小小的红枫叶树，突然说起在南太平洋的小岛上一起种下的那棵树，还有我那淘气的女儿。女儿的情况我当然尽知，但是那棵树，那棵我们一起栽下的树，我们一起种在国土最南端的那棵神圣而庄严的树，虽然相隔只有半年，那些摧毁力超乎想象的风雨对我们栽下的那棵树有过何种的滋润？那里的海涛对我们栽下的那棵树有过怎样的侵袭？我们共同的想法是，只要那棵树能活下来就好。

二〇〇六年四月二十日在汉口百步亭又见到陈忠实，之所以要特别提及这个日子，是因为那天他从东湖边归来，冲着我发了一声感叹，说东湖哪里是湖，完全是海！屋里的人很多，陈忠实是看着我说的，他一定是又想起南太平洋空阔无边的波涛，还有被波涛团团围住的那棵由我们四只大手栽下去，再由我女儿那双小小手浇水灌溉过的杳无音讯的树。多年之后，我才想起，在那一刻，我本当要回答一句的，却没有回答。也是在这次见面的前前后后，因为《圣天门口》的出版，我接受了不少于百次的访谈与采访，我多次说过自己读书的真相，却没有一家媒体如实登载过，原因也是为了我好，害怕我这大实话一出来，会得罪一排人。我说过这样的话，当代中国作家的作品我读过三遍的只有《白鹿原》。那次见面后刚刚二十天，陈忠实就寄来我代朋友索要的他的书法："胸中云梦波澜阔，眼底沧浪宇宙宽。丙戌书古诗原下陈忠实。"这样的诗句也是海一样的情怀了。当陈忠实说东湖是海时，我本当要告诉他，《白鹿原》的文气像海洋一样！

为人当胸怀江海！生长在滴水如金的黄土高原上的陈忠实，慨叹东湖如大海时，是用自己的心胸装着宽广的海洋。

二○○八年元月七日正好是周一，我在西宁参加由《芳草》杂志推出来的青年作家龙仁青的作品研讨会，早上九点整，正是北京那边的上班时间，忽然一连串地接到中国作家协会几个朋友的电话。几位一上班就分别收到由武汉市钟家村邮局寄出的匿名信。经历"文革"等种种运动，他们普遍痛恨写匿名信的行为，也不相信匿名信，所以才告诉我当心小人。元旦前后，中国作家协会颁布了第七届茅盾文学奖评奖条例，面对与此相关的不正常的文坛躁动，我只能说无聊，甚至连无德都不想说。话虽这么说，心情还是相当不好，曾经很自信，这辈子没做什么能遭人泼污水的事，却还是遇上了。原本打算回家的，便改了行程，第二天去了九曲黄河第一弯的循化，忽然发现黄河之水也能如此清澈。所住的循化宾馆二○一室，隔着两堵墙就是十一世班禅参拜十世班禅故居时住过的二○五房。那天下午，我们一起前往十世班禅母亲的家。接下来的一些事情，当地人评价说，是非常吉祥的。于十分复杂的心情下，我写了一首歌不是歌，词不是词的文字：雪山想念天鹅，哈达想念卓玛，彩云一样梦幻的姑娘，是雪莲中的雪莲。酥油灯点亮千年高原，吉祥湖畔开满花朵，啊雪莲中的雪莲，你的眼睛是我的错，你的泪水是我的错。草原想念羊群，白云想念情歌。羊圈中生下你的阿妈，是卓玛中的卓玛，小小女儿要牵苍老的手，忧伤的爱禁不起祝福。啊卓玛中的卓玛，你的泪水是我的错，你的眼睛是我的错。写完成之后，也不知为什么，忽然想起来发短信给陈忠实。陈忠实不会发短信，他马上来电话，说自己高原反应严重，一直不敢来这些地方。听说我们回程要路过西安时，他很高兴，还特别说，很想见见与我同行的朱小如，他那一声说，多年不见朱小如了，不知有多少情怀在其中。

二〇〇八年一月十日从西宁飞西安的航班一再延误，一直到傍晚十八点二十分才起飞，到西安后，正在取托运行李，女儿来电话，祝爸爸生日快乐。也在三亚认识的李国平已等候多时，陕西省作家协会办公室主任杨毅亲自驾车。到了市内，径直去餐馆，陈忠实率红柯、周燕芬和李清霞等已等候多时。

见面后我将在西宁机场买的一盒雪茄送给陈忠实。见面不一会儿，陈忠实就主动提及《圣天门口》，他用那天下独一份的陕西话，说起马上要评的第七届茅盾文学奖，并说《圣天门口》肯定会如何。可以肯定陈忠实说这样，不是关了一盒雪茄的原因，在陈忠实眼里，天下雪茄都不如被关停的宝鸡卷烟厂出产的七元钱一盒的雪茄好。借着高兴，我先说，第四届时，我的长篇小说处女作《威风凛凛》就与《白鹿原》一道入围初评的前二十部。接下来我再将前几天有人写匿名信的事当众说了，形容这是前途险恶的凶兆。陈忠实闻听哈哈大笑，然后说了两个字：喝酒！一杯酒喝下来，陈忠实再次冲着我笑，这一次的笑却是意味深长。二〇一一年八月，《圣天门口》之后创作的长篇小说《天行者》获第八届茅盾文学奖之际，想起当初陈忠实的笑声，顿时明了个中滋味。

说话间，朱小如透露今天是我的生日。陈忠实连忙让李国平安排，人在旅途，遇上这样一群好朋友，既吃上了寿面，又吃了蛋糕，一位在西安很红的民间歌手，追着陈忠实而来，也顺便唱了一首生日歌，真的很是惬意，一时间就将那匿名信的不快丢到九霄云外。在西安的第二天，李国平带我们去陕西省作家协会转了一圈，得知陈忠实的办公室是当年"西安事变"时，张学良用来关押蒋介石的地方。我也找到机会难得大笑地说，这就对了，这样的房子只有像陈忠实这样的人住在里面才镇得住，别的人待在里面怕是要出问题的。二〇〇八年十月二十八日下午，从北京传来第七届茅盾文学奖终评结果的消息，在许多打来宽慰的电话中，让我既觉得意外，又觉得感动的是陈忠实。妻子和儿女们正在一起吃晚饭，陈忠实的电话来了，在话筒里长叹一声，说简直不敢相信，前些时，他还在《西安晚报》的访谈时，预估《圣天门口》最有可能获奖。陈忠实也不知如何说好，只是一声接一声叹息不停，就这样说了近十分钟，而不肯放下电话。那样子就像是陈忠实自己犯了错，明明公开对记者们发布了个人预测，而今又没有兑现，陈忠实说，这叫我如何与记者们说呀！到头来反而是我劝他，说自己的作品，一定有写得不好的地方，让人揪住了，而当初敢于替《白鹿原》担当的像陈涌先生那样的人又没能出现第二个，出现如此结局也是可能理解的。这一次，我算是又与陈忠实合力栽下又一棵树，只是这棵树是无形的，用肉眼看不了，用文字也难叙述，但它是文学的风骨气韵，更是人格的清洁爽朗。

曾经收到一封电邮，落款是陈忠实，内容则是推荐某个青年作家的作品，粗读一遍发现不是那回事，再细看信又发觉多有不对，比如对方称我为"您"，这显然不符合我与陈忠实一向交流的语境。于是打电话过去问。陈忠实没有直接表示什么，只是说曾向一些青年作家推荐我编的杂志，却从未推荐过具体的作品。换了别人可能会不高兴，发发脾气也是正常的，陈忠实在电话那边不轻不重地说了几句，就将此事一笔带过，再没有表示要追究对方一类的意思。如何对待这种成功心切，时常使些小手段的青年作家，陈忠实又像在海边栽小树一样，在风狂雨暴的季节，重要的是呵护。

　　二〇一二年五月二十六日，我开车去甘肃参加一个文学活动，要经过西安，途中约陈忠实，到西延路上的一家酒店小聚。我们刚到，陈忠实就来了，还令人惊艳地带来一箱白鹿原出产的樱桃。正是收获高峰季节，那樱桃特别红艳，而我又是格外喜欢樱桃口味，一口气吃下许多，甚至还约有机会去白鹿原，坐在树下吃那樱桃。陈忠实很高兴，历数陈世旭、刘兆林、舒婷、张炜等朋友，都去他家原上吃过樱桃。第二天一早，我开车继续去往兰州。天黑前，到达兰州城外一处度假村，一帮当地与外地的作家先到了，在那里美美吃着烤羊肉，喝着鲜啤酒。我将自己吃剩下的半篮红樱桃拿出来，初时无人动手，待我说起这是陈忠实在白鹿原上亲手摘下的红樱桃时，不知从哪里伸出来那么多的手，眨眼之间就被抢得精光。吃完以后还有人盯着汽车后备厢，以为那里面还有。

　　二〇一四年八月十九日，杂志到西安办一个活动，那天西安城内发生一件令人啼笑皆非的事情，有两拨人在同一酒店喝酒，因为口角进而互相打起来，其中一方打了对方的人后，发现被打的人是区委要员，打的人是个小官员，也没有人逼他，自个主动下跪道歉，而那区委要员也下跪请对方起来等等。大家说笑话时，我给陈忠实打电话，告知自己来了西安，因为日程太满，只有第二天中午有空，问能否见面聊一下。陈忠实稍一迟疑还是同意，找好地点后，告诉他，他说自己会准时来。回头再给李国平打电话，要他届时也到场聚一下。李国平听后，一连两遍问是不是明天中午，还说老陈中午有午休习惯，是绝对不见任何人的。听我也说绝对不错后，李国平很感叹，说你的面子太大了。这是他认识老陈以来，头一回见他中午出来见朋友。李国平的话说得很严重，我想想也觉得太严重，为什么要生生破坏他人多年养成的良好习惯呢，第二天早餐后我发短信给陈忠实："中午就不打扰你了，你先好好休息，我们在酒店吃过自助餐后赶着去华山看看！"那天上午我有讲座，九点三十分结束时，陈忠实刚好来电话，说过遗憾，又约下次见。中午李国平来小坐，说起来才知，老陈情况不太好，陕西省作家协会党组正要向省委报告，让老陈到医院仔细检查一下。那一刻，我们的心情突然沉重起来，当然，也更加觉得，自己主动取消的本该是中午的小聚，不管成与不成，于情谊是何等珍贵。

二〇一五年七月七日，我去北京参加中宣部一个活动，在八大处报到后，正在无所事事地乱串门时，红柯拖着行李进来，三言两语之后，便告诉大家，陈忠实患口腔癌了，正在做化疗，吃东西很困难，完全靠鼻饲。我心里一着急，明知自己没办法帮忙，但还是请红柯回西安时，带去几句话。

几天后的晚上九点，红柯来电话，他将我托转的癌症靶向治疗方法转告给陈忠实。陈忠实要他一定代为表示感谢，这时候还有朋友惦记。红柯当时在电话里说，老陈对治疗很有信心。再往后，与知情的朋友打听，也说情况恢复得不错。却不知，再得到消息时，自己只能沉重地写上一句：西去永西安，大道送大贤！那天也是从游泳池里出来，得到消息，人着实有些不肯相信。时间不长，电话就不停地响起来，都是媒体的朋友，心知他们的意思，却不愿接听，我很清楚自己心里还没做好接受这一事实的准备。直到终于可以面对时，我终于接听了一家媒体记者的电话，刚刚开口，说我知道你是为什么事，接下来本要说陈忠实三个字，只是这名字还没说出来，自己已泪流满面哽咽着半天说不清一个字。

二〇〇九年十一月六日，陈忠实曾打电话，要我给他寄一本《天行者》，他说他当年也当过民办教师。在《天行者》的扉页上，有这样一句话：献给在中国大地上默默苦行的民间英雄。这句话用于陈忠实同样不错。二〇一六年四月七日下午，在江西于都红军长征纪念碑前，我代表重走长征路的作家们发言，开头的一段话是说给陈忠实的。我说十年前重走长征路时，陈忠实是团长，十年后再次重走长征路，陈忠实身患重病无法成行，有于都这样曾经庇护过十万红军的偌大福地，希望于都将太多的奇迹赐予一些给陈忠实，希望能庇护长征精神的最好诠释者陈忠实平安长在，养好身体再当团长，再与我们一道继续这将政治与军事的长征融合为文学精神的长征。

　　这时候，我记起那些撒在兰州城外的来自白鹿原上的红樱桃，按照童年的经验，那些从嘴里吐出来的红樱桃核不可能全部入土发芽，但也有足够的比例让这些来自白鹿原的红樱桃长成小树苗。正如南海小岛上那棵由不同的手共同栽的那棵树，有天地护佑，一定可以长成祖国最南端的最坚强的硕大之树。

　　我不记得南太平洋上那小岛的名字，也不记得与陈忠实共同栽下的那棵树的名字，更不记得那位同意我的不懂人间艰辛的幼小女儿亲手将一桶如黄金贵重的淡火浇在小树上的军人的名字，但是我无论如何也不可能忘记，白鹿原和大别山、东湖和南太平洋、南太平洋上不知名小岛上不知名的小树和在兰州城外被朋友们的一抢而空的白鹿原上的红樱桃，她们都有一个共同的名字。

　　用我长江边故乡的话说，男人的泪水是金贵的，因为她是南太平洋上那能浇灌初生树苗的淡水，因为她是那被人生酸甜苦辣泡过的醇酒，因为她能够结出苍黄莽莽的北方大地上灿烂的红樱桃。天下文学莫不是在南海种下一棵树，天下人等莫不如艳丽的红樱桃，好看固然重要，还要做得到在北方黄土高原上也能好看，也能作为他人的生命营养。

二〇一六年六月六日于宜昌

有一种伟大叫巴金

秋叶苍红。秋草苍黄。秋夜苍白。秋水苍茫。

我趴在塞外一张陌生的桌子上，好不容易写下"泪水清扬的满月"这一句。

头一天，在渤海大学音乐厅的讲台上发言，曾经脱口提及文学艺术的描写，从来都是黄昏之壮美远远胜过清晨的秀丽，在数量上，对黄昏的关注更是不成比例地远远超过清晨。十月十七日，一大早就外出，赶在每个月的农历十五都免不了的大潮涨起淹没之前，经过那罕有的海底天桥，去到渤海中央的笔架山岛，而后又忙忙碌碌地到了曾经名叫平远和威远的那座古城，看看天黑了才往住处赶。途经锦州城外一条宽阔的大河，望着河的西端尽是辉煌晚霞，车上有人说起我先前的话题，言语未定，蓦然间从河的东端升起一轮清清朗朗的满月。刹那间，所有人都屏住了呼吸，明明是三十五个座位坐着三十五个人的大客车，竟然一点动静也没有。塞外的天空让人惊讶，那种天空上的满月让人感受到的更是一种震撼。

塞外的黄昏总会来得早一些。然而，这一天，从不与满月争辉的黄昏落霞迟迟不肯抽身隐退。时近七点了，一行九人从住处出来，去到锦州大戏院看那东北二人转到底如何恶俗时，还能从炫目的霓虹灯旁找到依依不舍的许多碎片。八点刚过，《文学报》徐春萍突然打来电话说：巴老走了！七点零六分！这一次是真的！这后一句话里包含有一件旧事。去年冬天的一个深夜，本地一位记者打电话到家里，也说是巴老走了。不记得当时曾如何表达自己的忧伤，只晓得后来迅速打电话到上海，求证于正在生病的徐春萍，以及在《文汇报》供职的女作家潘向黎。一年前的新闻终于不再假，那种难过，让电话里的我们说不成任何句子，除了寥寥无几的三五个字，其余全是空空的电磁声。这时候，潘向黎也发来相同内容的短信。我无心再看二人转了，与同行的另外八个人打招呼，孤单地回到房间，摊开纸，刚刚写出一行字，便被那止不住的泪水彻底模糊了双眼。

我晓得此时此刻自己需要一场刻骨铭心的伤痛。

我别无选择，只有将电话打回家，那是一个行将五十的男人唯一能够彻底敞开胸怀的地方，也只有骨肉至爱的女人怀抱，才能让早已心如止水的男人隔着千山万水放声大哭。平静了些，我才重新拿起笔来，匆匆写了一段无论如何也平静不下来的文字。

"是您自己的选择，还是上苍的安排，泪水清扬的满月，就这样载走了亲爱的巴金老人！从此后，谁堪做文学中国的良心？我唯有匍匐在山海关外的茫茫大地上，祈望天空那颗最大最圆的月亮成为您的永生！"

我还想说，从此后，谁堪矗立文学中国的脊梁？

我还想说，从此后，谁堪标志文学中国的清洁？

长夜难眠，这发自心灵的伤痛，其实早就深植在浅薄的年少时期。那时候，我生活着的小城，流行一种名为文学青年的毛病。就像传播非典型肺炎的蝙蝠与果子狸，小城里最活跃的几个人，每次外出参加各种文学活动归来，总要传播一些闻所未闻的小道消息，或者是美其名曰的文学新观念。很多次，混迹在听众中的我，闻得种种对巴金老人的不敬，血肉之躯竟然能够产生阵阵莫名其妙的亢奋与激烈。世事如烟，所幸我还能及时看清楚，在谎言被重复千万次的那段时间里，真理并没有真的被淹没。只是以其沧桑历尽的姿态，耐心地等待着对方，用忏悔的耳光，痛苦而幸福地抽打自己。年少并不等于无知。真无知是因为个人欲望太过强烈，看不到追名逐利背后的丑陋与肮脏。更看不到文学的真正巨人反而类似老父老母，从不在儿女面前以哲人姿态，散布那种语不惊人誓不休的大话，更不会利用各种方式将自己的书写无限夸张。

有一说法，远处的作家是天才，隔壁的作家是笑话。远处的巴金老人，越来越不被人当成是天才。在我成为一名真正的书写者，并将巴金老人当成动笔就能见到的邻居之后，老人拥有的全部朴实无华，都在证明，真是高僧，只说常话。所以，不将巴金老人当成天才是对的。天降大任于斯，为的就是让巴金老人与众多狂妄之辈的平实相处，及时地帮其来几颗救心丸，饮一剂还魂汤。

一位老人的远去，让一批后学长大许多。第二天的早上，大家又到了一起。回忆着一九九九年，老人在喉咙里插上两根导管之前，所说的最后一句话：从现在起，是为你们活着！我没有同意对老人最后言语的普遍说法，也没像从前那样只要求自己心里有数，不去触犯众怒。算不上挺身而出，我只是不再习惯从众，不再习惯洁身自好，不再习惯温良恭让。我想让大家同自己一起去触摸一个伟大的灵魂了。

虽然早已不是年轻，这个念头刚一出现，我就觉得肩头上一夜之间磨出了一层老茧。也只有这种老茧才有力量让我将心里的话当众掏出来。当然，这老茧也是老人离去后，我们这一代人必须担在肩上的责任。

在《圣天门口》中，我形容说，一盏灯最黑。那样的黑是众多逃避所导致的，不是不懂得，而是世界太聪明，非要等到唯一的灯熄灭之后，人们才开始点燃自己的心灵之火。这些年，有多少年轻人都不堪重负的责任，被强压在这位衰弱得无法做出任何行动的老人的肩上。有多少声名显赫位高权重者都三缄其口的话语，还在凭借连呼吸都不能自主的老人的名义发出声音。老人终其一生从不计较一己之私，不管世俗之眼如何相看，事实无可否认地摆在那里，没有老人的脊梁作为支撑，文学中国也许早就被一些三头六臂的怪物，幻化为出产种种丑陋私利的自家后院。老人是定海神针，老人是镇宅宝镜。本可以早些仙去的老人，就连文学中国里最基本的良心，也还要以一己之力独自担当，直到悬于一线的生命最后一次搏动。

对巴金老人的尊敬和热爱，就像大树一样年年见长。却不然，这成长连一丝氧气、一只吊瓶都不如，救不回哪怕只需延续到一百零二岁生日的一点点时光。虽然永生也是活着。虽然一百零一岁也是永恒。

一九九一年春天，我去北京参加全国青年作家创作会议。那是我第一次到北京，作为首都的这座城市先前样子我并不晓得。因为是一九八九年之后，这次会议显得格外特殊。即使是我这样的陌生人，也能感受到最初时刻的郁闷与压抑。

然而，一切都在那一天的那一刻烟消云散。

一个声音在冷清了许久的会场上响起："说真话，把心交给读者！"

没有人不懂这声音的深刻性，如风暴一样的第一轮掌声，是那最好的证明。没有人不明白这声音的针对性，如雷鸣一样的第二轮掌声，是那最好的响应。没有人不听从这声音的号召，如天崩地裂般的第三轮掌声，更是那只为真理迸发的热情。巴金老人没有亲临会议，尽管那声音只是用书面形式发出来，仍然有足够力量撼动所有年轻的心。没有巴金老人的会场上，巴金老人却无所不在。巴金老人的无所不在一出现，那些同样无所不在的假话空话和废话，顷刻之间就被荡涤得干干净净。迄今为止，这是我所见到的，用最貌不惊人的真相，表达出来的文学的最精髓。

一九九四年十一月，我去上海参加一个文学颁奖活动。与周介人先生见不久，他就问我想不想见巴金老人。在心里，我非常想见，说出来的话却变成不想打扰。后来听说有人去了，也没有生出多少后悔。有三年前巴金老人的耳提面授，得一箴言足矣。

我坚持着这种与巴金老人亲密接触的最好方式。

时至今日，它却成了天下之人的唯一形式。

在文学中国处于最危难时刻，巴金老人以最坦荡的方式来到了我们当中。

而他自己却在文学中国春暖花开时节，以一种最艰难的方式悄然离我们而去。

好在天空中有一轮最圆的月亮，还活着的失落之心才不至于像枯叶一样四处飘零。我寻找到一处网吧，将无论如何也难表达怀念的文字发送出去。塞外深秋不再是凉，而是真实的冷。我不想马上回到住处，顺着漫长的街道往前走，不时地心中会怦然一动，以为自己接近了某种渴望。月光如雪水流遍，清冷浸透到灵魂深处。这时候，才想起在河流之上见到的落霞满月，真的是一种预兆。

天地留言，默默雾雨电；星月流响，朗朗家春秋。

好在这世界猛然惊醒过来，像我一样明白，有一种伟大叫巴金！

二〇〇五年十月十七日于渤海大学

上海的默契

有很长一段时间了，上海这座城市俨然就是梦想的代名词。在日常生活中，几乎在每一个方面都是如此。不只是普通人，就连一些见多识广之士也脱不了这个俗。文学上也是这样，特别是在对文学怀有宗教般情感的二十世纪八十年代和九十年代，于上海发生的种种文学现象，莫不迅速席卷全国，倒过来产生于各地的种种热情反应，又迅速地汇聚回来，特别是一九九〇年前后，以《上海文学》和《收获》为焦点，那个时候的上海，简直成了一座文学的圣城。

人的一生总会与一些特定的地理达成某种默契。出生地是一处，那是一个生命的起源，那是天籁，由不得生命本身的执拗与反对。之后，就不同了，因为有些命定的因素，真去寻找，总是得不偿失。譬如北京，我总觉得，那是一座与我无缘的城市。为什么？我也说不出来，只是一向坚决地这样想，这样认为，并且与实际情况并无多少出入。当然，假如从梦想方面来看，也许还能找到一些可以说得出口的道理。

一九九二年春天，写完《凤凰琴》后，我紧接着又写了一部名为《暮时课诵》的中篇小说。然而情况并不像前几篇小说那样顺利，因为写了一座庙，以及庙里的几个和尚，从北京开始，连续投寄了几家刊物，都被退了回来。有些说了原因，有些没有说原因，只是希望再寄新作。所说的原因最厉害的一条是，作品涉及宗教问题，不好把握。那几年，文学界接连出了一些虽然是风马牛不相及，硬被人扯到一块的这种问题。编辑为难，我也理解。有一阵，连自己都对这篇小说失去了信心，只是自己太偏爱这篇小说，后来雷达先生所评论的那些缘故，也许有，也许没有。不管怎样，即使是现在来看，作品中的某些小说元素，一直是我十分珍惜的。正因为这样，在办公室的抽屉里放了几个月后，我又将它翻出来，邮寄到《上海文学》。时间很短，大约就在十天到十五天之间，就收到卫竹兰大姐的来信，言及，前几天编辑部开编前会时，周介人先生专门提请大家注意，新出现的一个名叫刘醒龙的作者，并要负责湖北片稿件的卫竹兰与我取得联系。话音刚落，《暮时课诵》就到了。卫大姐在信中对我形容了周先生当时高兴的样子。很快，《暮时课诵》就在《上海文学》上以头条位置发表出来。并被《新华文摘》等多种选刊转载，日本《中国现代小说》也译载了。后来的评论家，也时常提及这部作品。

在一九九四年十一月十二日的《新民晚报》上有篇名为《怀抱"金鸡"来上海》的采访文章，其中提到我是"昨晚"从长沙抵达上海的。因为那篇众所周知的小说改编为电影，使我像捡洋落一样，在电影界拿到几座奖杯，其中包括在长沙第三届金鸡百花电影节上获得的镀金的"金鸡奖"。我写小说时从没有愧对读者之感，但是染指影视，尽管不是我的责任，但总觉得在银幕与屏幕上映出的我的名字下面，推卸不了的是自己对观众不起。当年在长沙，其时号称国内电影界第一编剧的作家张弦闻讯后，将电话打到我的房间，再三嘱咐我：千万别触电，他自己已是不能自拔了。其实在长沙的那几天，我心里一直惦记着随后要去上海的事。

从长沙开往上海的直快列车，晚点得一塌糊涂，因为是去领取《上海文学》奖，杂志社安排张重光到车站接我。上了火车才知道，上海车站有两个出口。这之前，除了从上海走出去的国家领导人以外，再也没有人是我所认识的，杂志社的人也不例外，因为那是我开始写小说后，第一次来上海。在晚点几个小时以后，列车驶入上海车站，我在犹豫之中，最后一个离开软卧车厢。下车走了一阵，站台上有个男人匆匆地迎面走来。我们擦肩而过，相向走了几步后，下意识地一回头，没想到对方也在回头，就在那一刹那间，我们都毫不犹豫地叫出了对方的名字。说来也怪，茫茫人海，过客匆匆，就凭那心中的一点灵犀，在有两个出口的火车站，两个互不相识的人居然没错过。

第一次在上海，有两个人最让我难忘。按见面的顺序，第一个人当然是周介人先生，如果说默契的上海是雅致的，周先生一定是将这种雅致融入骨髓，变成了中国文坛上我所见到过的最清瘦的男人。当我情不自禁地问他为何瘦成这样时，他竟然急促地回答，自己的身体很好。默契是用不着细想的，这是我后来才明白的一种生活常识。周先生那时一定已经与自己的生命达成了某种默契，他这样说时，没有人觉得有何不对。第二位则是茹志鹃先生，那天晚上，在一家川菜馆里，茹先生比我们早到了。编辑部专门安排的，没有其他人。后来，我在上海又见到过茹先生一面，她说她是第一次见到我。旁边的王安忆提醒说，这是第二次了。茹先生开心地笑了。一如先前见到的慈善与慈祥，让人难以置信，在灯红酒绿的大上海，除了说这是生命与现实达成的默契，很难再能想起别的。

记得那次，《光明日报》的韩小蕙约我写一篇关于湖北人性格的文章。信笔写来，不禁地提起毛泽东一生当中先后二十六次来到我所居住的武汉。这件事，一直被人引为趣谈，抑或成了相关学者研究中国当代史时的神来之笔。实际上，用不着太夸张，也用不着视为党史国事中某种神秘，简简单单地说，武汉之于毛泽东，也存在着一种默契，地理上的，人文上的，或者只有毛泽东和武汉这当事的二者才知道，或者连毛泽东和武汉这当事的二者都不知道。默契不是选择，默契是浑然天成的。譬如上海，与它形成默契的人太多了。导致这座城市本身都成了一种默契。

在二十世纪的文学高潮期，上海这座城市与文学默契得让人妒忌。记得在张重光的带领下，我从火车站出来，沿着那一会儿是霓虹万丈，一会儿是老巷幽幽的黄昏景致穿行，然后住进一所旧时权贵们的私宅，蓦然面对从许多陈年烟痕中剥落出来历史奢侈。心里反复想到的只有一句话：上海呀上海！事隔多年，再来续这句话的下文，才想起来，其中意思分明是：文学呀文学！

几年之后的一九九八年五月，又一次去上海参加《上海文学》举办的现实主义文学研讨会。夜幕降临后，一群人坐着中型面包车去喝咖啡，车到新锦江饭店门口，正好遇上红灯停下。突然间，有人跳出车窗，就在铁栅栏旁做了一件常人不应该做的龌龊事。车上的我们惊得大叫。而马路旁的行人，并没有如我们所料，做出应该做出的反应。他们站在原地不动，侧目相向，等待其人从原路爬回车窗，才继续该疾走的疾走，该慢行的慢行。那一刻里，我有些迷糊，长时间地想，怎么会是这样？怎么会是这样？后来，我终于明白，这也是一种默契。至于这样的默契意味着什么，那就要看我们每个的造化了。

这一年的稍后，周介人先生不幸大行了。在我看来，周先生的早逝，既是中国文学界的一大不幸，更是上海文学界的一大不幸。在周先生之后，我不能不回想，当年他为何要在私底下对我说那么多，其中一些，听起来已经不仅仅是入木三分的程度了。后来我想——再后来我想——再再后来我还在想：周先生也许早就发现，默契其实就是规矩，太多的默契对一项每时每刻都必须有所创造的事物，会在无形中限制人的创造力的彻底发挥。在拨乱反正时期，默契对社会规则的形成无疑起着巨大的过渡作用。社会已经建立起一定之规后，各种固有的默契会不会反过来形成某种发展的阻力呢？因此，周先生才在生命的最后几年，每年都用第一期的头条来发表我的小说，大概是想借助我这草莽出身，写起小说来，天不怕地不怕无拘无束的劲头，给沪上文坛注入某种活力。

同样如此，前不久，杭州女作家顾艳将自己所撰写的洋洋十六万言的《陈思和评传》寄给我，读完手稿，便决定在我所主持的《芳草》文学杂志上全文刊载。我甚至还想过，如果周介人先生在，他一定也会这样做的。传统延续得太久时需要反拨，这种反拨的目的并非是抛弃传统，而是为了更准确更精深地承传继续。对默契的反拨也是一样的，一切都是为了建立更宏大更有意义的默契。

二〇〇六年九月二十四日于东湖梨园

批评是诗意的北坡

当我尚在年少之际，就晓得人与人之间，九岁是一种巨大的差距。那时候，我们决不同比自己小九岁的孩子在一起玩，同样，我们也没有资格混迹在大九岁的大孩子中间。不晓得是不是自己装嫩，一九九八年五月，因私事去杭州，在一家酒店吃饭，无意遇上一群本地作家，经人介绍，从此就认识小九岁的洪治纲。差不多十个年头了，至今还能记得，当时他投过来意味深长的一瞥。我们握过手，他说你就是刘醒龙呀。下江一带说话语气一直是我忍不住喜欢模仿的。我也跟着说你就是洪治纲呀。其时的洪治纲，才华上是一座新爆发的喷泉，行为上却是名副其实的探险家。舍身自问，扪心反问，泣血诘问，深情考问——那一篇接一篇的署名文章，其击中文学灵魂的力量，一如当年那些徒手的漂流者征服金沙江虎跳峡之壮举所产生的深度震撼。

三年之后的青创会上，再握手时，我将刚刚出版的一部长篇小说送给洪治纲。四天会议才到半程，他就在去餐厅的走廊上拦住我，告知已读完了。那次会上，要么被俗称的美女作家轮番簇拥在酒吧里，要么被初露大师相的男作家尊敬得连连宿醉的人屈指可数。我们站在那里说话时，就有一位同行迈着莲花碎步走过来，用很好听的声音问，洪治纲，你怎么不接见我呀！所以，洪治纲理所当然是在屈指可数之列。我不惊讶一个人的读书速度！怎么说此行中人都是职业阅读的佼佼者。我只惊讶，在这类也可看作是男女同行的狂欢节上，洪治纲居然还能找到读书时间，这便是既是文学之分内，又是文学之分外的另一种素质了。

二〇〇五年五月，新长篇出版后，我开了一份赠书者名单给责编，请代为寄书。时间不长，就接到洪治纲的电话，他已经将被某些媒体怀疑"百万字长篇谁看"的《圣天门口》读完了。照他的说法，博士答辩刚做完，正好用这段调整时间读这么大的作品。不管解释如何，就我所知，他都是读书人中，第一个将《圣天门口》一读到底的。小说的基本评价是读下去，读都读不下去，读都读不完，评价越高越会让写作者中邪。用小说中的鄂东方言来形容，一个苕兮兮的家伙，写出一部苕兮兮的作品，由一个苕兮兮的评论家在第一时间一口气读完，对于一往情深地投入六年时光的我，已经是相当好的回报了。

时至今日，已经不再有人对质疑是文学的基本精神进行质疑了。可惜这种新的文学风气，很快就泛滥成既以质疑为过程，又以质疑为目的质疑了。这中间有个人能力问题，更关键的是个人在人文环境中的品质高下与否。洪治纲爱抽香烟，一群人待在一间屋子里山吹海聊，他一个人就能将全部大众熏得像烟鬼一样满身烟香或烟臭。如果不是接连两次听他说，自己对烟的好坏几乎没有讲究，真的很难相信他会将3字头的软包装中华香烟，平等对待得如同几元钱就能买一包的货色。能穿透这烟熏火燎的仍旧是一个人清澈与明静，哪怕有时候被一些行为夸张的朋友挤到光明达不到的角落，不用太刻意，也能发现。这就有理由证明，对文学的质疑，必须立足于精神自身的清洁。也只有当人们看清了这样一个人时，才会让自己的心胸豁达起来，明了先前洪治纲对历年文学评奖的质疑，的确是为了人的永远和文学的永远，从而接受他的警世明言：哪怕是最公正的文学评奖，也没有道理对其作用和意义有任何的煽情与高估。

在一切都是为了认知的质疑或首肯中，洪治纲绝不是偏激和固执己见的那一类。文学批评的风口浪尖有太多的因素时常让领潮头者折戟沉沙。通常情况下，个人的出类拔萃会注定一种咬定青山不放松的精气神，认准一个作家、一部作品和一套文学理念，便不再改变，甚至不惜滥用话语权，不惜暗自里看作私有财产。洪治纲大不相同，哪怕是自己盛赞过的作家，一旦有不尽如人意的作品出现，他也会坦率地在公众面前指出其出问题了。洪治纲写每一个字，都会表达坚定立场。当他说某某出问题时，丝毫不是立场的变化，相反，这才是他一向认定，为伟大而梦想的诗意的灵光四射圣洁高迈的立场。

在一篇评论别人小说的文章中，洪治纲曾经就小说所揭示的现象责难说，这绝不是一个现代知识分子应有的道德立场和精神操守，更违背一个有尊严感的人所必须具备的良知和勇气，而让人心灵震颤的是他发出的人与狗只有一步之遥的疾呼。置身于文学当中的洪治纲，做了不少尖锐的事，却难得见到与任何人的正面冲突，看上去是性格使然，骨子里是对文学的善待。与那些不问青红皂白劈头盖脸的暴打不同，洪治纲所发出的批评声音，听上去甚至比别人的分贝还要高，让人感到的却不仅仅是作为文学的坦诚，还有人格上的真诚。一个将全部素质建筑在真挚与诚信基础之上的评论家。当我们或许难以接受他的全部观点时，也不会妨碍大家接受其通过为文所散发出来的人格魅力。

去年十二月，洪治纲去北京参加《圣天门口》研讨会。因为到的人很多，本次活动被朋友们戏称为"评论家代表大会"。很热闹的一个活动，却发生了一个意想不到的郁闷插曲。在大家的相劝中，洪治纲说了一些很体己的话。最让人听后觉得踏实的是他认为，《圣天门口》写的是人物，而不是阶级；写的是对和谐社会和和平崛起的渴望，而不是历史进程中暴力血腥和族群仇恨。后来我也跟着说，如果将文学的终极目标看作是珠穆朗玛，那么我所写的不是那舒缓的南坡，而是陡峭的北坡。一个了不起的批评家，又何尝不是这样的北坡，也只有向着北坡攀缘，才会探寻到不一般的诗意。

前几天，夜很深了，突然接到洪治纲的电话，说话中涉及某奖获得者妄谈文学渊源的文章，他很生气，因为其对史实的理解错谬太多，且是常识性的，本欲动笔驳斥，一想到有可能被媒体弄成笔墨官司，就不愿意了。他很清楚，这样的文字一旦问世是会伤人的，这是他无论如何也不想见到的，毕竟这个时代，文学是一种艰难的选择。又譬如，朋友们将某些不光明不磊落无事生非的匿名者的行为通报过来，他甚至连生气都不会，说一声天下怎么还有这样的人就了事。不用放进文学里说，这样的男人当然是好男人。

一直以来，总以为洪治纲天生就是生长在西湖边。后边听他说起从安徽省乡下接母亲来杭州治病，才意识到这个性情犹如西湖碧水的儒雅男人，也是童年时远离历史名胜，也是少年时只能羡慕仿佛遥不可及的人文书香。对于学问越做越引人注目的洪治纲，这样的经历比真的饮西湖水和洗西湖澡长大更来得重要。相比只管石破天惊的尖锐，或者专事吹皱池水的宽厚，当今文坛，很少有人能像洪治纲如此地将尖锐与宽厚天籁般融为一体了。这大概是他既能容纳西湖，也能舍下西湖，以无边的迁徙之情于年前年后南下广州的原因之一吧！

二〇〇六年二月十六日于东湖梨园

自由来自哪里

任何个人都无法经历除了设身处地之外的时代，这是由生命的最基本定义所决定。正因为如此，人的最大欲望便是尽一切可能，使自身超越时代，去向远古、近代与未来。在某种意义上讲，这也是文学最原始的起点。从欲望的共同点出发，文学也是有分野的。一种文学是用尽可能符合人性的方法，给注定要消逝的时代，留下最接近这个时代人性本质的记忆。另一种文学也在用最大可能的主观，异化她所亲密相处的一切，以图通过阅读来影响时代的精神趋向。对于当代文学来说，这两种文本的同时存在与发展，对当事人来说，其严峻性是不言而喻的。是迎风张目、分辨是非，还是掩人耳目、自欺欺人？在阅读当代文学各种文本时，最容易出现这样的感触。

从一九九九年开始，到二〇〇四年底，我一直在闭门写作长篇小说《圣天门口》。那时候我还不知道在同一城市里，一位青年学者，正在做着与自己精神相通的文学学问。小说出版后，被理论界称为，是当代文学中，第一部打通

"一九四九"壁垒的小说。也就在这时候，才听说，李遇春以一部《权利主体话语——二十世纪四十—七十年代中国文学研究》的论著，荣获武汉大学优秀博士论文奖。

认识李遇春是在与李遇春熟悉之前。二十世纪九十年代中期，长篇小说《生命是劳动与仁慈》出版不久，我在一本杂志上见到一篇评论文章，当时就很惊讶，这位叫李遇春的青年评论家，如何拥有同我一样对乡村与乡土，积攒半辈子的深情理解。我一直对那些能洞察作为书写人心灵动机的评论家格外佩服，能通过文字抵达作者心中，正如作者通过文字抵达千百读者心中，虽然是文学所要求的常识性东西，恰恰是这种常识性，反而让人做起来最难，要做好则是难上加难。李遇春为小说写下的话："人猿揖别是劳动使然，劳动缺席的生命只能是奥勃洛摩夫式衣冠其表的行尸走肉，劳动自然也应是每一个体生命生存和存在的基本前提。生命不应是碌碌无为，坐享其成，不应是骄奢淫逸、恣意挥霍，生命是生生不息的劳动和创造，是辛勤的耕耘和兢兢业业的奉献。任何逃避劳动、不劳而获、少劳多获都是对生命劳动精神的无耻背叛。遗憾的是人们总是忽视了历史和世界，且又偏执地关注着个体生命的欲求，把劳动这一神圣的天职放逐出了生命的伊甸园，而不择手段地肆意侵占自己本不配享用的劳动果实，一时间利欲熏心，物欲横流，生命的公理于是被粗暴地践踏，生命的尊严也丧失殆尽。"无论是当时，还是当下，都是发聋振聩的声音。

城乡壁垒只存于学术探讨，并非是真正的壁垒。文学中的"一九四九"则是难以攻克的赫赫有名的要塞。很长一段时间，文学的表现，要么只写这以前的年代，要么只写这以后的岁月，两段历史之间，俨然有一座不可逾越的分水岭。即便是以欧美为代表的所谓西方文化与中华文化的关系，也没有像"一九四九"那样，在潜意识里形成一种事实上的禁区。从八十年代起，就有人不断地反思，要打通"一九四九"壁垒。不打通这一壁垒，后来的中国文学就会变成是某种天赐，而用"与生俱来"形容当代中国文学，是十分荒唐可笑的。李遇春当然不是第一个注意到这种近乎荒唐的视而不见现象的人，但显然是第一个将"延安文学""十七年文学""文革文学"串联到一起，作为螃蟹来吃的人。正如后来，洪子诚的评价，二十世纪四十年代至七十年代，是中国"红色文学秩序"形成的时期，对它的研究，近二十年来学术界相当忽视。李遇春这方面的研讨，分析了这一时期文学中存在的权力、主体、话语之间的复杂关系，并在"五四"之后中国文学的话语转型的背景上，揭示了红色文学话语秩序的建构模式，探讨置身于这一文学秩序中的知识分子及作家的话语困境和分别采取的不同话语立场。对置身于特殊时期特别秩序中，中国作家精神心理状态的分析，颇有深度。

最让人想不到的是，后来的某天晚上，突然收到李遇春的电邮。他新近着就的一本洋洋四十万言的《中国当代旧体诗词论稿》，但遇上出版问题，因为没有一家出版社肯接受，托我向国内最著名的出版社引荐。此事让我好不发愣，不是别的，是因为实在没想到，像他这般年轻的学者，眼界里通常只有当下最热门的那类课题。似这种貌似陈腐的学问，一如他的导师于可训教授所戏言"新文学得承百年之欢，旧文学渐失其宠，斯文其萎，形同弃妇"，一般人怕是连看上一眼都觉得是在浪费光阴。然而，回过头来一想，人生也好，历史也罢，一切都是过眼烟云，所谓倾国倾城的绝代佳人亦不过是一时之兴，最终同样会落得一个弃妇下场。既然芸芸众生都如此，其意义就当别论了。

事实上也是这样，李遇春所秉承的正是"陈腐""弃妇"所蕴含的莫大思想。那些让我们顺畅地走过来的，并使我们的脑海从一开始就不至于空转的，正是这类貌似遗弃之物。曾经写过一句诗：独木的意义，不用成林，形容在新疆大漠上所见到的孤零零的最能象征独立的胡杨树。在那样的恶劣的环境下，能够存活下来，而且不改顶天立地的雄姿，唯一的理由是，它的根扎得很深很深。李遇春做学问的心力，正像在大漠之上傲然独立的胡杨树，将思想穿透一道壁垒，沿着历史的线索，直接通向国学深厚的宝库，这是一种让人肃然起敬的治学方法，在这样的特立独行，其结果如何已经是不重要的了。

二〇一〇年一月七日于东湖梨园

我的翻译傅玉霜

　　一个美丽而坦诚的法国女子，她的眼神之丰富让我在见到那幅挂在奥塞美术馆里的法国女作家乔治·桑的画像时，格外惊讶于她们的神似。到巴黎的当天晚上，在法国文化部大楼，一位法国出版商将里尔大学副教授、汉学家傅玉霜（Françoise Naour）女士介绍给我，两个人没说几句，她就转而对正在台上致辞的法国政府官员的所谓废话表示明显的不耐烦。这位有一个古典中国名字的法国女子离开在里尔市的家，乘坐高速列车专程来酒店看我，是我抵达巴黎以后第三天的事。正好有记者在，我便介绍说，这是我的翻译。记者很惊讶，难道中国作家每个人都配有翻译。我只好补充一通，将傅玉霜女士是我的小说法文主要译者的事实说得清清楚楚。这次见面，我也不再客气，挑剔她取了一个用普通话讲起来很不响亮的名字，这样的名字只能在昆曲或越剧等古典戏曲的念白中才会显得动听。这是汉语老师给她取的名字，不能改了。傅玉霜回答时的表情就像面前有一块"天地君亲师位"供牌。

　　具有古典情怀的傅玉霜在现代意识上一点也不落伍。她来找我的第一要务是陪我逛巴黎左岸。那天巴黎的气温只有八摄氏度。她穿着呢绒大衣系着丝绸在小雨中问我，是乘地铁还是坐出租车。听我说一路走过去，傅玉霜高兴得不得了，沿途不断地介绍，日常生活中不管是自己家的车，还是外面的车她都不会轻易使用，汽车太多对环境是一种破坏。绿色的巴黎，环保的巴黎多了我一个，却也苦了我一个。那天我只在休闲内衣上套着一件薄薄的外套，法兰西的春风亦如中国江南的二月剪刀，我们在冷雨潇潇的左岸走了整整一天，好不容易回到酒店，什么也顾不上，赶紧放上一浴缸热水，狠狠地泡出一身热汗才没有冻出毛病。傅玉霜还有一个让人惊讶的习惯，她家至今没有电视机。她觉得电视里的东西会在不知不觉中左右人的思想，所以她和她的丈夫坚持一星期上一次电影院，要看新闻就读报纸。我回国的那个星期五，法国国家电视三台介绍了傅玉霜为我的小说所做的最新译本，相关电视节目，傅玉霜还是在别人家看到的。

　　前些年的傅玉霜为王蒙先生的小说做了大量的翻译工作。这些年，她用同样的热情一口气翻译了我的三本小说集。从一九九八年的一次深夜的电话交谈为开端，这是我们之间的第一次见面。她用与生俱来的法国浪漫气质爽快地赞同了我的说法，因为我写的是地道的中国乡村，而不是那种挂在中国乡村名下的国际村。三月二十三日下午，在巴黎图书沙龙的乔治·桑厅与法国读者见面会结束后，她将来此看望"外国作家"的白发苍茫的父母介绍给我。那一刻我忽然明白自己在见面会的演说中插入的乡村小诗为何能让法国读者像中国人一样热泪盈眶。法国作家贝尔纳·克拉韦尔在《冬天的果实》卷首中写道：纪念被劳累、慈爱或战争悄悄折磨致死，而在史册中未见提及的父亲和母亲。文学对于每个人正是如此，写作和阅读，都是为了纪念那些曾经活在我们心中爱的细小痕迹。恨是面向过去的，是倒退的，原始的欲望，过多的仇恨会只能让这个世界变得更加肮脏。而爱是面向未来的，是向前走的，是将人的原始欲望改变后的一种伟大的动力。在文学中，恨是一种丑陋的审美，爱的审美才是完美的。在巴黎图书沙龙上我谈到上述这些时，受到法国读者的热烈欢迎，语言是有界限的，文学的本质应该不受这种界限的限制。

二〇〇四年四月二日于东湖梨园

老哥刘益善

　　将一个打从内心尊敬的人称为老哥并不是我的创意。

　　第一次从别人那里听到这种称呼后，我就毫不犹豫地觉得这样非常好，不仅符合自己的身份，对被尊称者也再合适不过。随后我就这样叫了。老哥听到我换了一种叫法，过了好久才问："我真的老了吗？"不知道早先那些如此称老哥的人是不是也接受过如此疑问，至今我还清楚记得那一瞬间里老哥神情的变化，不像是伤感，也不像是忧郁，在当时的感觉里倒有几分责备，毕竟此前我和许多人一样，一直将他称作"刘老师"。前几天，在《上海文学》上读到杨斌华所写回忆周介人先生的文章，提到吴亮等人曾经当面问周先生，是否可以像陈村那样不叫他周老师而叫老周。周先生笑着说可以，转过身后，眼睛里却闪现出两朵泪光。天下许多事情不仅相通，而且相同。经年累月，当编辑的为人做了许多嫁衣，眼见着丑小鸭变白天鹅，小秧子长成参天大树，先前的老感情虽然还在，却不见那些人像往日那样时常来叙。老哥没有流泪，说过了，笑过了，我们怎么叫他就怎么应，到后来竟然自报家门地不时冒出一句，我是你老哥之类的话语来。倒是一帮在其眼皮底下成长起来的家伙，反而要用不少时间来为他叹息，说老哥为人也太随和了。

老哥叫刘益善，三十年前从华中师范大学中文系毕业后，就在《长江文艺》当编辑，此后便在那几间平凡而充实的斗室里一天接一天地忙碌着。我们正式认识的那一年，老哥已是副主编了。现在，他在主编任上也干了多年。在正式认识老哥之前，我们之间曾经有过一次不期而遇。

那一天，我们在一起聊天，老哥说起自己有写日记的习惯，三十年来整整写了三十本日记，记录着许多被岁月模糊了的文坛中事，以至于许多人时常向他求证已成历史的一些事情。我当即笑着对他说，自己最早出现在他的日记里，一定某某某等人中的那个等。这件事情老哥的确不记得了，那时候他受委派去鄂东英山为某诗人的一件以政治悲剧开端，很快就演变成讽刺喜剧的纷杂之事做些善后工作，而我只一个刚刚开始写小说即使是在县城里也还没有丁点名气的业余作者。别人告诉我说谁谁谁来了，完全是出于好奇，想见识那些胸怀伯乐之才的编辑是何面目，正好是上夜班的我，就起早跟着别人去县委招待所的一间客房里与这个后来被自己称作老哥的著名编辑、著名诗人见了一面。老哥正在收拾行李，收拾完行李又匆忙奔向汽车站，在等车的那一刻里，我们站在街边买了些油条稀饭，老哥坚决要付所有的钱。

老哥果然不记得那一刻里非常感动的我，他边笑边说，我该给他当年买油条稀饭的款项付利息了。听他这一说，我又觉得惭愧，这么多年，自己不知请过多少饭局，唯独没有请过老哥，不是没有机会，而是一有这样的机会买单的还是老哥。买完单后，他还要关心我们，当纯文学作家稿费得来不容易。一九九六年我的四卷本个人文集出版后，曾经挑朋友熟人送了一些，不知为什么竟然忘了老哥。后来的某天，老哥似是无意地对我说，他的书柜里都有哪些人的文集，就是没有我的。一句话说得我脸皮都快红破了，忙不迭地表示要将自己存档的仅有一套书送给他。老哥笑一笑，大度地表示这倒用不着。

逢到不认识老哥的陌生人，不管是我们还是他自己总要将他的名字介绍为多多益善。其实善良的老哥也会做出反善良的事情。一九九二年夏天，老哥约我为《长江文艺》写部中篇，因为事情多，耽误了，到九月时老哥一连写了几封信，限我在九月十日以前务必将稿件寄给他。从收到信算起，老哥只给了我一个星期的时间。那几天我正好感冒发烧到三十九度多，硬撑着将那篇名为《秋风醉了》的中篇小说写完寄给他。没过几天他就打电话来非要我删去其中一些文字。偏偏我又惜字如金，最不爱删改自己的作品，何况是在发高烧时写就的文字！在电话里我据理力争，老哥却不让步，振振有词地数出一二三四几条理由，让人恨不得要咬牙切齿地骂他是那个在《半夜鸡叫》中百般盘剥长工的周扒皮！

对待文学，老哥有一种一以贯之的洁癖。那几年在老哥的操持下，《长江文艺》每年都要举办不下两次笔会。老哥办笔会向来是动真格的，别说游山玩水，就是早上起床晚了，他也会像生产队长一样敲门叫醒，到了吃晚饭时，他又会笑眯眯地逐个询问，了解谁谁当天写了多少字，弄得我们有时候不得不捡起"大跃进"时期的那一套虚报"粮食产量"，仿佛不如此就不好意思拿起筷子。在没有时兴电脑时，老哥对那些字迹潦草的手稿简直是深恶痛绝。因为弄到几本稿纸很不容易，我一向下笔极其谨慎，哪怕是初稿也极少有涂改。为此老哥经常将我作为榜样。与我年纪相仿的邓一光就不行了，他的字写得像天女散花，每到定稿，不得不请别人帮忙抄写，才能最后送到老哥面前。作为编辑的老哥，作风严谨，细致入微，任何时候，任何人都休想从他所写的手稿中找到一只墨团。这样的细节同样贯穿在老哥对文学的欣赏与编辑中。

我这人是最不善变化自己的，在称谓上也学不了有些人在我面前演出的，比如早先一口一个老师，过了一阵，就改叫大哥，再往后便大名小号地山呼起来，最后便是以老刘为口头禅。年龄增长是一回事，当初的情分则是另一回事。在许多场合上别人早就老哥叫成老刘了，我却变不了，自从叫上了，就没有再改口，一直将他叫到真的有些老了。那一天，与老哥在一起，先是有人发现我的头发也白了些许，继而便是老哥的自嘲。因为白头白得太多，老哥开始定期上美发店焗油，又因为头发掉得早而多，焗油时人家只按半价收费。

三十年河东，三十年河西，沧桑中的老哥性情却没有变。今年春节刚过，一位崭露头角的青年作家告诉我，《长江文艺》将要发表他的一篇小说，同时还要附上评论文章。姑且不论年轻，单是他所代表的新一代作家的艺术理念能在有着六十多年传统的文学期刊上出现，就是一件值得庆幸的事，当然我更是特别地为一点也不老的老哥高兴。后来，老哥如实地告诉我，尽管自己并不欣赏这类作品，他还是愿意用一种宽容之心来接受这样的写作。老哥的心的确有宽厚。

写到这里，我又想起周介人先生。那么好的一个人说走远就走远了，远得活着的人无法想象。一想到这一点我就痛恨自己。那时候并不是不了解他的病情，而是不相信周先生的生命力是有限的，脆弱的。早知道周先生也像平常人一样，心律，脉动，脑电波，都有可能在重创之下永远消失，我非要为他写上十篇文章，哪怕别人说自己像个爱唠叨的老太婆，哪怕别人背后嘲笑这不过是在投机取巧逢场作戏。可现在，再多的文字周先生也看不见了，这是我一辈子的心痛。正因为如此，我才明白，许多事情是不可犹豫、不可观望、不可环顾四周而等待的。譬如老哥，人好，心地好，很多人都喜欢他尊重他，我就该当面对他说，这不是他在乎和不在乎的问题。

二〇〇三年十月于东湖梨园

在经典的目光下

　　早春的时候，曾卓老师的夫人约了时间要我和太太到他们家去。

　　我认识曾卓老师比太太早，自然比她多了一些回忆。但到真的回想时，能记起的东西并不多。第一次见到曾卓老师时，我只记得两样东西。一样是那一年他整整七十岁，一样是他那与众不同的目光。

　　一九九二年夏天，华师中文系举办一个文学教研活动，王先霈老师要我参加。那时我还在黄州。一到华师就听说曾卓老师也来了，由于是分别与华师的老师和同学们见面，没有一个共同的介绍场面，当我从会议室里出来时，光线不足的走廊上，一个老人在别人的陪同下迎面走来。匆忙之中大家只是擦肩而过，没有谁说什么。只是老人的目光在与自己碰撞时，心里莫名地震颤了一下。直到中午吃饭时，在王先霈老师的介绍下，才知道自己在走廊上碰见的老人就是曾卓老师。隔着一张餐桌，对面坐着，时常能与曾卓老师的目光无遮无盖地遭遇上。也许是年龄的关系，那时我没有像现在这样习惯于沉默与沉静。很多次，自己都想与曾卓老师说点什么。但是，当时的许多话题都不属于我，让我无法找到开口的机会。当然，不是仅仅这样才使我格外注意曾卓老师的目光，这个情况在我与这目光第一次相遇时就已经发生。注意这样的目光是不需要理由的。只要一个人还有直觉，那就行了。曾卓老师目光中的与众不同，它有一种魅力，可以一下子到达一个如同我这样陌生人的心里。席间说起，曾卓老师不久前刚过的七十岁生日。那天本只打算由少数几个朋友到一起聚聚，没料到许多人闻讯赶来，一不小心就弄成一场盛大的庆祝晚会。这个话题让我有了一个主动同曾卓老师说话的机会，于是我举起酒杯对他说了一句最平庸的话。两年后，我成了这座城市的永久居民。由于成了一个单位的人，与曾卓老师见面的机会空前多起来。这样我又多了一个印象，那就是他时常来单位取信件时，一路骑着的那辆破自行车。有时候我想过，曾卓老师与他那辆伴随到古稀的自行车，应该是今日先锋诗歌作另类写作时绝好的体例。

对一个人的了解，很多时候真的只要与他的目光对视一下就足够了。

到了约好的这天，我们去时曾卓老师平平淡淡地亲自将门打开，然后又回到早到的一大帮老友中去。没有人告诉我们这些人是来做什么的，我们竟也疏于多问一句。等到曾卓老师在众人的要求下，背诵起年轻时写给饱经磨难而无以改变他与夫人和夫人与他的诗时，我们才知道自己要赴的是曾卓老师的七十八岁寿宴。七十八岁对于很多人来说已经是暮年了，可是在曾卓老师那里，一切仿佛仍在年轻。那目光与八年前我头一次见到时相比甚至更有一种动人的东西。

太太坐在我的身边，手捧着印在一份经典诗歌朗诵会节目单上的诗。当往事的波澜还在曾卓老师的双唇上喃喃起伏时，一首注定要成为经典的诗，从他的目光里喷薄而出。太太轻轻地颤动一下，然后紧紧地抓住了我的手。一九六一年的深秋，曾卓老师刚从冤狱里出来，打听到夫人住在哪里后，他在一座陌生的楼台下一个人苦苦地徘徊了三天。大悲大痛之后，面对再生的渴望与渴求，那双眼睛，是如何不能习惯一九六一年的光亮？那双眼睛下的肩膀，是如何难以背起一九六一年的行囊？还有扛在肩膀上的心灵，是怎样在一瞬间里结束了一个人的一生并开始同一个人的一生？不是亲眼所见，很难相信曾卓老师的眼睛里会有泪水。如果说先前我一直不大能形容曾卓老师的目光，因为有了这泪水，我才敢说，这是经典的男人的目光！不是这样，那含泪微笑的眼睛怎么会是一座炼狱！不是这样，一个人的泪光怎么会焚烧另一个人的灵魂！想一想这哪里是诗呀，这是一代人于生死两茫茫中跋涉的命定。

第一次用身心感受到曾卓老师的诗情是在我们的婚礼上。作为我们认为是经历了一万年才修成的这份姻缘的见证人，曾卓老师用生机勃勃的春天为诗，给了我们以许多的祝福。比照他们，没有灾难的考验，我们才觉得自己已真的是另一代人了。

二〇〇〇年三月十三日于汉口花桥

点点回想

　　知道《青年文学》出版两百期以后，我将柜子上的两本《青年文学》取来叠在一起，又找来一根尺子量了量它的厚度，刚好九毫米。然后又迟疑地算出两百期就该有九百毫米厚。照中国人的身高来比画，也就是两条腿那么高。想想也蛮好，两条腿长成了，就可以自己上满世界去奔跑。在成长的规律中，能跑能走才能有自由。

　　自由多好！时常翻看这熟悉的杂志，其中滋味似乎越来越浓。

　　从很早开始，我就喜欢《青年文学》，有了自己认为不错的小说，首先便往那儿寄。其中一篇被那时还在《青年文学》的一位女作家署名退回，并告知她认为不错，上面没通过。一九九一年，我去北京参加青创会。一下火车大家都去卖彩券的地方试运气，结果别人都得到袜子之类的奖品，唯有我不见丁点回报，我当即说了句后来广为流传的话：北京不欢迎我。毫不夸张地说，那时候整个北京，除了在"新闻联播"中天天出现一些人物以外，只认识一个李师东。开会期间，曾同他人一道被困在二十一世纪饭店的电梯里出不去。大家怎么弄也弄不开，我待在一角里心想着轮不到自己上场，眼看着别人都泄了气，我忍不住想试试，毕竟自己刚刚离开干过十年的工厂车间。哪知我一伸手，电梯就开了，大家往外涌时，一位挺美的女作家还朝我说了声谢谢。在北京时，专门到饭店来看我的，只有《青年文学》的李师东。

实际上，我和他认识也只有两个月时间，三月份，他从北京到黄冈同我讨论那部名为《威风凛凛》的中篇，因为这是他们有史以来在一期杂志上发表的最长的一部作品，所以编辑部特别重视。李师东当时穿着一身油兮兮的牛仔服，据他自己说，下车后找到第一个人问路，那人竟知道我。这一点让我很惊讶，虽然我一直相信自己与文学有缘。李师东全然不是京城名刊名编的样子，他后来要我好好练练普通话，其实他自己也说得不是十全十美。不过我很喜欢他一笑眼睛眯成一条缝的样子，这一点我们很相像。单就作品构架来说，《威风凛凛》的小说情节，我最满意。我们在北京开会时，这部作品正被他们送去印刷厂喂油墨。李师东来看我时，还说它出来后会有影响的。

对我来说，李师东以及后来正式代表编辑部的黄宾堂的出现，其重要性肯定大于先来接见我们的几位首长。

那时尚没有策划一说，但《青年文学》为我所做的就是策划。在《威风凛凛》之后，他们要我连续给他们来两部中篇，接下来就在北京召开作品讨论会。

我写了《村支书》。

我又写了《凤凰琴》。

迄今为止，我的小说名被编辑改过三次。第一次就是《村支书》，原先叫《水闸》。第二次是《中国作家》上的《合同警察》，原先叫《白菜萝卜》，我后来又用这个名字写了另外一篇小说。第三次改变现在很多人都知道了，就是《迷你王八》变成《分享艰难》。小说内容被修改的只有《村支书》，将其村支书同妇联主任关系暧昧的那条线隐去了。这在当时是必要的。几年后的今天，这条光明的尾巴成了我背后的靶心，那些瞄准者显然不知其中用心之良苦。不是过来人不知过来累。

一九九二年四月底，《青年文学》在北京召开创刊十周年纪念会。十年间他们已培养了三代青年作家，他们还让我做了刚刚形成的第三代作家的代表，并在会上发言。几句话下来，自己已被憋得满头大汗。没过多久，就到了夏天，三篇小说的讨论会真的在北京召开了。

几年以后，我同一帮人来北京开会，岁月无多，人却油滑了不少，吆喝着要《青年文学》请吃饭。就在东四十二条旁的小酒馆里，前主编陈浩增举着酒杯问谁给他敬酒，想着自己同他们的关系，我迎上去打了头阵，一口就下去二两，接下来又有几个二两。而后独自打的去机场，一觉睡到候机厅里只剩下我一个人。上了飞机在大家的敌视中，我继续醉酒，似乎只过了一会儿，飞机猛震一下，睁开眼睛人已回到武汉了。好时光不要多，只需一刻便值千金而终生受用。我有些不像青年了，不会再在尴尬前茫然，不过我仍然愿意为文学还是这么年轻，这么有活力而心醉！

一九九九年五月于汉口花桥

戴毡帽的书房

很久以来，我一直盼着能有一间专门用来读书与写作的屋子。被大家理解为书房的东西，看起来极为普通，实际上，除了是一种象征以外，它还会珍藏起许多秘密。我只是在一九九八年元月才第一次拥有这个名叫书房的东西。第一天晚上，我坐在椅子里什么也没干，只是不停地望着房间里的一切，不太相信自己真是它们的主人。

有了书房，过去放在床底下的一些与因为文学而获得的证物便能像别人一样，一件件地摆在书架上，虽然这很俗气，却也理所当然。朋友来了，都喜欢端详一阵那些金灿灿的模样。曾有一位电视台的女记者，拿着那只电影金鸡奖奖杯，像女明星一样照了几张相。《凤凰琴》这部作品问世时，适逢国家级文学评奖被尽数冰封，这些从电影界得来的证物，总让我首先想起国家意识形态正十分微妙的一九九〇年代初期，《青年文学》杂志竟能在十五个月内一口气推出我的三部中小说。当初责任编辑李师东告诉我这个计划时，我还不太相信。当然，主要是担心自己没有这个实力。

现在，我的书房里又添了一块鲁迅文学奖奖牌，这是奖给一九九六年发表在《青年文学》第三期的中篇小说《挑担茶叶上北京》的。不管别人怎么说，我喜欢《青年文学》在对我的"压榨"时，为我的写作提供新的喷发契机。

自从有了书房，而且还是一个单身男人的书房，来来往往的朋友就多了起来。

从一九九八年七月下旬开始，我总在对每一个进到我的书房里的人展示一顶满是油渍的毡帽。那年六月底，成都军区邀请一批作家去西藏采风。一行人在成都集合准备开往青藏高原时，从北京飞来的徐坤，一下飞机就郑重地交给我一只纸包，说是《青年文学》的人托她捎给我的。徐坤说，他们找她时那个急，恨不得将北京城戒严了，封路了。纸包打开，显出一顶毡帽。总是被我情不自禁地当作《青年文学》一员，实际上与《青年文学》无关的龙冬是这顶毡帽的主人，他后来告诉我，毡帽曾掉进藏民的油锅里，在仿佛是牦牛肉味道的毡帽上，黄宾堂写了"好汉天堂"四个字，李师东在用毡帽对我说，西藏是"神灵故乡"。在西藏待了多年，且娶了一位美丽藏族女子为妻的龙冬则写道："醒龙，找卓玛！"一帮朋友，还没上到青藏高原，便都开心地大笑起来。

李师东告诉我，一定要吸烟，烟有意想不到的通气作用。

龙冬告诉我，一定要喝酒，酒有意想不到的滋补作用。

黄宾堂也说了一个一定，是关于情感的。

毡帽下的我，在西藏游历了十多天。实践证明，先于我去过西藏的三位说的这些叛逆的方法，与真理的作用同样强大。在西藏我抽了这辈子最多的烟，喝了这辈子最多的酒，写了从未写过的长诗，也就是从未抒过那么多的情。同时，我也知道了自己的生命正处在空前强大时期。能在五千三百八十米的高度上放声歌唱，再深沉的灵魂也会有欢乐。

回来的时候，大家待在贡嘎机场候机。

我想起那一年在青年文学杂志社旁边的小酒馆里，老主编陈浩增举着酒杯问谁给他敬酒。我冲上去打响头一炮，一口就下去了二两。而后独自一人乘出租车一觉睡到机场，又一觉睡到候机厅里只剩下我一个。上了飞机，在大家的敌视中我又睡了一觉，猛听到飞机一震，睁开眼睛，已经到达武汉了。

在我的遐想中，头上的毡帽被人摘了去，徐坤在上面疾书："狗日的假中尉！"然后还一本正经地签上名，再写上时间地点："1995.7.9. 拉萨贡嘎机场。"接下来一群人七手八脚地涂鸦，将毡帽弄成了一个时期缩影。从德国返国，还没倒过时差就来西藏的陈丹燕写道："天天不停打电话！"她说的是真的，在亚东时，通讯光纤线路还在铺设，往外打电话只有三条卫星线路，常常得花上一个小时才能拨通一个电话。也是在亚东，女上尉川妮给驻守边关的兵哥哥们敬酒时，将自己喝醉到不得不上医院打点滴，她写在毡帽上的那一声感叹："唉哟，刘大师！"岂是一般的感怀！沿途总是不停地叮嘱别人的孙惠芬，都要下高原了还在唠叨："寂寞时不许歌唱！"其实这话是我的一部长篇小说名。身为中校的李鑫多有自嘲："中尉摸爬滚打，中校摸摸掐掐。"同为资深军人的陶纯写上我的小说名："挑担茶叶上北京！""秋风醉了，嗓子破了！"
王曼玲同样写了我的小说名，上高原之前体检时，军区医院
的大夫说她绝对不能去西藏，她坚持来了，且比所有人活跃。
三个女兵的兵头裘山山写道："分享艰难在西藏，永难忘！"
一路上总在代表上海人民致以慰问的《文学报》副主编，一
边写我"圆了中尉梦！"一边将自己弄成了"上海市长陈志
强"，正是他在最后时刻将我拖上高原。此次活动的最高责任
人，《西南军事文学》主编熊家海留了一句："一冠唯盖九头
鸟！"此番行程中级别最高的"兵"汪守德，更是豪爽，小
笔一挥居然写下："好好干，我将升你为中将！"

那次去西藏，同行的同行中，只有一个人没有在我的毡
帽上动手动脚。虽然有些奇怪，我也懒得去想。书房里的东
西是一种独特的见证，它记录着写作者在写作经历中浓烈的
情愫。我时时从书架上取下毡帽，端详一阵，又戴上一阵，
虽然不是醍醐灌顶，却一股浓烈的气血在涌动。

一九九九年二月于汉口花桥

纪念周介人先生

一九九八年八月三十日晚十点，《新民晚报》的项玮打来电话，告诉我周介人先生走了。她在电话里同我说了半天，我记不得她说了什么，更不记得自己回答了些什么。放下电话后我马上给蔡翔打了个电话，当那不敢相信的消息被证实以后，泪水顿时模糊了我的眼睛。这样残酷的结局落在周先生这么好的一个人身上，我不知道该去质问谁，追究谁：好人为什么总不能平安？

五月初到上海领《上海文学》奖时，一下飞机，我和邓一光就在潘向黎的陪同下，直奔医院去看周先生。那几年，《上海文学》对我的偏爱人所共知，因为爱屋及乌，邓一光新写了一部中篇小说《父亲是个兵》，请我写信推荐给《上海文学》。周先生不仅发了这部小说，还将我的推荐信也发出来。见到我们时，周先生特别高兴，那惬意的笑容让我到现在还记忆犹新。周先生那时并不知道自己病情的严重，上海这边因为想让他好好治疗，提前与他说，不让与会者前来看望。周先生当时回应说，有两个人你们是挡不住的，一个是刘醒龙，另一个是邓一光。我俩去后，周先生非常高兴，说自己果然料到了。殊不知这也是经过特许的。

那一时，周先生躺在床上对我说，自己九、十月会出院的，希望我一九九九年元月号仍然给《上海文学》写一个头条小说，他还要亲自为我的作品写卷首语。我当时说，自己已连续三年霸占了《上海文学》元月号的头条位置，从一九九九年开始应该让邓一光来写。周先生听了更高兴，说这样更好，他可以再为邓一光写三年。那时，我们都知道周先生的情况不好。那次颁奖会都开成了对周先生的表彰会，大家都在讲周先生的许多好处。

我总在想自己在文坛上算是一个幸运者，认识周先生则是这些幸运中的一次。我知道文坛上有些对他不利的传言，可那些事发生在我认识他之前很久，当我们以文学的名义认识之后，我实在是非常喜欢他。没有别的原因，就因为我觉得他是个好人。就像他自己为我的作品所做的概括那样，他是一个行大善的人。周先生不去追求那完美的小善，而将那充满缺憾的大善作为文学的本质。这一点，对我的启发尤其深刻。一九九六年元月号的《上海文学》在头条位置发表了我的中篇小说《分享艰难》。许多人都知道这篇名是周先生替我改的。因为这篇名周先生与我都挨了许多莫名的辱骂。对于这些周先生一直劝我保持沉默，不去理会。正是在这种沉默的不理睬中，我愈发理解了那种"包容恶、改造恶"的大善境界。

周先生算是对文坛看得比较透的人了。有一次周先生对我说，从《凤凰琴》到《分享艰难》，一系列作品出现后，文坛上能说话的人几乎都开口了，但也有个别人从未说过一个字，好像这些都不曾存在过。周先生笑称这人其实比谁都明白，他宁肯对那些成不了气候的身体写作极尽赞美词，是因为这些作品不可能对其地位构成冲击。周先生对我说的许多话中，最让我铭记在心的是，他当主编虽有自己的偏爱，但有些作品哪怕不喜欢也不得不同意发表，有些事关文学大局的提出，哪怕其针对作品很不如意，也要退而求其次，以求对文学思潮的把握。周先生曾经明确指出有在杂志露面的三位作家，当时正红火，但不会有前途。周先生的判断让我惊讶，不是他说的是否正确，而是他如此信任我，将文坛中最忌讳的东西全说给我听。

实际上，周先生与我相交相处的许多事例，也正是一段与大家分享艰难的过程。写下这样一段话，也算是对一些人的回答吧！这时候自己若不为周先生分辩几句，于良心总有些过不去，尽管这有可能违反他的本意。

我常常奇怪，当生命需要的自由在现实中一天比一天多时，为什么人生会越来越不自在。周先生这一走，让我突然明白，再好的东西也无法到极致。因为人好，大家才会觉得他走得早了。我们获得多一份的自由，同时也就获得多十份的责任。我们想象中的世界越来越美妙，我们眼中见到的现实丑恶也就越来越多。这大概就是周先生所言的大善中的境界，如此也就可以理解像周先生这样的好人为什么不能平安的原因了。

一九九八年九月一日于汉口花桥

春秋无痕

——丁永淮先生周年祭

认识丁永淮先生的确切日期现在已经记不得了。按照脑子里的模糊印象，应该是八十年代早期。那时我还在英山县阀门厂里做车工。那天在县文化馆工作的姜天民来通知，说丁先生来县里了，想见见我。丁先生那时在鄂东一带名望如日中天，我是下了班，脱了工作服去县政府招待所见他的。我甚至不记得是什么季节，似乎丁先生当时穿着一件外套，里面是白色衬衣。这一点也许根本靠不住。因为认识他久了，哪怕是在炎炎夏日，也常见他这么一身穿戴。丁先生身体体质不好，比平常人多穿着一些是常事。我同姜天民一起去时，姜天民在前面敲开他房间的门，从此丁先生那瘦小的身影就深深地刻进了我的心里。那次见面，我们之间说了些什么，现在已了无记忆。在大多数时间里，他在同姜天民说着话，我在一旁静静地打量着。这模样注定成了日后同他交往中，我的注定的模式。

　　那一次，丁先生给我的印象有些普通：近视眼镜镜片后面的一双眼睛，看人时不时流露出几分羞涩，至于笑更是明显的腼腆。可正是这一点，赢得了我对他的足够尊重。见到丁先生之前，我已见到一些省内文学界的名流，真正打动我心灵的唯有丁先生的平易近人。正是这一点，使我后来有困难时，给他写过两封信，虽然他没有亲笔回信，却从没有怪罪过他。

　　丁先生去世时，我给他献了一只花篮，那是追悼会上唯一鲜艳的有生命的东西。花篮上那句送别他的话是：恩师永在。在我的人生道路上，给我帮助的好人不少，但能成为恩师的人只有丁先生等。

　　听君一席话，胜读十年书。我同丁先生之间恐怕有十几次一席话。在丁先生的直接安排下，后来我调到黄冈工作。住的地方离他家只有几分钟路程，经常是晚饭后一溜散步就到了他的家门口。特别是在我离开黄冈之前的那段最困难的日子，丁先生的家几乎成了我精神上的归宿。黄冈的一些熟人朋友中，唯有丁先生的家门，在被我敲响之前，思维没有半点犹豫。每次敲得门开，丁先生总是平平淡淡地冲着我一笑，然后将我让进书房。丁先生本不大抽烟，而我先前是半支烟也不抽的。有一次，一进他的书房，我忍不住从茶几上拿了一支烟抽起来。从那以后，只要我到，丁先生马上给我递上烟，然后再转身亲手给我沏一杯茶。我们在一起说得最多的是文学，关于我的写作，他只有几次当面说某篇还不错。但在一些没有我的场合，却为我说了许多溢美之词。称丁先生为恩师，更多的不是他关照了我，后来又极力劝说黄冈方面放我来武汉，而是他那内心深处做人的准则。以我和丁先生的私交之深，他对我说了许多不可能对别人说的话。终其一点让我佩服的是，从未听见丁先生在背后说过某人的闲话，更没有说过谁的坏话。丁先生是烛光一类的人，他不求轰轰烈烈，也不喜欢轰轰烈烈，就像一名太极高手，许多激烈的事情一经他的手就变得温和许多。写作的人，做人是第一要紧的。在这些人中间，往往多的是飞短流长，一宗明明是莫须有的事，常常被谣传得比真的还真。大凡热衷此道的人，都会可惜地浪费了自己的才华，在朋友同道人当中翻云覆雨时，不知不觉地就丢失了文学艺术的本真。丁先生在这一点上，足以成为我等后学的楷模。

其实丁先生是个感情极丰富的人，他写过一首律诗，其中有这样一句："夜深夜浅窗移月，人来人去手半温。"好几个晚上，我同他一直在谈这句诗。那是我极少见到的关于他的几个灿烂的时刻。在他的笑意中有种动人的深情，他对我解释说，这是写送朋友的情境。我自然不能否认他的原意，同时这件事更加深了我对丁先生的心中不肯示人的情怀的认识。

最后一次见到丁先生是一九九七年春节过后，我回黄州为儿子办转学手续，匆忙中给他拜了个年便告辞。到了深秋季节，我到黄冈处理一件私事，忙得焦头烂额时，朋友黄正林说有事告诉我，又不肯说清。直到我将事情办妥，他才告诉我丁先生遇车祸的噩耗。我匆忙赶到殡仪馆，那秋雨之冷，道路之泥泞，更加重了我心疼的感觉。静静躺着的丁先生还是同先前一样，一件蓝色的上衣，让我觉得这只是春寒料峭，绚丽的日子就在后头。由此我猜想自己初次见到丁先生的时候，应该是个实实在在的春天。

春秋无痕，留下的是每个人的足迹。丁先生是用那握过许多人的温暖柔弱文人之手，给许多文学中的人以抚慰而在人们的心中留下印痕的。大凡世上给人以恩情，一如夏日炎炎之际雷暴播下的及时雨，一如冰雪初融时杨柳挥动的春风。及时雨是救命的，而春风是给人以唤醒，这后一点更不容易，毕竟春风只有一度。丁先生将春意给了别人，自己在秋天里突然离去，他那瘦小的身子所包含的精神将会在每一年的春天同春光一道焕发。

一九九八年十月二十五日于汉口花桥

天民兄走了

　　五月十九日下午收到一份讣告：姜天民连一句话也没来得及留下，就被死神匆匆而汹汹地拖走了。

　　讣告还没读完，自己的眼圈便红了，泪水也一串串地落下来。拿起笔给天民夫人刘华写唁电，发完唁电后仍不相信这一切是真的。旁人都不理解天民和我的那种情分，每每疑问为何对天民这般尊敬，只有极少几个人知道，从天民受难只身自苏北回故乡，到步入文坛人文共荣，我是唯一贯穿这段坎坷历史的朋友。从我在那家百人小厂里开始小说写作，到逐步上升初尝缪斯青睐滋味，天民是我此般求索中无二的兄长。

　　第二天，我与天民的另一位好友兼研究者陈明刚一道，登上开往武汉的汽车去送别天民。

　　就在不久前的三月一日，也是我和陈明刚，加上比我们长一辈的李汝舟，结伴到武汉看望生病住院的天民，见面之际，半点也看不出他的生命之舟已经驶近苦海。和十多年前初交时一样，他一会儿侃侃而谈，一会儿朗朗而诵，一会儿语丝绵绵，一会儿谈锋铮铮，说文学道文坛，说人世道人生，我静静地听着。从前也是这样，或在英山县文化馆展厅中他用大幅宣传画圈出一角形成的斗室里，或是在英山县阀门厂我那二十几人挤成一堆的集体宿舍里，天民常常一口气说上半小时、一小时，别人都无法插嘴说一句或半句话，甚至聊到半夜时分，上中班的工友已经下班了，还轮不到我开口。日后，常与人说，每次听天民神聊，或小悟或中悟，总能受用一段时间。

春寒料峭的那一次，从天民家出来，天民执意要送我们，出门上了二十四路公共汽车，直到江汉关码头，江风凛凛，大水森森，眼看着我们走向过江轮渡，一向只用挥一挥手来应对各种分别的天民，突然鬼使神差地冒出一句：醒龙，再见了！当时，只觉得心里一惊，却不知那就叫一语成谶！

灵床上冷对凡尘的真是天民吗？浑身的茫茫，满面的渺渺，这种与昔日迥异的神情真是天民最后的遗容吗？曾经忧心天民可能早逢生命大限，一遇从武汉来的熟人就打听他的近况。五月四日，《芳草》杂志组织的"湖北省中青年作家笔会"在宜昌举行，下车后尚未报到，便抢先问起天民的情况，听到编辑部的人说他已出院，并且准备到京山体验生活时，心里还为他的康复而高兴。万万没料到，此刻天民的生命只剩下十个昼夜了。屈指之数，对许多人来说是何其短呀！十天只够婴儿睁开眼睛，十天只够种子长出芽尖。在这十天里，天民怀揣由七部长篇小说、数十部中短篇小说组成的《白门楼印象》，将壮年二十、暮年二十、人生华年、风雨春秋，呕心沥血地急促走完了。不管哀乐沉沉，不管哭泣阵阵，不管悼词挽联如何歌功颂德，不管花圈幡幛怎样痛心疾首，天民平静地躺在那儿不为所动。过去的抨击太多，过去的思虑太多，现在他果真实践了自我所题的铭句：静观不鸣。就连同去送别的六岁的儿子也不相信，问我：这是姜伯伯？我说：是的，咱们给姜伯伯鞠躬吧！鞠完躬，儿子又问：姜伯伯得的什么病？我说，姜伯伯没得病，他是累成这个样子的。天民之早去，确实是累的，生活之魔、艺术之妖的频频折磨，使他只为历史留下三十八个岁月。

我真想对着灵堂大喊一声：天民兄回来吧！但无论如何也出不了声，人在战栗，心在哭泣，相偎着儿子，轻轻地对着白云道一声：天民兄，恕不远送了！

一九九〇年五月二十二日于黄州赤壁

布拉迪斯拉发歌剧

从北京飞到布拉迪斯拉发，不算换乘飞机的时间，一共用了十三个小时，由于有七个小时时差，尽管我们是十一月二十九日下午三点十五分起飞，到达斯洛伐克首都时，仍是当日晚上十点十五分。从机场到我们下榻的布拉迪斯拉发作家之家，沿途竟没见到几个人。欧洲这儿下午四点多钟天就黑了，我当时还以为是夜深的缘故。睡了一觉起来，约上一个同伴，出门往街上瞎逛，终于见到三个人在一处窗口宽大的售货亭前排成一支小小的队伍。随后，碰见金发碧眼的当地人的机会一点点地多起来。在惊讶这儿少了些什么的念头起了片刻之后，我忽然明白，自己是意识到眼前为何没有响声连天的自行车铃铛与汽车的轰鸣，以及推搡挤撞的喧哗和男女老少的吵吵嚷嚷。

隔了一天，我们到位于城郊的基耶温古堡参观。古堡位于多瑙河边，不宽的流水那边，奥地利渔夫抛落鱼钩入水的声音仿佛随风入耳。作为古罗马帝国的北边界，基耶温古堡耸立在不太高的山丘上，清冷孤单地望着唯一的我们。我们却望不见它有诉说烦闷的欲念，近千年的寂寞过后，它竟一点也不忧郁，除了当年拿破仑对它的破坏，甚至连遗憾也没有显现于形色。一辆警方的边境巡逻车从古堡和我们中间走过，一群放学的孩子从远处飘然掠过我的身际，而我听到的竟是一辆满载着历史的拿破仑战车与古罗马军队铁甲金戈鼓角的悠长的行进声。

毕竟这是一国之都。

沿着多瑙河的流淌，古罗马与拿破仑以及奥地利渔夫突然将我们领入一座小镇。以我行将四十的生命起誓，我是生平第一次见到如此安宁的小镇。那一刻我的确是用安宁来称呼它。这种称呼我早就蕴藏在心中，总想在某一刻某一地将其托付出去。许久以来，我就开始寻找，寻找的目的是为了托付自己的灵魂与命运，尘嚣让它变得蓬头垢面虚火扰神。寂静与我相逢过，可它们总让人觉得包裹着一些靠不住的东西，甚至还透出一种阴森之气。然而，多瑙河边古堡旁的这座小镇，置身其中，仿佛它是我生命中的一部分，一种祥和仁慈宽爱的感觉顿时弥漫在全部的心血与精神之中。没有习惯了的恶狗来惊扰，也不见丑陋的物什来龌龊，需要提防的倒是我们对小镇的不雅。

回到布拉迪斯拉发，我将安静的称呼也给了它。虽然迟了，但只能怪我是刚刚意识到的，并不是犹豫嫉妒与吝啬这种东方怪物的使然。而当我要说斯洛伐克是一个安宁之国，也绝不是因为讨好与煽情。当一辆辆疾驰的汽车无声无息地停在你的身前，友好地请你先过马路时，你能说什么呢！让偌大的超市和餐厅里所有人都约束自己，只许一缕音乐自由盘旋时，你能说什么呢！无论在何处，所有的人其实都在不停地说话嬉笑，可是给人的感觉是人人都如临街的墙上雕塑或镂刻的英雄与诗人，圣母与耶稣，略有不同的是他们的表情与嘴唇形状是在不断变化，雕塑与镂刻是万古不变的。

这种感觉在三十一日晚上有了一回改变。那是在斯洛伐克国家歌剧院，台上演着的是古罗马时候的事，本是凝固了的历史，却被音乐与聚光灯幻化得栩栩如生。而台下与包厢里满堂堂的二十世纪人，文明得如同被翻阅的无言的历史。我一直想听出这种历史是否真的无声，结果唯一能听见的只有掌声。

掌声一起，台上的意大利咏叹立即定格成一座历史的雕像。

掌声一落，台上的意大利咏叹立即动人地将整个剧场演化为精美绝伦的群塑。

歌剧用意大利语演唱，字幕打的是斯洛伐克语，台下坐着不少驱车从匈牙利、奥地利赶来的人。一日一幕，一夜一戏，长年满座，天天如此。这无形的导演是什么！这需要何其大的手笔！几个陌生的中国作家，身居几近文盲的环境，居然看懂了剧情，完全得益于渗入灵魂的这些异国精神的催化。

都说多瑙河是音乐之河，我在河边的徜徉的确有一种不同寻常的感觉。听完歌剧后，我才意识到自己是踩到了五线谱。脚下绊动的都是一些美妙的音符，往高度飘飞成古堡，向低处垂落为宫殿，那袅袅的余音便弥漫成安宁的城镇，安宁的乡村。倚着多瑙河，偎着多瑙河，吻不着，亲不够，而它都融入我的梦中。六天时间不算多，能与一生的渴望相逢，这已经足够了，我不奢望有太多的赐予。太贪了，安宁就会从心灵中逃逸而去。

用句中国当红的言语来讲：布拉迪斯拉发的安宁像是假的。当然，眼前的一切的安宁都是真的。然而，我还是要臆想和联想，多瑙河旁的这个国度，是不是整个儿都是一座歌剧院，硝烟只在远处，纷争只是戏妆。无论如何，在一个安宁的去处，用一种安宁的心态，面对一些安宁的东西，对于任何人都是幸运。多瑙河流成的五线谱上，安宁永远是首席导演，如此布拉迪斯拉发才会是一座人间歌剧院，历史的雕塑与凝固才会在掌声中完成演进。

一九九五年十二月于汉口花桥

特尔纳瓦教堂随想

"圣母玛利亚，我只好感谢你！"这是在访问斯洛伐克期间，久久震荡在心头的一句话。在某种意义上讲，我似乎从这句话里窥见了不同于我们流淌在血液中，弥漫在灵魂里的那种文化的又一种文化。

多瑙河是一条温柔之河、爱情之河，二十世纪它除了偶尔一次使性子泛滥之外，几十年中带给两岸人的尽是美丽的遐想。乘车行驶在准高速公路上，一眼望去层层叠叠的色彩，迷得人心神都起了幻雾。黝黑的耕地旁，参天的大树在秋季里染上各种各样的色彩，一直爬着铺着，将原野与山冈涂抹成一幅油画。同多瑙河一样温情脉脉的是那种既像白桦又像白杨的树木，躯干如雪，飘叶似金，有风无风那垂柳般的枝条，都在洋溢着万种风情。看惯了脏兮兮的枯枝杂草，可这儿满地的落叶铺成毯，却一点不想嫌弃，每每还有一种不忍践踏的痛惜的浪漫。

斯洛伐克的深秋，天也老下着雨，一天儿遭。雨不大，不打伞也不会让人变成落汤鸡，一点点湿很快就被雨后的太阳晒干了。东方连绵的阴霾在这儿是没有的。雨一停，太阳就出来了。阳光一灿烂，便又有了那种秋高气爽之感，地上的水渍仿佛只是一场农业的浇灌，或者是古教堂前块石街面上刚刚驶过一辆洒水车。这样的雨总是及时的，这样的阳光也是及时的，生长在这样国度里的人和庄稼，该是怎样的福分。大自然赐给我们以黄河、长江，可我们哪一年不为这母亲河提心吊胆呢！那么多瑙河真是上帝给予他们的恩赐吗？

公平的是，斯洛伐克也有一个清明节，当然是与所有天主教国家共有的。十一月一日，我们驱车前往特尔纳瓦和达尼特拉两个城市时，阳光和雨水交替着陪伴。沿途的墓地里摆满了鲜花，当我们进入城市时，发现处处门户都是关闭着的，街上几乎没有行人。大家都放了假，成群结队地去墓地祭扫。鲜花的色彩使墓地一下子生机勃勃起来，连教堂的钟声也不那么肃穆了。

在过去，钟声只是一种信号。当我站在特尔纳瓦市空旷的大街上时，耳边回荡的钟声里分明有一种召唤。在我暂时分离的祖国，所有的庙宇都是山门大开，进去都要买票。而眼下所有的教堂眼见着大门紧闭，我们却可以自由出入。特尔纳瓦大教堂里，稀疏地坐着些正在祷告的人，包括闪光灯在内的所有动静对他们来说仿佛不曾发生，那种深深的沉浸无疑是将自己的灵魂作了一种托付，留给生命的只是时间和体力。没有任何人提醒，我们都放轻了脚步，唯恐惊飞了虔诚之林中沉思的小鸟。甚至担心身后的剪剪风会扰动正在善美祥云中洗礼的灵魂。教堂很古老。当然，真正古老的是在达尼特拉市，那是九世纪时两个希腊传教士落脚的地方。红得发黑的各样木质，给人以强烈的摄夺感。说实话，无论是正面的，还是两侧的，包括滴血的受难耶稣像，都没能多给一点什么感官之外的东西，它们太戏剧化了。倒是那一排排暂时无人的长椅上，黑黝黝的油光，沉甸甸的置放，静空空的气氛，渗透出多少哲思玄理。多少生命滚滚其间，多少人生默默其间，多少情爱与仇恨的植入，多少欢乐与愁苦的涂抹，它们才有如此一副旷世老人的模样，久久不与人语，却将一切都告诉了我们！朴实的长椅才是与用心倾诉的祈祷者真正地融为一体，他们的相依才构成一种生命的奇观。

一位神职人员走过，拉着我的双手说了一阵什么，我以为他要传播上帝的声音，但陪同的斯洛伐克青年中文名字叫马文博的先生翻译说，他只是要我们随便看，什么地方都行。后来，我便在圣母玛利亚像旁看到那墙上镶嵌着一块块铜的或大理石的碑刻。马文博说，这是有人祈祷如愿之后，用来答谢的。其中一块上面的文字翻译过来就是：圣母玛利亚，我只好感谢你！那一刻里，我久久地说不出话来！在我看惯了的庙宇中，挂满了"佛光普照""我佛慈悲"之类的匾布，那意思中有种感恩涕零，诚惶诚恐的味道。看惯了这些人的确是无事不登三宝殿，临时抱佛脚时才进香，有点效果后就以阿谀作为回报。我不知道，端坐于教堂长椅上的人是谢罪还是修心，然而，长年不懈的祈祷，有事无事都沉浸，换来的便是与上帝的平等。一句只好感谢，道明了信徒与神明之间互相仰赖的关系。

其实，人间何处不是互相回应。去看离布拉迪斯拉发三十五公里的过去的巴洛菲庄园，现在的作家之家。其气派豪华足见百年前巴洛菲家族在奥匈帝国中的地位，当年赫鲁晓夫曾下榻在此，斯洛伐克政体发生变化后，巴洛菲家族的后人曾从国外回来察看，但他们没有提出收回的要求，除了无法付出维护费用之外，国家将其作为作家之家，维护本国文化大约也是一个重要因素。如果占住它的是某个新贵，恐怕事情会是另一个样子吧。

许多事并不需要说明白。大自然美丽的赐予，肯定与斯洛伐克民族文明的修养有关，没有立交桥的十字街头，行人车辆如此井井有条，多瑙河上浮动的是白天鹅而不是白色塑料盒。一切都表明他们的举止配得上优美的环境。只有一个做出了很多的人，才有资格、有胆量并且有文化的对他人说一声：只好感谢。哪怕面对圣母玛利亚也底气十足。

一九九五年十二月于汉口花桥

赫瓦尔酒吧的和声

　　亚得里亚海水怎么会是黑色的，倚着庞大的海轮船舷，我禁不住问。海轮行驶在去赫瓦尔岛的途中，钢铁犁起的浪花像一层雪一样洒在黑如墨汁的海面。代表团中有人说是污染，我不大相信，被污染的海浪不会这么白，海风也不会这么清新。关于污染的传说，很快就被码头港湾里清澈见底的水色轰然粉碎。而这时海水的颜色已不是我们的主要议题了。

　　大约是上岸后的偶尔一回头间，先是有人惊呼了一声，随后四个人都驻足不前了。眼前的小岛、小城、小湾，以及大海、落日、教堂，以一种前所未见的姿态，霍然闯进我的心灵。与海的相逢在我并无多次，但同行的几位却是海的常客，他们的反应之强烈，使我相信自己的惊诧是对的。日后，当我得知亚得里亚海最美的一段在克罗地亚境内时，我更相信赫瓦尔岛是最美中的最美了。

　　夕阳西下，海平线上镶着一条绚丽彩带。很奇怪，竟没有一点云，所有的绚丽都是海水的一种辉映或者是升腾。也没有波浪，近处海水可以清晰地数清几丈深的去处里，灰白的石灰岩上的圆圆窟窿和团团石嘴。宁静的黄昏中，棕榈树伫立成一排盼归的人，教堂的尖塔则是一种凝固的向往，宗教的钟声则更像是一种抚摸，一种呼唤。后来，我听到一个故事，说是沿亚得里亚海，所有的酒吧里都有一个不成文的规定，只要是哪个酒吧里点上了一支蜡烛，那就表示有一个水手在海上永远不会归来了。这个故事是在行将夜半时听到的。这之前我们踏黑遍访了岛上的西班牙古堡和拿破仑古堡，穿一条漂亮牛仔裤的赫瓦尔市市长米兰·拉科什拎着两枚真实的大钥匙，拧开了那古老的铁门。在石灰石街道的两端，爽朗的主教和腼腆的嬷嬷，使神秘的天主一下子变得亲切起来，特别是当嬷嬷拉着市长诉说着什么清苦时，竟让我会心地笑出许多联想来。

棕榈树的期盼是有道理的。这也是我后来的感慨。赫瓦尔岛，赫瓦尔市，赫瓦尔酒吧，这简直像是一种凝练的过程。酒吧门帘半垂，那意思是不再接待别的客人了。在我们全心品尝岛上特有的烤鱼时，一直在旁边桌上豪饮的一群岛上的居民，在市长亲自带领下，突然唱起歌来。只是寥寥几句，我就断定，今天夜晚又将是一个此生难忘了。

他们唱的是当地的民歌，那水手比国内的专业歌手还棒。当然，谁教和声是由他们流传给中国的呢！那群男人是一架活的管风琴，一张口就是多声部，就连斯布利特市作协主席的诗他们也能当场美妙地唱下来，直唱得他大声叫道：没有姑娘追那还叫什么男人！诗没懂我们，我们也没懂诗，这句话我们相互都懂了，笑声也是不需要翻译的，它对任何人都是母语而无译文。大家都笑，笑得酒都荡漾起来。我们知道这不是烤鱼在酒里游动，尽管酒吧老板说这种鱼先在水里游一阵，又在橄榄油里游一阵，再在酒里游一阵。我们用中国话说，好酒再来一碗。随手举起的却是洋酒杯。老板问要什么酒，我们问有什么酒，老板说他这里什么酒都有。我大声问：有茅台吗？此时，心中涌起的是一种别样的情怀。

民间的歌声在唱着一群年轻的寡妇，要她们别老穿丧服，老在忧伤，她们还年轻，还应该有爱；民间的歌声在唱一位老妇人失去了自己的房子，陪伴她的只有回忆；民间的歌声还在唱：我爱我的同伴，我爱我的爱情，我爱我的生活，我爱我的女人——爱情万岁，伙伴万岁！多声部的夜晚如果没有东方中国就不完整了，中校出身的钮保国一个昂扬便吼出了一首《九月九的酒》，西北风仿佛此时吹荡起亚得里亚海的浪涛，当然，这是那些长满黑毛的手拍出的掌声。而后，我唱了一曲忧伤《妈妈留给我一支歌》，走到哪儿我都会带上它的。在洋腔洋调的叫好声中，我忽然明白，外国的月亮也要圆些，这话本应放之四海。以我们这等水平的歌喉，能博得异国人的喝彩，想必也是外圆内瘪，家花不比野花香的道理。

直到夜半，不能不告别时，我们站在酒吧门后，相拥而歌，那旋律既像是道别，又像迎接，当我们走在海湾边时，晚风乍起，那歌声又变成了欧罗巴的渔舟唱晚，或者是棕榈树与星空的倾诉和低吟。

　　教堂的钟声响了，整个海岛为之一抖。棕榈树似乎没有觉察，依然相向大海而伫望。这么好的歌声，这么好的人，的确值得它们日夜担忧，因为大海有时会变脸无情，一如远处那尚未熄灭的战火。好的歌声是一种兆示，譬如让人明白世界也是一种多声部合唱。少谁也不行。有人说，和声是宗教唱诗班造就的。我宁肯相信这是欧洲海洋文化的结果，汪洋中的一条船大家必须齐心协力。亚洲大陆文化中刀耕火种，一男一女便可温可饱可娱可乐，所以更多也只是来个对唱。

　　如此，我便艺术地构思了亚得里亚海水之所以是黑色的缘故，欧洲人因为眼睛是蓝色的，所以海水便成黑色；亚洲人因为眼睛是黑色的，所以海水便是蓝色。这该是大自然的一种和声。

　　　　　　　　　　　一九九五年十二月于汉口花桥

晓得中原雅音

——《圣天门口》（完全本）后记

任何人毕其一生，总会有几件极为在意的事情。作家也是如此，尽管一生中写作无数，真正让其内心无法割舍，甚至于时常牵挂的作品，或许只有那么几部，至于其他，写了也就写了，是非好歹任由他人说去。而这几部则不同，在我这里《圣天门口》就是这样的作品。尽管出版多年了，也还会有许多无法释怀的挂念。

《圣天门口》的写作始于一九九九年十月，成稿于二○○五年元月，其间三易其稿，写了又废弃的文字不少于二十万字。刚开始写时，女儿还没有出世，到写作后期，女儿已经能够依在我的怀里，大声念着电脑屏幕上我正用键盘敲出的每一个字。曾经，我很想在扉页写上一句话：献给我的女儿及天下所有渴望长大的孩子！最终我只是将这份心情努力融入这部小说和所有其他小说的写作中。

因为在意，所以在乎。事实上，这是我放下钢笔，拿起电脑后的第一部长篇小说。虽然完稿晚于另两部长篇，但开始写作却是最早的。对一个用笔数十年的资深写作者，将笔换成电脑宛如我们这个时代正在发生的社会变革，或者说是政治体制改革，她触及的往往是一些根本性的东西。社会中的政治体制改革任何一个动作都会波及个人在社会生活中的价值。换笔在写作中所触及的根本，是写作者在书写汉字时的感觉，从先前的墨水的自然流淌，到后来的键盘叭叭断响，这就像羽毛球运动员，一般人所不能感觉的气流，哪怕是体育馆内多开了一扇门，都会对其产生重大影响。我用了五到六年时间来适应，准确地说，是用《圣天门口》的全部写作来适应。事隔八年，有机会对当初出版的《圣天门口》进行修订时，对照最初的电子版，还能发现当初那些对电脑的不适应所出现的近乎可笑的错误。

改变还来自我对长篇小说文体的挑战。从九十年代末到二十一世纪最初的几年，文学面对市场时普遍采取妥协姿态。"小长篇"的泛滥是其直接产物。二〇〇四年初，时任人民文学出版社副总编的潘凯雄来汉公干。深夜突然来电约见。那天深夜，在亚洲大酒店顶楼的旋转餐厅，听说我在写一部百万字的长篇小说，他沉默着什么也没有说。半年之后的又一个深夜，已升任社长的潘凯雄突然来电话，开口就说，你那个百万字的大家伙我要了！那时他并不清楚我写的是什么，除了彼此的信任，实在想不出还有别的什么理由。要感谢的还有初版的责任编辑杨柳，对于此书的出版，我曾提出唯一的要求，责任编辑必须杨柳。那时我并不认识她，只是风闻王蒙先生的书若在人民文学出版社出版，则指定由她责编。

《圣天门口》在人民文学出版社是令人满意的。仅说谢谢是无法全部表达一位作家的心情的。但也有遗憾。《圣天门口》初版后，有些气氛不正常。从交出电子书稿后，我就担心书中有些章节难逃斧削。待到墨香扑鼻的样书邮到后，匆匆打开来看，果然，自己最担心的几个章节，几乎尽数删去。后来，与潘凯雄见面，谈及删节文字应该先与我说一声，凯雄无奈地说，与你说，你肯定不同意，但又必须删，所以就不与你说。听着这样的大实话，我只能苦笑。

于我最关心的还是作品中"敌人"一词。如果说《圣天门口》有出众之处，其百万字所描写的近代中国生灵涂炭，纷争不断，却没有一次使用"敌人"一词。当我意识到作为后人，我们不可能再将先辈同胞间的乱战与争斗用"敌人"相称。在初版的《圣天门口》中，有些文字在编辑过程中被重新用"敌人"来表述与形容。这样的失误，当然是我的不主动沟通造成的，而应当在编辑之初，就将自己的思索告知责编。

二〇一二年夏，在亳州与魏心宏聊天，双方不经意地在寄语出版长篇文集的共识。那一刻，就想到给《圣天门口》出全本。心宏兄告诉我，书稿会交给谢锦责编，便更相信自己最近写过的一句话：世间一切偶遇，全是久别重圆。《圣天门口》当初被废弃了近二十万字，与谢锦其时所约的另一部长篇小说《弥天》的写作有关。因为答应赶写《弥天》，待回过头来续写《圣天门口》时，发现先前的感觉完全找不到了，而不得不重新开始。

最后，我要感谢我的太太，她用了整整半年时间，对照原稿和人民文学出版社出的初版《圣天门口》进行订正，太太是职业编辑，很多时候她对编辑职责的执着几乎不顾我对笔下文字的独特感情。实际上，很多时候，她是对的。换了别人，也许就迁就了那些不算错误，但也与正确有距离的文字。什么叫一字情深？这也是一种表现吧！

二〇一三年五月于斯泰园

青铜大道与大盗

日常生活中，那些耳熟能详话听多了，就像一片秋叶从眼前飘过，记得飘落的样子，却记不得叶黄叶枯，更不去想树叶飘飞除了表示秋天来了，万物开始为冬眠做准备了，还有没有其他意义。比如在平凡的岗位上做出不平凡业绩这句话，听了几十年，这两年才觉得这话充其量是貌似真理。想一想，世界上哪一件事情，人生中哪一个段落，不都是由平平常常的事物串联起来的！能飞翔到月球，能下潜到深海的机器们，哪一件不是由普通的平板，普通的线路，普通的螺丝等物件结构而成？能发现宇宙间最微妙粒子的工作，哪一项不是无数次重复那些千篇一律的规定动作后完成的？包括这些年近乎偏执地喜欢上著名青铜重器曾侯乙尊盘，那上面的神奇得直到现今仍无法复制的许许多多的透空蟠虺纹饰，其实是由几种普普通通的线条所组成。

藏着曾侯乙尊盘的博物馆就在家的附近。那些赫赫有名的青铜重器，刚从曾侯乙大墓中挖掘出来就听说过，公开展出之后，隔一阵就有机会进到展室中看上一通。看过也就看过，就像天天要看的长江水色，天天要听的江汉关钟声那样熟视无睹。二〇〇三年夏天，一位年轻的美国女子为翻译我的小说，专程来到武汉，我很自然地带她去看博物馆里的稀世珍宝曾侯乙编钟。这也是人的普遍见识中的一种习惯，听信了连篇累牍的媒体之言，就将编钟当成无上国宝。

当初我去省博物馆，也是摩肩接踵地往曾侯乙编钟跟前挤。从这一次开始，我开始变得例外了。一进曾侯乙馆，还没来得及去到编钟面前，博物馆的一位工作人员就认出我来，还将自己与某女作家在武汉大学夜大班同学的经历说了一通，以说明自己能在人群中认出我来是有缘有故的。在工作人员的带领之下，我们避开最热闹的人流，走到一处无人问津的展柜前。对方说这才是青铜重器中最珍贵的，是国宝中的国宝，其历史文化价值当在路人皆知的曾侯乙编钟之上。

那一刻，我记住了这名叫曾侯乙尊盘的青铜重器。

不仅记住了，心里还突然冒出一种熟悉的念头。

往后的日子，只要去博物馆，自己就会流连在曾侯乙尊盘四周。三番五次，七弯八绕，那模糊的念头终于被我逮住，随后的结果却是自己被这种名叫灵感的东西所俘获。这有点像爱情，千辛万苦地追求某个心仪的女子，等到抱得美人归时，自己却成了人家终生的俘虏。

在明白自己渴望有一场事关曾侯乙尊盘的写作之后，我开始对曾侯乙尊盘的最新研究成果进行跟踪，同时四处搜寻与青铜重器及其铸造工艺有关的文献资料。与同在曾侯乙大墓中出土的编钟不同，曾侯乙尊盘的独特性，不仅仅在于它的华丽高贵的气质，更在于其令人眼花缭乱，连表面都难以看清，更别说透空蟠虺纹饰内部复杂得难以复制的神奇铸造艺。在其背后，同样不会缺席的是那些假借历史文化名义的各种丑陋的功利表演。好在青铜重器品质优雅，如此丑恶越多，越是映衬出作为国之重器的当之无愧。

　　国宝显现，注定会有某种事情伴生。有一阵，一直为相关青铜重器仿制的一个至关重要的细节无法圆满发愁，须知细节的叙述是小说的核心机密。那天半夜，正要关了电脑休息，身在兰州黄河铁桥上的叶舟突然发来一首刚刚采风得到的"花儿"，还未读完，人便因天赐密钥而亢奋起来，同时更加相信写作者需要不断挑战相对陌生的东西，如此写作更能激发写作者的才情。小说的有效性还在于与时代生活处在同一现场。我特别喜欢那段关于翠柳街与黄鹂路、白鹭街和本该对应却没有出现"青天路"的闲笔，精彩的闲笔是小说的半条命脉。还有春花开尽时突然冒出来的带状疱疹，让我在此后的近三个月时间里，不得不像笔下的青铜重器那样赤裸躯体地躲在城市中心的一间书房里，如同逼良为娼那样令人体会写作中最撼动人的抒情，正是那些尽是痛感的文字。到了盛夏时节，自己被选去当某电影奖评委，在参评的七十七部影片中，凑巧有一部演绎青铜的作品。阅过其中荒诞无稽的谬说，我不能不站起来郑重地提请临时的同行们注意。岂料在后来的投票中，如此将当下功利置于历史真相之上的烂片竟然获得过半数赞成票。大概是身陷青铜重器的历史品格中不能自拔，在投票现场自己拍案而起，说了一大通气愤的话。那样的气愤其实是小说气场的舒展。是对社会真实中那些披着"大师"的文化外衣，实则干着"窃市""窃省"乃至"窃国"勾当的奸佞之徒的血性爆发。

文化的本质是风范，文学的道理是风骨。

一个人可以成为风范，但成不了文化，成为文化需要一大批可以代表这个民族的人同样拥有某种风范。一部小说不可以覆盖全部文学，却可以成为文学的风骨。那些普通得不能再普通的蟠虺纹饰，用同样无法再普通的方式铸造成透空样式，就成了千年之后的叹为观止！将数不清的平凡之物，用数不清的平凡姿态，一点点地堆积起来，比如生命中的一分一秒，比如大海中的每一滴水，最终的体现便是奇迹了。不要说人生太普通，也不要企望等到伟大人生突然降临，那些仍然活着的任何一种人事，都应当被看作具备天大的可能。比如我们对曾侯乙尊盘的认知，无论用何种理由拥有她、利用她，都是一种简简单单的原欲和显而易见的原罪，等到灰飞烟灭之际，那些理由就变得不如一粒铜锈，也不如一只沙眼。

关于曾侯乙尊盘的论争，不是小说所能解决的，也不是我想干涉的。为着曾侯乙尊盘的写作只是朝向自殷商以来，在这片大地上越辩越不明白、越活越不爽朗的哲理。曾侯乙尊盘是从哪里来的，其实也是我们是从哪里来的，并且将向哪里去的那个磨人问题的青铜说话。那一天，一个句子从脑子里冒出来：识时务者为俊杰，不识时务者为圣贤。到这一步我才觉得踏实下来。曾侯乙尊盘上的蟠虺纹是表示毒蛇，还是展现小龙，正可以看作是每个人心境的一种浮现。只有不识时务者才能像小说的最后一句话——与时光歃血会盟！

二〇〇四年四月二十七日于东湖梨园

青铜是把老骨头

《蟠虺》的写作有些令人意外，不过，我是不会说对不起的。

在写作中，城市与乡村的差异，对作家来说，是二选一，还是二选二，都不是什么问题。影响作家的关键是内在情怀，与肉身所处的一切物质无关。那些缺少情怀的行尸走肉，放在哪里也不会有文学机缘出现。

文学在很多时候就是对生活习惯表示异议。比如当机场、车站等各种路边店铺叫嚷出卖职场、官场、厚黑和借励志之名行滥欲之实的书籍时，文学就要旗帜鲜明地告诉人们，内战是万恶之首，内斗是万恶之源。

与当下政治在某些方面交集是文学的魅力之一。这些年人们下意识地想将文学与政治做彻底切割，原因在于某些写作者的骨头太软。如果人活得都像《蟠虺》中的曾本之、马跃之、郝文章，不仅是政治，整个社会生活都会变得有诗意和更浪漫。文学与政治交集时，一定不要受到政治的摆布，相反，文学一定要成为政治的品格向导。

"公元前七〇六年，楚伐随，结盟而返；公元前七〇四年，楚伐随，开濮地而还；公元前七〇一年楚伐随，夺其盟国而还；公元前六九〇年，楚伐随，旧盟新结而返；公元前六四〇年，楚伐随，随请和而还。"

《蟠虺》中的这段话，出自史实：春秋战国看似天下大乱，实际上仍存在一定的社会伦理底线。公元前五〇六年，吴三万兵伐楚，楚军六十万仍国破，吴王逼迫随王交出前往避难的楚王，随王不答应，说随僻远弱小，楚让随存在下来，随与楚世代有盟约，至今天没有改变。如果一有危难就互相抛弃，随将还用什么来服侍吴王呢？吴王觉得理亏，便引兵而退。随没有计较二百年间屡屡遭楚杀伐，再次歃血为盟。才有了后来楚惠王五十六年做大国之重器，也许就包括旷世奇葩曾侯乙尊盘，以赠随王曾侯乙。制度固然重要，如果没有强大的社会伦理基础，再好的制度也会沦为少数人手中的玩物。引领势如破竹大军的吴王，只因理亏便引兵而退，便是这种伦理约束的结果。小说中，老省长和郑雄，还有熊达世的所作所为，则是反证。在视伦理为无物者面前，制度同样如同虚设。"非大德之人，非天助之力，不可为之。"小说中老三口说的这话，不仅仅是"人在做，天在看，心中无愧，百无禁忌"，大德与无愧，都是向着社会伦理的表述。与制度相比，伦理防线的崩塌危害更大。

　　文学的独立性在虚构，只不过这种虚构是艺术意义上的。在质感上，虚构的文学其真实性总是大于局部的生活真实。不管是文字的，还是口语的，所有试图进入生活本身或者人生本身的叙事方式都存在虚构。叙事是一把尺子，尺子的长度是有限的，生活与人生是无限的，想要知道生活本身有多长，想要了解人生的长度，唯有在尺子量得某些基本尺寸后，再通过虚构才能达到。《蟠虺》中的曾侯乙尊盘也是一把尺子，也在丈量人生，更是丈量历史与现实。小说也应当像曾侯乙尊盘那样，经得起岁月的消磨，也经得起世俗的尘封，等到白发苍苍时，还能轻言细语与孙辈不时提起，且不觉得愧疚。

　　古往今来，将文学作为获取功利的工具之人从来不在少数。好在文学的生生不息与那些人不存在利害关系，不是由那些利欲熏心的家伙说了算。有人想当明星，想天天活在媒体娱乐版上；有人想做有钱人，想夜夜泡在花天酒地里，那就让他们按自己的想法去做好了。文学正如历久弥坚、大彻大悟的青铜重器，与这样的文学匹配的作家注定只能是金庸笔下的"扫地僧"。

二〇〇四年七月十二日于东湖梨园

© 刘醒龙 2016

图书在版编目（CIP）数据

我有南海四千里 / 刘醒龙著. —沈阳：万卷出版公司，
2016.9
ISBN 978-7-5470-4272-4

Ⅰ. ①我… Ⅱ. ①刘… Ⅲ. ①散文集 – 中国 – 当代
Ⅳ. ①I267

中国版本图书馆CIP数据核字（2016）第195919号

出 品 人：刘一秀
出版发行：北方联合出版传媒（集团）股份有限公司
　　　　　万卷出版公司
　　　　　（地址：沈阳市和平区十一纬路25号 邮编：110003）
印 刷 者：北京鹏润伟业印刷有限公司
经 销 者：全国新华书店

幅面尺寸：146mm×210mm　　　　装 帧：平 装
印　　张：10.25　　　　　　　　字 数：230千字
出版时间：2016年9月第1版　　　印刷时间：2016年9月第1次印刷
责任编辑：王亦言　　　　　　　　责任校对：李志宇
装帧设计：张 莹
ISBN 978-7-5470-4272-4
定　　价：34.00元

联系电话：024-23284090　　　邮购热线：024-23284050
传　　真：024-23284521　　　E – m a i l：book_light@sina.com
腾讯微博：http://t.qq.com/wjcbgs　　网　址：http://www.chinavpc.com

常年法律顾问：李福　版权所有　侵权必究　举报电话：024-23284090
如有质量问题，请与印务部联系。联系电话：024-23284452